U0516446

中國古典文學基本叢書

朱淑真集注

冀勤輯校

中華書局

圖書在版編目(CIP)數據

朱淑真集注/(宋)朱淑真撰;(宋)魏仲恭輯;(宋)鄭元佐注;冀勤輯校.—北京:中華書局,2008.12(2024.9重印)
(中國古典文學基本叢書)
ISBN 978-7-101-06386-8

Ⅰ.朱… Ⅱ.①朱…②魏…③鄭…④冀… Ⅲ.古典詩歌-注釋-中國-兩宋時代 Ⅳ.I222.744

中國版本圖書館CIP數據核字(2008)第178191號

責任編輯:孟念慈
責任印製:陳麗娜

中國古典文學基本叢書
朱淑真集注
〔宋〕朱淑真 撰
〔宋〕魏仲恭 輯 〔宋〕鄭元佐 注
冀 勤 輯校
*
中華書局出版發行
(北京市豐臺區太平橋西里38號 100073)
http://www.zhbc.com.cn
E-mail:zhbc@zhbc.com.cn
大廠回族自治縣彩虹印刷有限公司印刷
*
850×1168毫米 1/32・14印張・2插頁・300千字
2008年12月第1版 2024年9月第6次印刷
印數:10501-12500册 定價:68.00元

ISBN 978-7-101-06386-8

新註朱淑真斷腸詩集卷之一

錢塘鄭元佐註

春景

立春前一日

梅花枝上雪初融 僧齊己詩前村深雪裏昨夜一枝開 一夜高風激轉東 古上元詞一夜東風吹散柳梢殘雪 芳草池塘冰未薄 南史謝靈運思詩夢弟惠連遂得池塘生春草之句 柳條如線着春工 唐劉禹錫詩春工着意柳條新

立春古律

停杯不飲待春來 唐李白問月詩我今停杯一問之 和氣先春動六街 生菜乍挑宜捲餅 杜立春詩春日春盛細生菜又古詩旋挑生菜和煙煑 羅幡旋翦稱

清汪氏藝芸書舍影元鈔本《斷腸詩集》

斷腸詞

宋 朱氏 淑眞

憶秦娥 正月初六夜月

彎彎曲新年新月鉤寒玉鉤寒玉鳳鬟兒小翠眉兒蹙　鬧蛾雪柳添妝束燭龍火樹爭馳逐元宵三五不如初六

浣溪沙 清明

春巷夭桃吐絳英春衣初試薄羅輕風和煙煖

明毛晉汲古閣刊本《斷腸詞》

輯校説明

朱淑真，自號幽棲居士，浙江錢塘（今杭州）人㈠。約生於北宋神宗元豐二——三年（一〇七九——一〇八〇），約卒於南宋高宗紹興初年間（一一三一——一一三三），大約活了五十一、二歲㈡。她是我國明代以前女作家中寫作詩詞數量最多的人。

朱淑真的一生十分不幸，徒有優越的物質生活，感情生活的孤寂給她帶來不少苦惱，但也爲她發揮多方面的才能提供了條件。她不僅善於填詞賦詩，彈琴繪畫，還寫得一手「銀鈎精楷」㈢，是一位才貌出衆的女子㈣。她的悲劇是她的覺醒與時代的矛盾造成的。在她死後約半箇世紀内，宛陵（今安徽宣城）人魏仲恭（字端禮），曾因聽到旅人傳説朱淑真詩詞，感其「清新婉麗，蓄思含情，能道人意中事」，同情她一生的遭遇，遂輯集朱淑真的詩作，名曰《斷腸詩集》，後由鄭元佐作注，刊行於世。

朱淑真的《斷腸詩集》，最早見於明楊士奇的《文淵閣書目》，著録僅「一部」，未注卷數。直到明高儒的《百川書志》纔著録較詳，曰：「《斷腸詩》十卷，《後集》八卷，錢塘朱淑真撰，魏端禮輯，錢塘鄭元佐爲之注。」繼之，陳第《世善堂藏書目録》云：「閨閣集《朱淑真詩》，二百篇。歸安人。」之後，清人黄丕烈曾將平湖錢夢廬藏的元刻鄭注録鈔本與硤石蔣君夢華的元刊注本對校，得知此兩刊本同出一源，可以相互修補、訂正錯誤，且與《百川書志》所載相同。目前所見之影元刻、影元鈔所據的本子，不知與黄氏所見者有什麽異同；明初所刻的遞修本，大概就是依據黄氏所見之元刻校補刊刻的。

朱淑真另有《斷腸詞》一卷，早在明洪武三年（一三七〇）即有鈔本，毛晉汲古閣即據此與《漱玉詞》合刻刊行，但不知其輯集者是誰。

本集收録朱淑真現存的全部作品，主要爲宋魏仲恭輯録、宋鄭元佐作注的《斷腸詩集前集》十卷和《斷腸詩集後集》八卷，並將汲古閣毛晉刊印的《斷腸詞》一卷及本人輯録的《補遺》一卷作爲外編合編於後。詩集部分，以清汪氏藝芸書舍影元鈔本爲底本，校以民國南陵徐氏影印元刻本、明初刻遞修本、明潘是仁《宋元詩·斷腸集》自刻本、武林往哲遺著本、清鈔本、清劉履芬鈔本，還參校了《後村千家詩》、《詩淵》、《全芳備祖》、《名媛詩歸》、《歷朝名媛詩詞》等。詞集部分，采用明毛晉汲古閣本爲底本，以四印齋本、《詩詞雜俎》本爲校本，還參校了《詩淵》、《花草粹編》、《古今詞統》、《歷朝名媛詩詞》等。凡是底本不誤，一般不出校；底本有誤而據他本改正或異文有參考價值者，一律寫入校勘記，附於每篇作品之後。補遺部分，則是從《後村千家詩》、《詩淵》、潘是仁自刻《宋元詩·斷腸集》、《花草粹編》、《池北偶談》等書中輯出的，均標明出處。在校勘中，注意到宋本刊刻或書寫的習慣，諸如竹草不分、木扌通假者，在以後的影印或影鈔中也常有沿襲，雖然不能全部看作訛誤，但也校出，以便讀者。

鄭元佐的詩注，曾受到清人瞿鏞的贊賞：「元佐未詳，其注亦詳贍。」（《鐵琴銅劍樓藏書目録》卷二十一）；也得到清人徐康（子晉）的推許，他説：「宋人注宋人集，如李壁注《荆公集》，王、施之注《蘇集》，任、史之注《黄集》、《陳後山集》，皆風行海内，後世奉爲圭臬，傳本極多。去年見宋刻《簡齋集》，係宋人注宋本，已絶無僅有。昨無意中又得《斷腸集》，鄭元佐注，共十八卷，真希世之珍也。」㊄但據我看來，則鄭注比較粗疏。

本集在校點時，作了下面一些工作：一，注文所引有删節過多或文義不明使人不易索解者，多依據所引各書校正，其中有據他書所改的文字，也以極少數必要者爲限，儘量保存鄭元佐注釋的本來面目。二，注文所引昔人詩句，有與本集不同者，可能其中有的是鄭元佐當時所見的本子與今天見到者不同，不全是翻刻、影印、傳抄之誤，對此均仍其舊。三，注文有漏注或誤注出處者，對其明顯易察者，均徑改，不出校。如：《玉抱肚》誤作「王抱壯」；「我歌月徘徊，我舞影凌亂」係李白《月下獨酌》句，誤作蘇東坡《水調歌頭》句；《宋子京筆記》誤作「宋小京華記」；曹子建《洛神賦》誤作宋玉的《神女賦》；唐「陳子昂」誤作「趙子昂」，等等。四，尚有少數存疑者，恐因輾轉傳抄或修補翻刻所致，間有誤訛，未能是正，悉存其舊，不敢以一知半解妄爲改易，有待識者辨析。注文原在文中，現已加圓注碼，統移於每篇之後。

本集的附録，分序跋、書録、叢論三箇部分，輯集了南宋以來，包括現代港臺學者在内的有關朱淑真研究的資料㊅。朱淑真是我國歷史上著名的女詩人，正如陳廷焯所説的：「宋婦人能詩詞者不少，易安爲冠，次則朱淑真，次則魏夫人也。」㈦這箇評價是公允的。但是，歷代關於她作品的評述資料不多，搜集不易。爲了豐富我們對朱淑真的認識，有利於對她進行深入的研究，凡本人能够得到的資料，儘量收録。資料的編排，則以時間先後爲序。

本集在以往刊本的基礎上作了進一步的整理工作，但限於水平和時間，疏漏、錯誤之處在所難免，殷切期望讀者批評指正。

在校點工作中，承周振甫先生提出不少有益意見，又承蒙李一氓同志爲本書封面題籤，北京圖書館善本部閲覽室提供查書之便，均在此一並致謝！

冀　勤

一九八三年，北京

二〇〇七年修改

注

㈠關於朱淑真的籍貫，向有數説，此據朱淑真《璇璣圖記》之自稱。

㈡見本集附録之拙文《試談朱淑真和她生活的年代》。

㊂見況周頤《蕙風詞話》卷四：「淑真書銀鈎精楷，摘録《世説・賢媛》一門。」

㊃見陳霆《渚山堂詞話》卷二：「聞之前輩：朱淑真才色冠一時。」田藝蘅《紀略》：「（淑真）才色娟麗，實閨閣所罕見者。」

㊄見清汪氏藝芸書舍影元鈔本《新注朱淑真斷腸詩集》卷末。

㊅近年來國内報刊發表有關朱淑真研究的文章未收，因較易查得。這裏僅存其目：劉饒民《斷腸人寫〈斷腸詩〉》，載《西湖》一九八〇年第一期。阿濳《朱淑真與〈水滸〉詩》，載《羊城晚報》一九八〇年三月二十三日。陳經裕《朱淑真試評》，載《河南師大學報》一九八一年第四期。孔凡禮《朱淑真佚詩輯存及其它》，載《文史》第十二輯。李丹《朱淑真及其詩詞初探》，載《鄭州大學學報》一九八三年第一期。冀勤《朱淑真佚作拾遺》，載《文學遺産》一九八三年第二期；《朱淑真詩詞散論》，載《許昌師專學報》一九八六年第一期。等等。

㊆見《詞壇叢話》，《詞話叢編》本。

目録

斷腸詩集前集

卷一 春景

卷四　夏景

卷五　秋景

卷八 吟賞

卷九 閨怨

卷十　雜題

斷腸詩集後集

卷一　春景

卷二　夏景

卷三　秋景

卷四　冬景

卷五　花木

卷六　雜題

卷二　補遺

詩

詞

文

附録

一　序跋

二　書録

三　叢論

斷腸詩集序

魏仲恭

嘗聞摛辭麗句固非女子之事，間有天資秀發，性靈鍾慧，出言吐句有奇男子之所不如，雖欲掩其名，不可得耳。如蜀之花蕊夫人㈠，近時之李易安，尤顯著名者㈡，各有宮詞、樂府行乎世，然所謂膾炙者，可一二數，豈能皆佳也。比往武林〔一〕，見旅邸中好事者往往傳誦朱淑真詞，每竊聽之，清新婉麗，蓄思含情，能道人意中事，豈泛泛者所能及㈢，未嘗不一唱而三歎也㈣。早歲不幸，父母失審，不能擇伉儷㈤，乃嫁爲市井民家妻。一生抑鬱不得志，故詩中多有憂愁怨恨之語。每臨風對月㈥，觸目傷懷，皆寓於詩，以寫其胸中不平之氣。竟無知音㈦，悒悒抱恨而終。自古佳人多命薄㈧，豈止顔色如花命如葉耶㈨！觀其詩，想其人。風韻如此，乃下配一庸夫，固負此生矣；其死也，不能葬骨於地下，如青冢之可弔㈩，並其詩爲父母一火焚之，今所傳者，百不一存，是重不幸也。嗚呼，冤哉！予是以歎息之不足，援筆而書之㈡，聊以慰其芳魂於九泉寂寞之濱，未爲不遇也。如其叙述始末，自有臨安王唐佐爲之傳，姑書其大概爲别引云。乃名其詩爲《斷腸集》㈢，後有好事君子，當知予言之不妄也。淳熙壬寅二月望日，醉□居士宛陵魏仲恭端禮書。

校勘記

〔一〕「林」，原作「陵」，據南陵徐氏影印元刻本（以下簡稱元刻本）、明初刻遞修本（以下簡稱明刻本）改。

注

㈠詩話：孟蜀花蕊夫人善詩，凡三十餘篇，大概似王建《宫詞》。

㈡宋朝李易安居士有《樂府集》。

㈢《遯齋閒覽》謂：韓偓編《香奩集》，富於才，能道人意外事，固非知者所能及。

㈣《禮記》：一唱三歎有遺音矣。

㈤《左・成十一年》：已不能庇其伉儷而亡之。

㈥古《漢宫春》詞：「爭似我，隨時臨風對月暢飲更高歌。」

㈦《列子》：伯牙死，以爲世無足知音者。

㈧東坡詩全句。又，《瑞鶴仙》詞：「恨佳人命薄，似春雲無定，楊花飄泊。」

㊈古詞：須信豈顏色如花，命如秋葉。

㊉杜《詠懷述古》詩：「獨留青冢向黄昏。」注：昭君死，單于葬之城中，多白草，此冢獨青。

㈡唐王勃援筆成篇。

㈢杜子美詩：「梅花滿枝空斷腸。」

斷腸詩集前集卷一

春景

立春前一日

《後村千家詩》卷三、《名媛詩歸》卷二十、《歷朝名媛詩詞》卷八

梅花枝上雪初融㈠，一夜高風激轉東㈡。芳草池塘冰未薄㈢，柳條如綫著春工㈣。

㈠僧齊己詩：「前村深雪裏，昨夜一枝開。」

㈡古《上元》詞：「一夜東風，吹散柳梢殘雪。」

㈢《南史》：謝靈運思詩，夢弟惠連，遂得「池塘生春草」之句。

㈣唐劉禹錫詩：「春工著意柳條新。」

立春古律〔一〕

《後村千家詩》卷三、《名媛詩歸》卷十九

停杯不飲待春來㊀〔二〕，和氣先春動六街〔三〕。生菜乍挑宜捲餅㊁，羅幡旋剪稱聯釵㊂。休論殘臘千重恨，管入新年百事諧㊃。從此對花並對景，盡拘風月入詩懷㊄。

㊀唐李白《問月》詩：「我今停杯一問之。」

㊁杜《立春》詩：「春日春盤細生菜。」　又古詩：「旋挑生菜和煙煮。」（按：唐杜荀鶴《山中寡婦》有「時挑野菜和根煮」句，此處「和煙煮」，不通。）

㊂《筍川集》：《立春》詞：「剪羅幡兒，斜插真珠髻。」　坡詩：「年年幡勝剪宮花。」　古人詩：「要知雙綵勝，併在一金釵。」

㊃古《秋千》詞：「但入新年，願百事皆如意。」

㊄杜詩：「風雲入壯懷。」

校勘記

〔一〕「立春古律」,《後村千家詩》卷三題作「立春前一日」。

〔二〕「停」,清鈔本作「持」。

〔三〕「動」,《後村千家詩》作「滿」。

又絶句二首〔一〕

《後村千家詩》卷三、《名媛詩歸》卷二十

自折梅花插鬢端,韭黄蘭茁簇春盤㊀。潑醅酒軟渾無力㊁〔二〕,作惡東風特地寒㊂。

喜勝春幡裊鳳釵㊃〔三〕,新春不换舊情懷。草根隱緑冰痕滿〔四〕,柳眼藏嬌雪影埋㊄〔五〕。

㊀韓《馬君墓》詩:「蘭茁其芽。」 坡詩:「青蒿黄韭試春盤。」

㊁花蕊夫人《宮詞》:「潑醅初熟五雲漿。」

㊂坡詩:「明朝特地東風惡。」

㊃《拜星月》詞:「盡帶春幡春勝。」

㊄古《水龍吟》詞:「□□含嬌態。」

校勘記

〔一〕「又絶句」，潘是仁刻《宋元詩》（下稱潘刻）本卷三、《名媛詩歸》卷二十作「立春」。

〔二〕「軟」，原作「簌」，據明刻本、清鈔本、《後村千家詩》卷三改。

〔三〕「喜」，潘刻本、《名媛詩歸》並作「綵」。

〔四〕「根隱」，《名媛詩歸》作「汀新」。

〔五〕「影」，元刻本作「裏」。

春霽〔一〕

《後村千家詩》卷五、《名媛詩歸》卷十九

澹薄輕寒雨後天㈠，柳絲無力妥朝煙㈡〔二〕。弄晴鶯舌於中巧，著雨花枝分外妍㈢。消破舊愁憑酒醆㈣，去除新恨賴詩篇。年年來對梨花月㈤〔三〕，瘦不勝衣怯杜鵑㈥。

㈠古詞：「雨後輕寒。」

㈡古《柳詞》：「春斷暖柔無力。」

㈢杜《曲江》詩：「林花著雨胭脂濕。」

㊃古《酒》詩：「消卻胸中萬斛愁。」

㊄宋晏殊詩：「梨花院落溶溶月。」

㊅杜詩：「傷春怯杜鵑。」　又《浣溪沙》詞：「沈郎多病不勝衣。」

校勘記

〔一〕「春霽」，《後村千家詩》卷五題作「春晴」。

〔二〕「妥」，原作「帶」，據元刻本、明刻本改。

〔三〕「對」，原作「到」，據《武林往哲遺著》本（下稱武林本）改。

新春〔一〕

《後村千家詩》卷一、《名媛詩歸》卷十九

樓臺影裏蕩春風㊀，協氣融怡物物同㊁。草色乍翻新樣緑，花容不減舊時紅。鶯唇小巧輕煙裏〔二〕，蝶翅輕便細雨中。聊把新詩記風景，休嗟萬事轉頭空㊂。

㊀《符川集》：《南鄉子》詞：「樓臺裏東風澹蕩。」

㈡《漢・司馬相如傳》：協氣横流。又《香奩集》：《多情》詩：「春牽情緒更融怡。」

㈢唐白樂天詩：「百年隨手過，萬事轉頭空。」

校勘記

〔一〕「新春」，《後村千家詩》卷一作「春」。

〔二〕「輕」，《後村千家詩》作「微」。

晴和

《名媛詩歸》卷十九、又卷二十（採其一、二、七、八句），《歷朝名媛詩詞》卷八

海棠深院雨初收㈠，苔徑無風蝶自由。百結丁香誇美麗㈡，三眠楊柳弄輕柔㈢。小桃酒膩紅尤淺㈣，芳草寒餘綠漸稠。寂寂珠簾歸燕未㈤，子規啼處一春愁㈥。

㈠古《燭影摇紅》詞：「海棠開後，燕子來時，黄昏庭院。」

㈡《類説》：「百結丁香幾樹開。」

㈢《漫叟詩話》注：漢苑中有柳，狀如人形，一日三起三倒。

㊃杜：「桃花舒小紅。」

㊄坡詞：「寂寂珠簾蛛網遍。」又《符川集·南鄉子》：「乍捲珠簾新燕入。」

㊅杜詩：「終日子規啼。」

春陰古律二首

《名媛詩歸》卷十九（採其一）、《歷朝名媛詩詞》卷八（採其二）

薄雲籠日弄輕陰㊀，試與詩工略話春。蠢蠢緑楊初學綫，茸茸碧草漸成茵㊁。園林深寂撩私恨，山水昏明惱暗顰〔一〕。芳意被他寒約住㊂，天應知有惜花人。

陡覺湘裙剩帶圍㊃，情懷常是被春欺㊄。半簷落日飛花後，一陣輕寒微雨時㊅。幽谷想應鶯出晚㊆〔二〕，舊巢應怪燕歸遲㊇〔三〕。閒關幾許傷懷處，悒悒柔情不自持㊈。

㊀古《沁園春》詞：「薄雲籠日。」

㊁晉謝安《春遊賦》：「靡翠草而成茵。」

㊂古《臨江仙》詞：「雨過酴醾春欲放，輕寒約住餘芳。」

㊃古詩：「沈腰消瘦帶圍寬。」

㈤《爐》(按:元刻作《炊》)詩:「春風得憑欺人惡。」

㈥古《虞美人》詞:「瀟瀟微雨做輕寒。」

㈦《詩》:「鳥鳴嚶嚶,出自幽谷,遷於喬木。」

㈧王介甫《歸燕》詩:「貪尋舊巢去。」

㈨古詞:「傷懷長是蹙雙眉,怎禁持。」

校勘記

〔一〕「惱」,原作「腦」,據元刻本、潘刻本卷三改。

〔二〕「出晚」,原作「晚出」,據元刻本、明刻本、潘刻本、清劉履芬鈔本(以下簡稱「劉鈔本」)改。

〔三〕上句之「想應」,與此句之「應怪」,兩「應」字犯重,疑有一誤。「應怪」,清鈔本作「還怪」,《歷朝名媛詩詞》卷八作「卻怪」。

又絶句少年心〔一〕

《名媛詩歸》卷二十

楊花擾亂少年心㈠,怕雨愁風用意深。付與酒杯渾不管,從教天氣作春陰㈡。

㈠古詞：「楊花飛絮，攪亂少年情緒。」
㈡古詞：「天氣陰陰。」

校勘記

〔一〕「少年心」三字，元刻本、清鈔本、劉鈔本皆無。潘刻本卷四、《名媛詩歸》卷二十題作「春陰」。

問春古律〔一〕

《名媛詩歸》卷十九、《歷朝名媛詩詞》卷八

春到休論舊日情，風光還是一番新㈠。鶯花有恨偏供我㈡，桃李無言衹惱人㈢。粉淚洗乾清瘦面㈣，帶圍寬盡小腰身㈤〔二〕。東君負我春三月，我負東風三月春〔三〕。

㈠古《魚游春水曲》：「又是一番新桃李。」
㈡杜《遊招提》詩：「鶯花隨世界。」
㈢《前漢·李廣贊》：桃李不言，下自成蹊。
㈣古詞：「梅妝淚洗。」

㈤見前《春陰》詩注。小腰，謂小蠻腰也。

校勘記

〔一〕「問春古律」，潘刻本卷三、武林本題作「問春」。

〔二〕「盡」，潘刻本、《名媛詩歸》卷十九、《歷朝名媛詩詞》卷八並作「褪」。

〔三〕「風」，元刻本、潘刻本、《名媛詩歸》作「君」。

訴春〔一〕

十二欄干鎖畫樓㈠，春風吹損上簾鈎。花心柳眼從教放㈡，蝶意蜂情一任休㈢。殢滯酒杯消舊恨，禁持詩句遣新愁㈣。東君若也憐孤獨，莫使韶光便似秋。

㈠古詞：「倚遍欄杆十二樓。」

㈡古《滿庭芳》詞：「柳眼花心，此夜歡會。」

㈢古詞：「蝶意蜂情恣，還飄逸。」

㊃東坡詩：「新愁舊恨眉生緑。」

校勘記

〔一〕「訴春」，潘刻本卷三作「新春」。

傷春

《名媛詩歸》卷十九、《歷朝名媛詩詞》卷八

閣淚拋詩卷㊀，無聊酒獨親。客情方惜別㊁，心事已傷春㊂。柳暗輕籠日，花飛半掩塵㊃。鶯聲驚蝶夢㊄，喚起舊愁新㊅。

㊀古詞：「閣淚汪汪不肯垂。」

㊁韓《送張侍御》詩：「新愁惜別情。」

㊂前注。

㊃秦少游詞：「花飛半掩門。」

㊄《莊·齊物篇》：周夢爲蝴蝶。又，古詩：「誰遣鶯聲驚蝶夢，起來搔首午窗前。」

㈥古詩：「喚起新愁和舊愁。」

春日感懷

《名媛詩歸》卷十九

寂寂多愁客，傷春二月中㈠。惜花嫌夜雨㈡，多病怯東風。不奈鶯聲碎㈢，那堪蝶夢空㈣。海棠方睡足㈤，簾影日融融㈥。

㈠杜詩：「傷春一水同。」
㈡見前注。
㈢唐杜荀鶴詩：「風起鳥聲碎。」
㈣上首注。
㈤《唐・楊妃傳》：「此海棠睡未足耳。」
㈥杜詩：「和風日中融。」

中春書事[一]

《後村千家詩》卷一、《名媛詩歸》卷十九

乍暖還寒二月天，釀紅醞緑鬭新鮮。日烘春色成和氣，風弄花香作瑞煙㊀。鶯舌似簧初學語㊁，柳條如綫未飛綿㊂。金杯滿酌黄封酒㊃，欲勸東君莫放權。

㊀古詩：「弄花香滿衣。」
㊁邵堯夫詩：「正嫩簧爲舌。」
㊂杜詩：「生憎飛絮白於綿。」
㊃東坡詩：「新年已賜黄封酒。」

校勘記

〔一〕「中春書事」，《後村千家詩》卷一作「春」。「中」，潘刻本卷三、《名媛詩歸》十九並作「仲」。

又絶句〔一〕

《名媛詩歸》卷二十、《歷朝名媛詩詞》卷八

乳燕調雛出畫簷㊀，遊蜂喧翅入珠簾㊁。日長無事人慵困，金鴨香銷懶更添㊂。

㊀坡詞：「乳燕飛華屋。」

㊁杜詩：「花暖蜜蜂喧。」

㊂古詞：「金鴨香銷。」

校勘記

〔一〕「又絶句」，潘刻本卷四、《名媛詩歸》卷二十作「中春書事」。

春半

《名媛詩歸》卷十九

拭目憑欄久，柔風拂面吹㊀。鶯花爭嫵媚㊁，詩酒鬭清奇。已近清明節，初過上巳時㊂。莫縈尋俗事，隨意樂春熙㊃。

㈠杜詩：「吹面受和風。」
㈡杜詩：「鶯花隨世界。」
㈢古詞：「上巳清明都過了。」
㈣《老子》：熙熙如登春臺。

春日即事

《名媛詩歸》卷十九

輕寒噤瘁花期晚，皺緑差鱗接遠波。躍藻白魚翻玉尺㈠，穿林黃鳥度金梭㈡。閒將詩草臨軒讀〔一〕，静聽漁船隔岸歌㈢。盡日倚窗情脈脈㈣，眼前無事奈春何㈤。

㈠杜詩：「翻藻白魚跳。」
㈡《天寶遺事》載古詩：「鶯穿絲柳擲金梭。」
㈢《選》：屈原行吟澤畔，見漁父歌曰云云。　又，韓《湘中》詩：「空聞漁父扣船歌。」
㈣古《念奴嬌》詞：「脈脈此情難識。」
㈤古詞：「無計奈愁何。」

校勘記

〔一〕「讀」，清鈔本作「譜」。

春詞二首

《名媛詩歸》卷十九、又卷二十（採其二之一、二、七、八句）

屋嗔柳葉噪春鴉㊀，簾幕風輕燕翅斜㊁。芳草池塘初夢斷㊂，海棠庭院正愁加㊃。幾聲嬌巧黃鸝舌㊄，數朵柔纖小杏花㊅。獨倚妝窗梳洗倦㊆〔一〕，祇慚辜負好年華㊇〔二〕。

屈指清明數日期，紛紛紅紫競芳菲㊈。池塘水暖鵜鶘並㊉，巷陌風輕燕燕飛⑪。柳帶萬條籠淑景⑫〔三〕，游絲千尺網晴暉⑬〔四〕。人間何處無春色，祇是西樓人未歸⑭〔五〕。

㊀山谷詞：「屋角數聲鴉噪柳。」

㊁杜詩：「風輕燕子斜。」　又，宋晏元獻公詩云：「簾幕中間燕子斜。」

㊂見前詩注。

㊃見前詩注。

㊄古詩：「故遣黃鸝啼幾聲。」

㈥盧詩：「卻嫌桃李太粗俗，寧似夭纖小杏花。」
㈦古詞：「知他今夜，好好爲誰梳洗。」
㈧古詩：「一年好景寧辜負。」
㈨韓詩：「百般紅紫鬭芳菲。」
㈩白樂天《長恨歌》：「在天願爲比翼鳥。」注：鶼鶼鳥也。
⑾《詩》：「燕燕于飛。」
⑿李詩：「楊柳萬條煙。」
⒀杜詩：「游絲白日靜。」
⒁古詞：「西樓獨上等多時，月團圓，人未歸。」

校勘記

〔一〕「妝」，潘刻本卷三、《名媛詩歸》卷十九作「小」。
〔二〕「衹」，潘刻本、《名媛詩歸》作「自」。
〔三〕「帶」，《名媛詩歸》作「影」。
〔四〕「網」，潘刻本、《名媛詩歸》作「舞」。

〔五〕「西樓」，清刻本作「天涯」。

春色有懷

《名媛詩歸》卷二十

客裏逢春想恨濃，故園花木夢魂同㊀。連堤緑蔭晴煙裏，映水紅揺薄霧中㊁。

㊀《群玉雜俎》：唐時，有僧善論詩，「見他花木樹，思憶故園春。」杜詩：「故園花自發。」

㊁《選》詩：「濛濛薄霧中。」

約遊春不去二首

《名媛詩歸》卷二十

鄰姬約我踏青遊㊀，强拂愁眉下小樓。去户欲行還自省，也知憔悴見人羞。

少年意思懶能酬，愛好心情一向休。若到舊家遊冶處㊂，祇應滿眼是春愁㊃。

㊀古《最高樓》詞：「南陌踏青遊。」

㈡古《青玉案》詞：「更憔悴，羞人見。」
㈢《青箱雜記》載詩：「舊家遊冶今何處。」
㈣杜詩：「看花滿眼愁。」

喜晴

《名媛詩歸》卷二十

鵓鳩聲歇已開晴㈠，柳眼窺春淺放青㈡。樓上捲簾凝目處，遠山如畫展幃㠒㈢〔一〕。

㈠坡詩：「晴鳩喚取雨鳩來。」
㈡見前杜詩。
㈢晉孫綽詩：「遠山卻略羅峻屏。」（按：此句不見於今存孫綽詩，待查。）

校勘記

〔一〕「㠒」同「屏」。

斷腸詩集前集卷二

春景

春日雜書十首

《後村千家詩》卷一、《歷朝名媛詩詞》卷八（採一、二、四、十首）、《名媛詩歸》卷二十（採九首，無第七首）

春來春去幾經過㈠，不似今年恨最多㈡。寂寂海棠枝上月㈢，照人清夜欲如何㈣。

柳絲拂拂弄東風㈤〔一〕，日色春容一樣同〔二〕。嫩草破煙開秀緑㈥，小桃和露坼香紅㈦。

鬆鬆麗日約餘寒㈧，春向梅邊柳上添㈨。蜂蝶自知新得意㈩，展鬚忙翅入層簾⑪。

柳垂新緑膩煙光⑫，紫燕惺鬆語畫梁⑬。午睡忽驚鷄唱罷，日移花影上窗香⑭。

捲簾月挂一鈎斜⑮，愁到黄昏轉更加⑯。獨坐小窗無伴侶⑰，凝情羞對海棠花⑱。

鬬草尋花正及時⑲，不爲容易見芳菲⑳。誰能更覷閒鍼綫，且殢春光伴酒卮㉑。

月篩窗幌好風生㉒〔三〕，病眼傷春淚欲傾。寫字彈琴無意緒，踏青挑菜没心情㉓。

一年好處清明近㉔〔四〕，已覺春光太半休㉕。點檢芳菲多少在㉖〔五〕，翠深紅淺已關愁㉗〔六〕。

濛濛細雨濕香塵㉘，似欲藏鴉柳色新㉙。鬬草工夫渾忘卻，只憑詩酒破除春㉚。

自入春來日日愁㉛，惜花翻作爲花羞㉜。呢喃飛過雙雙燕㉝，瞋我簾垂不上鈎㉞〔七〕。

㈠古詞：「任他春去春來。」

㈡古詩：「才入新年恨轉多。」

㈢盧詩：「海棠枝上月黃昏。」

㈣坡詞：「試問夜如何。」

㈤蜀花蕊夫人《宮詞》：「楊柳絲牽弄晚風。」

㈥古詞：「嫩草初抽勻細綠。」

㈦杜詩：「桃花點小紅。」

㈧古《臨江仙》詞：「雨過荼蘼春欲放，輕寒約住餘芳。」

㈨李白《宮中行樂》詞：「寒雪梅邊盡，春風柳上歸。」

⑩盧詩：「蜂蝶新來得意濃。」

⑪王禹偁《蜂蝶》詩：「飄飄粉翅和梅豔，細細香鬚伴柳絲。」

㉒古詞：「湖膩煙光，柳垂新緑。」

㉓古詞云：「語燕飛來繞畫梁。」

㉔唐杜荀鶴《春宫怨》云：「日高花影重。」

㉕古詞：「一鈎新月。」

㉖古詞云：「怕到黄昏轉悽切。」

㉗白樂天詩：「坐對黄昏誰是伴。」

㉘古詞全句。

㉙杜詩：「問柳尋花到野亭。」

㉚古詞：「别時容易見時難。」

㉛盧詩：「報答春光賴酒巵。」

㉜古詩：「風生秋席月篩簾。」

㉝杜詩：「江邊踏青罷。」挑菜，見前卷《立春》詩注。又，《江神子》：「匀面了，没心情。」

㉞韓《早春》詩：「最是一年春好處。」

㉟古詞：「海棠未雨，梨花先月，一半春休。」

㊱古詞：「枝頭點檢，退盡芳菲。」

㉗古詞云：「寸心如鐵不關愁。」

㉘古詞：「春雨濛濛。」

㉙《廣樂記》云：暫出白門前，楊柳可藏鴉。　又，東坡詩云：「渡頭柳色暗藏鴉。」

㉚古詩：「但憑詩酒遣春愁。」

㉛古詞云：「入到春來轉見愁。」

㉜古《最高樓》詞：「卻教人，逢春怕見花羞。」

㉝《拾遺》載唐王謝燕事：梁上雙燕呢喃。

㉞杜詩：「雙雙新燕子。」　又：「風簾自上鈎。」

校勘記

〔一〕「拂拂弄」，潘刻本卷四、《名媛詩歸》卷二十、《歷朝名媛詩詞》卷八並作「軟軟颺」。

〔二〕「春容」，潘刻本、《名媛詩歸》、《歷朝名媛詩詞》並作「家家」。

〔三〕「幌」，原作「愰」，據元刻本、潘刻本改。

〔四〕「一年好處清明近」首，《後村千家詩》卷一題作《春暮》。　「好處」，《後村千家詩》作「妙處」。

〔五〕「點檢」，《後村千家詩》作「檢點」。

〔六〕「已」，《名媛詩歸》作「似」。
〔七〕「瞋」，《名媛詩歸》作「嗔」。

晚春會東園〔一〕

《後村千家詩》卷一、《名媛詩歸》卷十九

紅疊苔痕緑滿枝㊀〔二〕，舉杯和淚送春歸㊁。鶬鶊有意留殘景，杜宇無情戀晚暉㊂〔三〕。蝶趁落花盤地舞，燕隨狂絮入簾飛㊃。醉中曾記題詩處，臨水人家半敞扉㊄〔四〕。

㊀唐劉禹錫《陋室銘》：「苔痕上階緑。」
㊁古《風入松》詞：「一番風雨送春歸。」
㊂古詩全句。
㊃古詞：「不如柳絮，穿簾透幕，飛到伊行。」
㊄古詞：「緑水人家繞。」

校勘記

〔一〕「晚春會東園」，《後村千家詩》卷一作「春暮」。

〔二〕「疊」，《名媛詩歸》卷十九作「點」。

〔三〕「戀晚」，潘刻本卷三、《名媛詩歸》並作「叫落」。

〔四〕「敞」，潘刻本、《名媛詩歸》並作「掩」。

晚春有感

《名媛詩歸》卷二十

卻扇羞花春已空㊀，掃紅吹白任顛風㊁。斷腸芳草連天碧㊂，春不歸來夢不通。

㊀見前詩注。

㊁古詞：「亂紅堆徑無人掃。」　又，杜詩：「江風太放顛。」

㊂晏元獻公詞：「芳草連天碧。」

暮春三首

《後村千家詩》卷一、《名媛詩歸》卷十九

纔過清明春意殘㊀，落花飛絮便相關㊁。銜泥燕子時來去㊂，釀蜜蜂兒自往還㊃。風靜窗前榆葉茂㊄〔一〕，雨餘牆角蘚苔斑㊅。緑槐高柳濃陰合㊆，深院人眠白晝閒㊇。

碧沼荷錢小葉圓㊈，眼前芍藥恣連顛。清明已過三春候㊉，穀雨初晴四月天⑪。乍著薄羅偏覺瘦⑫，懶勻鉛粉祇宜眠。情知廢事因詩句，氣習難除筆硯緣〔二〕。

舉杯無語送春歸⑬，分付東風欲去時。燕子樓臺人寂寂⑭〔三〕，楊花庭院日熙熙⑮〔四〕。枝頭添翠鶯先覺，葉底銷紅蝶未知。詩卷酒杯新廢卻，閒愁消遣殢他誰⑯。

㊀注見前卷。

㊁坡詩：「落花飛絮滿衣襟。」

㊂杜詩：「燕子已銜泥。」又，古《菩薩蠻》詞：「銜泥雙燕來還去。」

㊃唐羅隱《蜂》詩：「採得百花成蜜後。」

㊄古《臨江仙》詞：「風翻榆莢陣。」

⑥杜詩：「苔蘚山門古。」

⑦坡詞：「緑槐高柳咽新蟬。」

⑧古詩：「深院照人白晝閒。」

⑨杜詩：「點溪荷葉疊青錢。」

⑩古詞：「寒食清明都過了。」

⑪古《天仙子》詞：「穀雨清明空屈指。」

⑫古《浣溪沙》詞：「佳人初試薄羅裳。」

⑬見前詩注。

⑭唐白居易詩全句。

⑮見前詩注。

⑯古詞：「這愁緒仗他誰。」

校勘記

〔一〕「茂」，原作「鬧」，據《名媛詩歸》卷十九改。

〔二〕「氣習」，《名媛詩歸》作「習氣」。

〔三〕「燕子樓臺人寂寂」以下四句，《後村千家詩》卷一題作「春暮」。

〔四〕「楊花」，《後村千家詩》作「榴花」，非。「楊」、「日熙熙」，潘刻本、《名媛詩歸》並作「梨」、「雨絲絲」。

恨春五首

《後村千家詩》卷一、《名媛詩歸》卷十九（採後四首）、卷二十（採其一）

櫻花初薦杏梅酸㊀〔一〕，槐嫩風高麥秀寒㊁。惆悵東君太情薄，挽留時暫也應難。

一瞬芳菲爾許時〔二〕，苦無佳句紀相思㊂。春光雖好多風雨〔三〕，恩愛方深奈別離㊃。淚眼謝他花繳抱〔四〕，愁懷惟賴酒扶持㊄。鶯鶯燕燕休相笑㊅，試與單棲各自知。

病酒厭厭日正高㊆，一聲啼鳥在花梢㊇。驚回好夢方萌蕊，喚起新愁卻破苞㊈。暗把後期隨處記⑩，閒將清恨倩詩嘲。從今始信恩成怨，且與鶯花作淡交⑪。

遲遲花日上簾鈎⑫，盡日無人獨倚樓⑬。蝶使蜂媒傳客恨⑭，鶯梭柳綫織春愁⑮。碧雲信斷惟勞夢⑯，紅葉成詩想到秋⑰。幾許別離多少淚，不堪重省不堪流。

一篆煙銷繫臂香，閒看書册就牙牀⑱。鶯聲冉冉來深院，柳色陰陰暗畫牆⑲。眼底落紅千萬點㈠，臉邊新淚兩三行㈡。梨花細雨黄昏後㈢，不是愁人也斷腸。

㈠古《賞芳春》詞：「櫻桃新薦小梅紅。」
㈡《後・張湛傳》：麥秀兩岐。
㈢坡詩：「登臨思佳句。」
㈣古詞：「恩愛頓成離别恨。」
㈤古詞：「要解心頭愁悶，無非殢酒。」
㈥古《洞仙歌》詞：「惟有鶯鶯燕燕。」
㈦古詞：「病酒厭厭，未解餘酲，三竿麗日」云云。
㈧古《千秋歲》詞：「一聲啼鳥，常道無消息。」
㈨見前詩注。
㈩古詞：「暗把歸期數。」
⑪杜詩：「鶯花隨世界。」　又，《莊》：君子之交淡如水。
⑫《毛詩》：「春日遲遲。」　又，古《鳳凰臺上憶吹簫》詞：「任寶奩塵滿，日上簾鈎。」
⑬黄魯直詩：「盡日無人舟自横。」　又，古詞：「危樓愁獨倚。」

〔一四〕古詩：「蜂媒蝶使傳春信。」
〔一五〕盧詩：「鶯梭頻織柳絲垂。」
〔一六〕唐韋莊詩：「惆悵一天春又去，碧雲芳草兩依依。」
〔一七〕唐宫中詩：「殷勤謝紅葉，好去到人間。」
〔一八〕東坡《定風波》詞：「閒卧藤牀觀社柳。」
〔一九〕坡詩：「陰陰垂柳雁行斜。」
〔二〇〕古《謁金門》詞：「滿地落紅千片。」
〔二一〕古詞：「頻拭臉邊新淚。」
〔二二〕古詞：「到能點得燈兒了，雨打梨花深閉門。」

校勘記

〔一〕「櫻花初薦杏梅酸」首，《後村千家詩》卷一題作「春暮」。按：此首絶句，似應與下四首律詩分列，或許原本就是五首律詩同列，而此處脱去兩聯，亦未可知。又，明刻本、劉鈔本於此五首爲卷二終。

〔二〕「一瞬」，潘刻本卷三、《名媛詩歸》卷十九並作「桃李」。「芳」，潘刻本作「芬」。

〔三〕「雖」、「多」，原作「正」、「須」，據潘刻本、《名媛詩歸》改。

〔四〕「抱」，疑作「繞」。

春歸

元本闕，借黄復翁處鈔本校補之，以下三首同

片片飛花弄晚暉㊀，杜鵑啼血訴春歸㊁。憑誰礙斷春歸路，更且留連伴翠微㊂。

滿地落花初過雨㊃〔一〕，一聲啼鳥已春歸㊄。午窗夢覺情懷惡㊅〔二〕，風絮欺人故著衣㊆。

狼藉花因昨夜風㊇，春歸了不見行踪㊈。孤吟悖坐清如水〔三〕，憶得輕離十二峰㊉。

一點芳心冷若灰⑪，寂無夢想惹塵埃⑫。東君總領鶯花去⑬，浪蝶狂蜂不自來⑭。

平疇交緑藹成隂⑮，梅豆初肥酒味新。門外好禽情分熟，不知春去尚啼春⑯〔四〕。

㊀杜《城上》詩：「風吹花片片。」

㊁杜甫《杜鵑行》：「其聲哀痛口流血，所訴何事常區區。」

㊂坡詩：「知有人家在翠微。」

㊃坡詩：「滿地落花無人掃。」

㈤《好事近》詞：「更一聲啼鳥。」

㈥見前詩注。

㈦李白詩：「柳絮著人衣。」

㈧古詞：「落花狼藉無行處。」　又，《虞美人》詞：「小樓昨夜又東風。」

㈨《虞美人》詞：「東君去後無踪跡。」

㈩胡曾《詠史》詩：「寂寂巫山十二峰。」

⑪《賀新郎》詞：「一點芳心事。」　又，《莊子》：心若死灰。

⑫六祖禪師詩：「無處惹塵埃。」

⑬古詩：「憑仗東君全管領。」

⑭唐元微之《山茶花》詩：「冷蜂寒蝶尚未來。」

⑮淵明詩：「平疇交遠風。」

⑯盧詩：「野禽聲好更啼春。」

校勘記

〔一〕「過雨」，明刻本作「雨過」。

〔二〕「午窗夢覺」，清鈔本作「一窗午夢」。

〔三〕「悖」，清鈔本作「獨」。

〔四〕「尚」，清鈔本作「更」。

惜春〔一〕

《後村千家詩》卷七、《名媛詩歸》卷二十

連理枝頭花正開㊀，妒花風雨苦相催〔二〕。願教青帝長爲主㊁，莫遣紛紛落翠苔〔三〕。

㊀白樂天《長恨歌》：「在地願爲連理枝。」

㊁《記·月令》：其帝青帝。　又，古《真珠簾》詞：「願與花枝長爲主。」

校勘記

〔一〕「惜春」，《後村千家詩》卷七、《名媛詩歸》卷二十題並作「落花」。

〔二〕「苦」，《後村千家詩》、潘刻本卷四並作「便」。

〔三〕「紛紛」，明刻本作「紛飛」。

春睡

午窗春睡足，推枕起來時。瘦怯羅衣褪，慵妝鬢影垂。舊愁消不盡，新恨忽相隨。有蝶傳魂夢，無鴻寄别離。

按：以上三首，元刻本、明刻本均無，係藝芸書舍影元鈔本所補。《春歸》詩的題注，亦係藝芸書舍影元鈔本所增。

斷腸詩集前集卷三

春景

春日閒坐

《名媛詩歸》卷二十

社燕歸來春正濃㊀，催花雨倩一番風㊁〔一〕。倚樓閒省經由處，月館雲藏望眼中㊂。

㊀古詞云：「燕子來時春社。」

㊁古《賀聖朝》詞：「更一番風雨。」

㊂古詞云：「登樓欲認經由處，無奈雲山遮望眼。」

校勘記

〔一〕「雨倩」，清鈔本作「細雨」。

春夜　《名媛詩歸》卷二十

半簷斜月人歸後㈠〔一〕，一枕清風夢破時㈡。無奈梨花春寂寂㈢，杜鵑聲裏祇顰眉㈣。

㈠古詞：「缺月挂簷牙。」
㈡江國器詩：「兩窗君子竹，一枕故人風。」
㈢東坡詩：「啼鳥落花春寂寂。」
㈣古詞：「杜鵑聲勸，不如歸去，蹙損遠山眉。」

校勘記

〔一〕「簷」，潘刻本卷四、《名媛詩歸》卷二十作「窗」。

春宵〔一〕

《名媛詩歸》卷二十（採二首，此乃其二）、《歷朝名媛詩詞》卷八、《古今詞統》卷一

夢回酒醒春愁怯㊀，寶鴨煙銷香未歇㊁。薄衾無奈五更寒㊂，杜鵑叫落西樓月㊃。

㊀東坡詩：「酒醒夢回聞落雪。」

㊁古《南鄉子》詞：「寶鴨沈煙裊。」

㊂古《浪淘沙》詞：「羅衾不暖五更寒。」

㊃古《最高樓》詞：「子規叫斷黄昏月。」

校勘記

〔一〕「春宵」，《古今詞統》卷一題作「阿那曲」。

元夜三首

《後村千家詩》卷三、《名媛詩歸》卷十九（採其一、二首）

闌月籠春霽色澄㊀〔一〕，深沈簾幕管弦清㊁。爭豪競侈連仙館〔二〕，墜翠遺珠滿帝城。一片笑聲連鼓吹㊂〔三〕，六街燈火麗昇平㊃〔四〕。歸來禁漏逾三四，窗上梅花瘦影横㊄。

壓塵小雨潤生寒〔五〕，雲影澄鮮月正圓㊅〔六〕。十里綺羅春富貴㊆，千門燈火夜嬋娟㊇。香街寶馬嘶瓊轡㊈，輦路輕輿響翠軿。高挂危簾凝望處〔七〕，分明星斗下晴天㊉。

火燭銀花觸目紅⑪，揭天鼓吹鬧春風〔八〕。新歡入手愁忙裏⑫〔九〕，舊事驚心憶夢中。但願暫成人繾綣⑬，不妨常任月朦朧⑭。賞燈那得工夫醉⑮，未必明年此會同。

㊀古詩：「月籠霽色夜沈沈。」

㊁古詞：「夜深簾幕靜，一曲管弦清。」

㊂古《上元》詞：「巷陌笑聲不斷。」

㊃古《上元》詞：「千門燈火，九街風月。」

㊄古詞：「梅影横窗瘦。」

㈥盧詩：「白雲生雨釀輕寒。」　又：「雲葉紛紛來細雨。」

㈦古《蝶戀花》詞：「十里綺羅香不斷。」

㈧見前詩注。

㈨順受老人《喜遷鶯》詞：「寶馬香車，喧隘情快。」

㈩古詞：「燈火樓高，移下一天星斗。」

⑪唐蘇味道《正月十五夜》詩：「火樹銀花合。」

⑫唐白居易詩：「今年已入手。」

⑬《毛詩》：「以謹繾綣。」

⑭古《天仙子》詞：「殘月朦朧人瘦損。」

⑮古詞：「那得工夫送。」

校勘記

〔一〕「闌月」，《後村千家詩》卷三作「蘭月」。　「闌月籠春」，潘刻本卷三、《名媛詩歸》卷十九並作「月滿今宵」。

〔二〕「爭豪競侈」，潘刻本、《名媛詩歸》並作「誇毫鬬綵」。

〔三〕「片」，潘刻本、《名媛詩歸》並作「派」。
〔四〕「麗昇」，潘刻本、《名媛詩歸》並作「樂昇」。
〔五〕「塵」，原作「麈」，據元刻本、《後村千家詩》改。
〔六〕「影」，《後村千家詩》作「葉」。
〔七〕「危」，《後村千家詩》作「朱」。
〔八〕「鼓吹」，清鈔本作「吹鼓」。
〔九〕「新歡」，原作「欣歡」，據清鈔本改。

元夜遇雨〔一〕　《名媛詩歸》卷二十

煙火笙歌是處休〔二〕，沈沈春雨暗皇州㊀。危樓十二欄干曲，一曲欄干一曲愁㊁。

㊀杜《醉時歌》：「深夜沈沈動春酌。」　又，《文選》：「春色滿皇州。」
㊁古《天仙子》詞：「危樓十二欄干曲，望不盡，愁不盡。」

校勘記

〔一〕「夜」，《名媛詩歸》卷二十作「宵」。

〔二〕「煙」，劉鈔本作「燈」。

雨中寫懷〔一〕

《後村千家詩》卷十二、《名媛詩歸》卷二十

東風吹雨苦生寒㊀〔二〕，慳澀春光不放寬㊁。萬紫千紅渾未見㊂，閒愁先占許多般。

㊀盧詩：「禁春風雨苦生寒。」

㊁古詞：「春光慳澀，風顛雨惡，未放晴天氣。」

㊂古詞：「萬紫千紅開遍了。」

校勘記

〔一〕「雨中寫懷」，《後村千家詩》卷十二題作「春雨」。

〔二〕「東風吹雨」，清鈔本作「春風催雨」。

夜雨二首

《後村千家詩》卷六、《名媛詩歸》卷二十、《歷朝名媛詩詞》卷八

抱影無眠坐夜闌〔一〕，窗風戰雨下琅玕㊀。我將好況供陪夢㊁〔二〕，祇恐燈花不耐寒㊂。

明朝春在雨中看㊃〔三〕，心碎簷聲點滴間㊄。縱有酒能消熟恨㊅，寧無花解怨生寒？

㊀羅隱《竹》詩：「晚風交戛竹琅玕。」

㊁古詞：「自家無好況。」

㊂古詩：「燈火巧耐寒。」

㊃古《多雨》詩：「不知春態度，猶在雨陰中。」

㊄古詩：「簷聲滴盡人心碎。」

㊅古詞：「誰道酒能消恨。」

校勘記

〔一〕「抱影無眠坐夜闌」首，《後村千家詩》卷六題作「夜坐」。「抱影」，潘刻本卷四、《名媛詩歸》卷

二十、《歷朝名媛詩詞》卷八並作「抑鬱」。

〔二〕「我」，潘刻本、《名媛詩歸》、《歷朝名媛詩詞》並作「自」。「況」，《後村千家詩》作「事」。

〔三〕「明朝」，潘刻本、《名媛詩詞》作「朝來」。

膏雨〔一〕

《後村千家詩》卷十二、《名媛詩歸》卷十九

添得垂楊色更濃㊀，飛煙捲霧弄輕風。展匀芳草茸茸緑㊁〔二〕，濕透妖桃薄薄紅㊂〔三〕。潤物有情如著意㊃，催花無語自施工㊄〔四〕。一犁膏脈分春隴㊅，祇慰農桑望眼中〔五〕。

㊀韓：「雨多添柳耳。」

㊁古詞：「緑草茸茸媚柳芳。」

㊂唐張籍《雨》詩：「雨濕湘桃點點紅。」

㊃杜詩：「潤物細無聲。」

㊄古詩：「催花上故枝。」

㊅東坡詩：「江上一犁春雨足。」

校勘記

〔一〕「膏雨」，《後村千家詩》卷十二題作「春雨」。

〔二〕「展」，《後村千家詩》作「染」。

〔三〕「薄薄」，《名媛詩歸》卷十九作「澹澹」。

〔四〕「催」，潘刻本卷三、《名媛詩歸》並作「滋」。

〔五〕「祇」，潘刻本、《名媛詩歸》並作「足」。

阻雨〔一〕

《後村千家詩》卷十二、《名媛詩歸》卷二十

幾度尋芳已不成，又還寂寞過清明㊀。慳風澀雨顛迷甚，十日春無一日晴㊁。

㊀古詞云：「寒食清明都過了。」

㊁古詞：「春光慳澀，風顛雨惡，未放晴天氣。」　又，古詩：「十日九風雨。」

校勘記

〔一〕「阻雨」，《後村千家詩》卷十二題作「久雨」。

清晝〔一〕

《後村千家詩》卷二、《名媛詩歸》卷二十、《歷朝名媛詩詞》卷八、《宋詩鈔補》

竹摇清影罩幽窗㊀，兩兩時禽噪夕陽㊁。謝卻海棠飛盡絮㊂，困人天氣日初長㊃。

㊀韓詩：「竹影金鎖碎。」

㊁古《極相思》詞：「夕陽外，禽聲切。」

㊂盧詩：「海棠褪盡柳飛綿。」

㊃古《點絳唇》詞：「荷葉乍圓，正是困人天氣。」

校勘記

〔一〕「清晝」，《後村千家詩》卷二題作「夏」，《宋詩鈔補》作「初夏」。

花柳

惜花〔一〕

《後村千家詩》卷七、《名媛詩歸》卷十九、《詩淵》册十四

生情賦得春心性，剩選名花繞砌栽㊀〔二〕。客到且堪供客眼〔三〕，詩慳那可助詩才㊁〔四〕。低叢高架隨宜有〔五〕，淺紫深紅次第開㊂。便做即今風雨限〔六〕，要看香豔繡蒼苔㊃。

㊀《天寶遺事》有《選花圖賦》。

㊁古詩：「四時花木供詩眼。」

㊂盧詩：「紅紫低昂樹，商量次第開。」

㊃古詞：「落花點點繡蒼苔。」

校勘記

〔一〕「惜花」，《後村千家詩》卷七題作「落花」。

〔二〕「選」，原作「遶」，據《後村千家詩》、《名媛詩歸》卷十九改。

〔三〕「堪」、「眼」，潘刻本卷三、《名媛詩歸》並作「宜」、「興」。

〔四〕「那」，原作「聊」，據《名媛詩歸》改。「助」，原作「昉」，據《後村千家詩》改。

〔五〕「宜」，潘刻本、《名媛詩歸》作「時」。

〔六〕「限」，《後村千家詩》作「恨」。

看花

《詩淵》册十四

欲向花邊遣舊愁，對花無語只成羞㈠。春光縱好須歸去，誰伴幽人著意留㈡。

㈠古詩：「盡日問花花不語。」

㈡陳無垢《櫻》詩：「連心著意留。」

移花

《名媛詩歸》卷二十、《詩淵》册十四

自移紅藥繞欄栽㈠，粉膩香嬌逐旋開〔一〕。且與幽人充近侍，莫教風雨苦相催㈡。

㈠《選》：謝朓詩：「紅藥當階翻。」
㈡古詞：「花開時節連風雨。」

校勘記

〔一〕「旋」，《名媛詩歸》卷二十作「漸」。

小桃葉去偶生數花

《名媛詩歸》卷二十、《詩淵》册四

庭外緗桃一萼紅㈠，多情特地振春風。仙源已露真消息㈡，迴作新花發舊叢㈢。

㈠杜詩：「山桃發紅萼。」
㈡晉陶潛《桃花源記》云云。
㈢杜：「花發去年叢。」

窗西桃花盛開〔一〕

《後村千家詩》卷八、《名媛詩歸》卷二十、《詩淵》册十三、《全芳備祖》前集卷八

盡是劉郎手自栽㊀，劉郎去後幾番開。東君有意能相顧，蛺蝶無情更不來㊁〔二〕。

㊀唐劉禹錫詩：「玄都觀裏桃千樹，盡是劉郎去後栽。」

㊁唐元稹《山茶》詩：「冷蝶寒蜂尚未來。」

校勘記

〔一〕「窗西桃花盛開」，《後村千家詩》卷八題作「桃花」。

〔二〕「更不」，《後村千家詩》作「不見」。「更」，《全芳備祖》前集卷八作「也」。

杏花

《後村千家詩》卷八、《名媛詩歸》卷二十、《詩淵》册四、《全芳備祖》前集卷十

淺注胭脂剪絳綃㊀〔一〕，獨將妖豔冠花曹。春心自得東君意，遠勝玄都觀裏桃㊁〔二〕。

㊀古詞：「杏花著雨胭脂透。」

㊁見前注。

校勘記

〔一〕「綃」，《名媛詩歸》卷二十作「紗」。

〔二〕「遠」，潘刻本卷四、《名媛詩歸》作「猶」。

梨花

《後村千家詩》卷八、《名媛詩歸》卷十九、《詩淵》册四、《全芳備祖》前集卷九

朝來帶雨一枝春㊀，薄薄香羅蹙蕊勻。冷豔未饒梅共色〔一〕，靚妝長與月爲鄰㊁〔二〕。許同蝶夢還如蝶，似替人愁卻笑人。須到年年寒食夜，情懷爲你倍傷神㊂〔三〕。

㊀唐白樂天《長恨歌》：「梨花一枝春帶雨。」

㊁韓詩：「桃李晨妝靚。」又，古《水調歌頭》詞：「雲作伴，月爲鄰。」

㊂盧詩：「今年違百五，花氣轉傷神。」

校勘記

〔一〕「豔」，《後村千家詩》卷八作「澹」。

〔二〕「長」，《全芳備祖》前集卷九作「嘗」，《詩淵》册四作「常」。

〔三〕「你」，《全芳備祖》、《名媛詩歸》卷十九作「爾」。

海棠

《後村千家詩》卷八、《名媛詩歸》卷十九、《歷朝名媛詩詞》卷八、《詩淵》册十三、《全芳備祖》前集卷七

胭脂爲臉玉爲肌㊀，未赴春風二月期〔一〕。曾比温泉妃子睡㊁，不吟西蜀杜陵詩㊂。桃羞豔冶愁回首〔二〕，柳妒妖嬈祇皺眉㊃。燕子欲歸寒食近，黄昏庭院雨絲絲㊄〔三〕。

㊀東坡詩全句。

㊁《唐・楊妃傳》：妃常浴温泉，明皇召妃，妃被酒新起，曰：「此海棠花睡未足耶。」又，古詩：「雨過温泉浴西子。」

㊂杜子美入蜀詩中，止不作海棠詩。又，東坡《海棠》詩，怪子美無詩到他。

㊃盧詩：「堤柳自顰眉。」

㈤古《燭影搖紅》詞云：「正海棠開後，燕子來時，黃昏庭院。」

校勘記

〔一〕「春」，《詩淵》册十三作「東」。

〔二〕「愁回首」，《後村千家詩》卷八作「偷藏臉」。「愁」，《全芳備祖》前集卷七作「應」。

〔三〕「庭」，《全芳備祖》作「夜」。

荼蘼

《詩淵》册四、《全芳備祖》前集卷十五、《名媛詩歸》卷十九

花神未怯春歸去㈠，故遣仙姿殿後芳。白玉體輕蟾魄□〔一〕，素紗囊薄麝臍香㈡。夢思洛浦嬋娟態㈢，愁記瑤臺澹淨妝㈣〔二〕。勾引詩情清絕處，一枝和雨在東牆㈤。

㈠《漁隱叢話》：《續仙傳》：有女遊花下，俗傳曰「花神」。

㈡唐天寶初，虞人獲一水麝，詔養於囿中，每取時先取其囊。

㈢《選》：曹子建《洛神賦》：洛浦之妃。

㊃東坡詞：「枉教人夢斷，瑤臺曲。」

㊄山谷《梅》詩：「最是可人清絶夜，月摇香影向東牆。」

校勘記

〔一〕「玉」，《詩淵》册四作「骨」。 「□」，明刻本、清鈔本、《名媛詩歸》卷十九作「瑩」。

〔二〕「澹淨」，《名媛詩歸》作「淺澹」。

偶得牡丹數本移植窗外將有著花意因成二首〔一〕

《後村千家詩》卷九、《名媛詩歸》卷二十、《全芳備祖》前集卷二

王種元從上苑分㊀〔二〕，擁培圍護怕因循〔三〕。快晴快雨隨人意㊁，正爲牆陰作好春。

香玉封春未啄花〔四〕，露根烘曉見紅霞〔五〕。自非水月觀音樣㊂〔六〕，不稱維摩居士家㊃。

㊀《文粹》：《牡丹傳》：上苑移仙根。

㊁隋薛道衡《遊野外》詩：「乍晴乍雨快人意。」

㊂古畫《水月觀音佛相》。

㈣《維摩經》：毗耶離城中有長者，名維摩詰居士。

校勘記

〔一〕「因成」二字原無，據《名媛詩歸》卷二十補。

〔二〕「王」，潘刻本卷四、《名媛詩歸》作「玉」。

〔三〕「圍」，《名媛詩歸》作「調」。

〔四〕「香玉封春未啄花」首，《後村千家詩》卷九題作「牡丹」。

〔五〕「紅」，《後村千家詩》、《全芳備祖》前集卷二作「纖」。

〔六〕「樣」，《後村千家詩》作「像」。

瑞香

《後村千家詩》卷九、《名媛詩歸》卷十九、《詩淵》冊六、《全芳備祖》前集卷二十二

玲瓏巧蹙紫羅囊㈠〔一〕，今得東君著意妝。帶露欲開宜曉日，臨風微困怯春霜。發揮名字來雕輦〔二〕，彈壓芳菲入醉鄉㈡。最是午窗初睡醒〔三〕，重重贏得夢魂香㈢。

㈠晉謝玄好佩紫羅香囊。

㈡唐王績作《醉鄉記》。

㈢《開元遺事》：夢魂香不斷，楊妃也。

校勘記

〔一〕「蹙」，《後村千家詩》卷九作「足」。「囊」，《全芳備祖》前集卷二十二作「裳」。

〔二〕「雕輦」，《全芳備祖》作「盧皁」。

〔三〕「醒」，原作「省」，據《後村千家詩》、《名媛詩歸》改。

柳

《名媛詩歸》卷二十、《詩淵》册九《花木類》、《全芳備祖》前集卷十七

萬縷千絲織暖風㈠〔一〕，絆煙留霧市橋東㈡〔二〕。砌成幽恨斜陽裏〔三〕，供斷閒愁細雨中㈢〔四〕。

㈠詩話：《柳枝歌》詩：「不必如絲千萬縷。」

㈡杜《西郊》詩：「市橋官柳細。」

㊂順受老人詞：「眼前景物盡供愁。」

校勘記

〔一〕「織」，《詩淵》册九《花木類》作「識」。

〔二〕「絆煙留霧」，《名媛詩歸》卷二十作「帶煙籠霧」。「霧」，《全芳備祖》卷十七作「露」，似勝。

〔三〕「砌」，《名媛詩歸》作「縮」。

〔四〕「供斷閒愁」，《名媛詩歸》作「折斷離情」。

柳絮

《後村千家詩》卷十一、《名媛詩歸》卷十九、《詩淵》册六《花木類》

繚繞晴空似雪飛㊀，悠揚不肯著塵泥㊁。花邊嬌軟黏蜂翅㊂〔一〕，陌上輕狂趁馬蹄〔二〕。貼水化萍隨浪遠㊃，弄風無影度牆低㊄〔三〕。成團作陣愁春去〔四〕，故把東君歸路迷㊅。

㊀杜《漫興》：「惟解漫天作雪飛。」

㊁古詩：「風輕柳絮悠揚舞。」

㊂杜《獨酌》詩：「遊蜂黏落絮。」

㊃坡詩：「柳花著水浮萍生。」注：柳絮飛入池皆化爲萍。

㊄盧詩：「飛絮因風度短牆。」

㊅杜詩：「歸路柳邊迷。」

校勘記

〔一〕「嬌」，潘刻本卷三、《名媛詩歸》卷十九並作「輕」。

〔二〕「輕」，潘刻本、《名媛詩歸》並作「顛」。「蹄」，原作「啼」，據元刻本、潘刻本、《後村千家詩》卷十一、明刻本、清鈔本改。

〔三〕「低」，原作「底」，據元刻本、潘刻本改。

〔四〕「去」，潘刻本、《名媛詩歸》並作「盡」。

聞子規有感

《名媛詩歸》卷十九

花落花開事可悲㊀，等閒一醉失芳菲。園林初聽鶯聲澀㊁〔一〕，庭徑俄看蝶粉稀〔二〕。欹枕夜深無夢到㈢，倚樓天外便魂飛㈣〔三〕。我無雲翼飛歸去㈤，杜宇能飛卻不歸㈥。

㈠《香奩集》：六言詩：「花開花落相思。」

㈡古詩：「上林春暖鶯聲滑。」

㈢古《菩薩蠻》詞：「欹枕悄無言。」

㈣《荆楚故事》：「長劍倚天外。」

㈤《莊子》：鵬翼若垂天之雲。

㈥古《子規》詩：「晝尋芳樹飛」云云，猶道不如歸。

校勘記

〔一〕「澀」，潘刻本卷三、《名媛詩歸》卷十九作「細」。

〔二〕「蝶粉」，《名媛詩歸》作「粉蝶」。

〔三〕「便魂」，潘刻本、《名媛詩歸》並作「有神」。

斷腸詩集前集卷四

夏景

初夏二首

《後村千家詩》卷二

枝上渾無一點春㈠〔一〕，半隨流水半隨塵㈡。柔桑欲椹吴蠶老㈢，稚筍成竿綵鳳馴㈣〔二〕。荷嫩愛風欹蓋翠㈤，榴花宜日皺裙殷。待封一篭傷心淚，寄與南樓薄倖人㈥。

冰蠶欲繭二桑陰㈦，粉籜彫風曲徑深㈧。長日漸成微暑意，喜看樓影浸波心㈨。

㈠詩話：「嫩緑枝頭紅一點，動人春色不須多。」

㈡太清宫詞：「紅片半隨風，又半隨流水。」

㈢《詩·泮水》：「食我桑椹。」　又，古《鵲橋仙》詞：「吴蠶老後。」

㈣《雜記》：《竹譜》呼筍爲稚子。　又，李昇《竹》詩：「棲鳳枝梢猶嫩弱。」

㈤唐柳子厚詩：「荷嫩未張擎雨蓋。」

㈥古《殢人嬌》詞：「也待作箇篭兒寄與。」

㈦《拾遺記》：東海有冰蠶，繭五色，織成文錦，入水不濕。

㈧古詞：「曲徑通深香。」

㈨古詩：「江樓倒影浸寒波。」

校勘記

〔一〕「枝上渾無一點春」首，《後村千家詩》卷二題作「夏」。

〔二〕「綵」，《後村千家詩》作「繡」。

日永

雨過横塘蛙吹鬧㈠，日融芳圃蜜脾香㈡。一痕心事難消遣，雙鵲飛鳴過短牆㈢。

㈠古《極相思》詞：「一番雨過横塘。」又，孔稚珪居南池，有少草春月蛙鳴，當兩部鼓吹也。

㈡唐羅隱《蜂》詩：「花房與蜜脾。」
㈢古《謁金門》詞：「終日望君君不至，舉頭聞鵲喜。」

端午

《後村千家詩》卷二十、《名媛詩歸》卷二十

縱有靈符共綵絲㈠，心情不似舊家時〔一〕。榴花照眼能牽恨㈡，强切菖蒲泛酒卮㈢。

㈠《抱朴子》：或問辟五兵之道，以五月五日著赤靈符於胸前。又，《風土記》：五日以綵絲爲百索繫臂。
㈡韓愈詩：「五月榴花照眼明。」
㈢古《南歌子》詞：「菖蒲泛酒香。」

校勘記

〔一〕「舊家」，《後村千家詩》卷四作「舊年」，潘刻本卷四、《名媛詩歸》卷二十並作「去年」。

苦熱聞田夫語有感

《名媛詩歸》卷十九

日輪推火燒長空㈠，正是六月三伏中㈡。旱雲萬疊赤不雨㈢〔一〕，地裂河枯塵起風。農憂田畝死禾黍，車水救田無暫處㈣。日長飢渴喉嚨焦，汗血勤勞誰與語。播插耕耘功已足，尚愁秋晚無成熟。雲霓不至空自忙㈤，恨不抬頭向天哭！寄語豪家輕薄兒，綸巾羽扇將何爲㈥？田中青稻半黄槁，安坐高堂知不知㈦？

㈠韓文全句。又，古詩：「畏日正燒空。」

㈡杜詩：「三伏適已過。」

㈢詩話：「旱雲無雨漫遮天。」

㈣杜《苦熱行》全句。

㈤《孟·梁惠王上》：若大旱之望雲霓。

㈥東坡詞：「羽扇綸巾，談笑間……」

㈦《李廣贊》：知與不知。

校勘記

〔一〕「萬」，《名媛詩歸》卷十九作「高」。

納涼桂堂二首 《名媛詩歸》卷二十（採其二）

微涼待月畫樓西㈠，風遞荷香拂面吹㈡。先自桂堂無暑氣㈢，那堪人唱雪堂詞㈣。

清香滿座瓜分玉，明月澄空酒漾金㈤。不是夜涼難就醉〔一〕，一簾秋色竹森森㈥。

㈠古詩：「當樓待月來。」

㈡杜詩：「長洲芰荷香。」

㈢古詩：「渾無暑氣侵。」

㈣東坡《雪後書北堂壁》云。

㈤曹植詩云：「明月澄清景。」　又，《漢·郊祀歌》：穆穆金波。

㈥東坡詩：「森森如竹光。」

校勘記

〔一〕「涼」，潘刻本卷四、《名媛詩歸》卷二十並作「深」。

梅蒸滋甚因懷湖上二首 《名媛詩歸》卷二十（採其二）

東風作雨淺寒生，梅子傳黄未肯晴㊀。戢戢籜龍頭角就㊁，温雲繚繞變江城。
雲暗湖光雨四垂，珠璣萬斛撒琉璃㊂。紫苔階面寒聲急，有甚心情更賦詩㊃。

㊀杜詩：「梅杏半傳黄。」
㊁坡詩：「與問籜龍兒。」
㊂古《泉》詩：「泉跳珠璣萬斛傾。」
㊃陶淵明《歸去來辭》：「臨清流而賦詩。」

納涼即事〔一〕

《後村千家詩》卷五、《名媛詩歸》卷二十

旋折蓮蓬破緑瓜㊀〔二〕，酒杯收起點新茶㊁〔三〕。飛蠅不到冰壺淨，時有涼風入齒牙㊂。

㊀古《宴清堂》詞：「旋折枝頭新果。」

㊁東坡《定風波》詞：「子瞻書困點新茶。」

㊂坡詩：「香風入牙頰。」

校勘記

〔一〕「納涼即事」，《後村千家詩》卷五題作「涼」。

〔二〕「蓬」，《後村千家詩》、潘刻本卷四、《名媛詩歸》卷二十並作「房」。

〔三〕「點」，《後村千家詩》作「試」。

夏雨生涼三首

《後村千家詩》卷十二、《名媛詩歸》卷二十（採其一）

烈日如焚正蘊隆㈠〔一〕，黑雲載雨瀉長空㈡。乖龍霹靂一聲歇㈢〔二〕，庭竹瀟瀟來好風㈣。
崒嵂金蛇殷殷雷㈤，過雷班駁漸晴開〔三〕。雨催涼意詩催雨㈥，當盡新篘玉友醅㈦。
眼界清無俗事來，要涼更著好詩催㈧。涼生還又撩幽恨㈨，留取孤樽對月開㈩。

㈠《毛詩·雲漢》篇：「如惔如焚。」　又云：「蘊隆蟲蟲。」

㈡東坡詩：「黑雲翻雨未遮山。」

㈢《酉陽雜俎》：借霹靂車有光如電，村落日有風雨，果然。

㈣古詩：「瀟瀟庭外竹，時送好風來。」

㈤東坡《望海晚景》詩：「電光時掣紫金蛇。」《毛詩》：「殷其雷。」

㈥杜詩：「應是雨催詩。」　又，東坡詩：「黑雲催雨雨催詩。」

㈦玉友，長安白酒名也。

㈧上注。

㈨盧詩：「雨生涼意撩詩興。」

㈩坡詩：「對月開芳樽。」

校勘記

〔一〕「烈日如焚正藴隆」首，《後村千家詩》卷十二題作「夏雨」。

〔二〕「乖」，原作「捜」，據《後村千家詩》改。

〔三〕「駁」，原作「較」，據清鈔本改。

雨過

幽篁脱籜緑參差㈠，雨過微風拂面宜〔一〕。浴罷晚妝慵不御，卻親筆硯賦新詩㈡。

㈠杜詩：「相近竹參差。」又，東坡詩：「解籜新篁不自持。」

㈡一作「盆池戲水摸魚兒」。杜詩：「聊以賦新詩。」

校勘記

〔一〕「拂」，原作「有」，據武林本、劉鈔本改。

喜雨

《名媛詩歸》卷十九、《歷朝名媛詩詞》卷八

赤日炎炎燒八荒㈠，田中無雨苗半黄㈡。天工不放老龍懶，赤電驅雷雲四方㈢。瓊瑰萬斛寫碧落，陂湖池沼皆泱泱。高田低田盡沾澤，農喜禾無枯槁傷。我皇聖德布寰宇，六月青天降甘雨㈣。四海咸蒙滂沛恩，九州盡解焦熬苦。傾盆勢歇塵點無㈤，衣袂生涼罷揮羽㈥。江上數峰天外青㈦，眼界增明快心腑㈧。炎熱一洗無留跡㈨，頓覺好風生兩腋㈩。紗廚湘簟爽氣新⑪，沈李削瓜浮玉液⑫。傍池占得秋意多，尚餘珠點綴圓荷⑬。樓頭月上雲散盡⑭，遠水連天天接波⑮。

㈠《毛詩》：「赫赫炎炎。」　又，杜詩：「八荒開壽域。」

㈡古詩：「田中龜坼久不雨。」

㈢杜詩：「雲雷驅號令。」　又，東坡詩：「眼光走電掣金蛇。」

㊃《爾雅》：甘雨時降。

㊄杜詩：「白帝城下忽翻盆。」

㊅東坡詞：「羽扇綸巾，談笑間……」

㊆唐錢起詩：「江上數峰青。」

㊇韓詩：「遠目增雙明。」

㊈盧詩：「俄驚一雨洗炎熾。」

(一〇)盧仝《茶歌》：「但覺兩腋清風生。」

(一一)古《洞仙歌》詞：「六天湘綺簟冷。」

(一二)古詞：「玉泉清潔，正好浮瓜沈李。」

(一三)東坡詞：「荷珠碎又圓。」

(一四)古詩：「雲散月當空。」

(一五)杜詩：「遠水兼天青。」

按：元刻本卷四於此首終，無以下五首。

夏夜

《名媛詩歸》卷二十

花底杯傾演漾金㈠，月邊風細竹陰陰㈡。故人清遠更真絶，消盡煩襟爽氣深㈢。

㈠古詞：「花底傾杯，花影嬌，隨人醉。」

㈡古《水調歌頭》：「竹邊風細，月色澹陰陰。」

㈢韓文詩：「清泉潔塵襟。」

新荷

《後村千家詩》卷九、《名媛詩歸》卷二十、《詩淵》册六

平波浮動洛妃鈿㈠，翠色嬌圓小更鮮㈡〔一〕。蕩漾湖光三十頃，未知葉底是誰蓮。

㈠曹子建《洛神》，賦洛浦二妃。

㈡杜詩：「圓荷浮小葉。」

校勘記

〔一〕「嬌圓」,《後村千家詩》卷九作「團團」。

青蓮花

《後村千家詩》卷九、《名媛詩歸》卷十九、《詩淵》册十三

淨土移根體性殊㊀〔一〕,笑他紅白費工夫㊁。幽姿羞損嬋娟女,異色孤芳瀲灩湖。顧影有情欺水荇㊂,向人無語鄙風蒲㊃。一枝摇動清香遠,幾許詩箋與畫圖㊄。

㊀晉惠法師居廬山,寺有白蓮池,與陶潛十八人同修淨土,號白蓮社。

㊁東坡詩:「紅白蓮花相間開。」

㊂杜《曲江對雨》詩:「水荇牽風翠帶長。」

㊃《選》詩:「風蒲亂曲渚。」

㊄杜詩:「先披古畫圖。」

校勘記

〔一〕《後村千家詩》卷九於《青蓮花》題下僅有「淨土移根體性殊」以下四句。

水梔子

《名媛詩歸》卷二十、《詩淵》册十三、《全芳備祖》前集卷二十二

一痕春寄小峰巒〔一〕，薝蔔香清水影寒㊀〔二〕。玉質自然無暑意㊁，更宜移就月中看㊂。

㊀《酉陽雜俎》：梔子花六出，即西域薝蔔花也。

㊁古《梔子》詩：「先開白玉花。」

㊂裴休詩：「無人起就月中看。」

校勘記

〔一〕「痕」，《全芳備祖》前集卷二十二作「根」。「巒」，原作「蠻」，據《全芳備祖》改。

〔二〕「蔔」，原作「簷」，據武林本改。

羞燕

《詩淵》册十六《鳥獸門·天文類》

停鍼無語淚盈眸㈠，不但傷春夏亦愁㈡。花外飛來雙燕子㈢，一番飛過一番羞㈣。

㈠古《長相思》詞：「繡停鍼，淚盈盈，斷腸梁燕語聲頻。」

㈡杜詩：「傷春怯杜鵑。」

㈢古《聲聲慢》詞：「雙雙舊家燕子，又飛來清明池閣。」

㈣東坡詩：「一番葉老一番新。」

斷腸詩集前集卷五

秋景

早秋

一痕雨過濕秋光，紈扇初抛自有涼㈠。霧影乍隨山影薄，蛩聲偏接漏聲長㈡。

㈠周興嗣次韻「紈扇圓潔」。

㈡古《快活年》詞：「蛩吟聲不住。」　又，《小重山》詞：「夢魂斷，愁聽漏聲長。」

秋日登樓

《詩淵》册二十《人事類》

梧影蕭疏套晚晴㈠，殘蟬淒楚不堪聽㈡。樓高望極秋山去㈢，溢眼重重疊疊青㈣。

㊀古《金落索》詞：「風撼梧桐影碎，淒涼天氣。」

㊁古《品令》詞：「殘蟬噪晚。」

㊂杜詩：「清秋望不極。」　又，古《踏莎行》詞云：「樓高莫近欄杆倚，平蕪盡處是秋山。」

㊃古《卜算子》詞：「柳外重重疊疊山，遮不斷愁來路。」

秋日雜書二首

雨過涼生枕簟秋㊀，樓頭新月挂銀鈎㊁。且無揮扇勞纖手，衹好燒香伴酒甌。

窗外蛩吟解説秋㊂，迢迢清夜憶前遊㊃（一）。月華飛過西樓上，添起離人一段愁㊄。

㊀《點絳唇》詞：「枕簟冰清，漸覺秋涼也。」

㊁《烏夜啼》詞：「無言獨上西樓，月如鈎。」

㊂古《洞仙歌》詞：「窗外蛩吟雨聲細。」

㊃《香奩集》□明詩：「迢迢恩義吹（疑作「欠」）區分。」（按：查《香奩集》無此詩。僅《有憶》詩有「晝漏迢迢夜漏遲」之句。）

㊄古《思鳳凰樓上吹簫》詞：「又添一段新愁。」

校勘記

〔一〕「憶」，原作「惜」，據元刻本、明刻本改。

秋夜二首

《後村千家詩》卷六、《名媛詩歸》卷二十（並採其一）

夜久無眠秋氣清㊀，燭花頻剪欲三更〔一〕。鋪牀涼滿梧桐月〔二〕，月在梧桐缺處明㊁。

涼天如水夜澄鮮㊂〔三〕，桂子風清懶去眠㊃。多謝嫦娥知我意，中秋未到月先圓。

㊀杜詩：「夜深露氣清。」

㊁東坡長短句：「缺月挂疏桐。」

㊂古《御街行》詞：「雲澹碧天如水。」又，《醉蓬萊》詞：「夜色澄鮮。」

㊃《選》：沈休文詩：「秋風生桂枝。」

校勘記

〔一〕「花」，原作「光」，據元刻本、《後村千家詩》卷六改。

〔二〕「鋪牀」，清鈔本作「羅衣」。

〔三〕「澄」，原作「汀」，據元刻本改。

秋夜聞雨三首〔一〕

似箭撩風穿帳幕〔二〕，如傾涼雨咽更籌㈠。冷懷倚枕人無寐㈡，鐵石肝腸也淚流㈢。

竹窗蕭索鎮如秋㈣，雨滴簷花夜不休㈤。獨宿廣寒多少恨㈥，一時分付我心頭㈦。

似篋身材無事瘦㈧，如絲腸肚怎禁愁㈨。鳴窗更聽芭蕉雨㈩，一葉中藏萬斛愁⑪。

㈠古《戛金釵》詞：「怎數向更籌計。」

㈡古詞：「倚枕無眠又無寐。」

㈢唐皮日休作《桃花賦》云：鐵腸與石心。又，《巫山雲雨散》詞：「便直饒鐵作心腸，也須是淚滴。」

㈣唐李太白詩：「窗竹夜鳴秋。」

㊄杜《醉時歌》：「燈前細雨簷花落。」

㊅《龍城録》：八月望日，明皇遊月宮，見太府，榜曰「清虚廣寒之宮」。少見素娥十餘人，皆皓衣。又，白樂天《長恨歌》：「也勝嫦娥不嫁人，夜夜孤眠廣寒殿。」（按：此非《長恨歌》句，亦不見於《白居易集》，张耒《七夕歌》有句云：「猶勝嫦娥不嫁人，夜夜孤眠廣寒殿。」）

㊆古《卜算子》詞：「欲把愁分付。」　又，古詞：「算一一都在我心頭。」

㊇古《滿庭芳》詞：「似蔑身材，纖腰一捻，新來消瘦如削。」

㊈古詞：「一寸柔腸，如絲千結，不奈愁如鐵。」

㊉詩話載蔣均覽許昱詩，答云：「芭蕉葉上無愁雨，自是多情取斷腸。」

⑪《群玉雜俎》：庾信作《愁賦》，直將一心能盡萬斛愁。

校勘記

〔一〕「三首」原作「二首」，據元刻本、明刻本、清鈔本及本詩改。

〔二〕「撩」，清鈔本作「狂」。

秋夜有感

哭損雙眸斷盡腸㊀，怕黄昏後到昏黄㊁。更堪細雨新秋夜㊂，一點殘燈伴夜長㊃。

㊀古《秋蕊香》詞：「眼也生應哭破。」

㊁古《長相思》詞：「每思量，轉淒惶，捱到黄昏愈斷腸。」

㊂杜詩：「驟雨清秋夜。」

㊃坡詩：「孤燈冷焰自明滅，獨坐無人伴夜長。」

中夜

馮夷捧出一輪月㊀，河伯吹開萬里雲㊁。寥廓無塵河漢遠㊂，水光天影接清芬㊃。

㊀《後漢·馬融》：撫馮夷，策句芒。

㈡《莊・秋水篇》：兩涘渚涯之間，不辨牛馬，河伯欣然。

㈢杜詩：「河漢近人流。」

㈣古詩：「山光接水光。」

月夜

《名媛詩歸》卷二十

燈花鵲喜兩無憑㈠，那更清宵夢不成㈡。月上樓頭天似洗㈢，愁人別是一般情㈣。

㈠杜詩：「燈花何太喜。」　又，《天寶遺事》：人聞鵲聲皆爲喜兆，曰「靈鵲報喜」。

㈡古《卜算子》詞云：「雲雨陽臺夢不成。」

㈢《御街行》詞：「雲澹碧天如洗。」

㈣古《烏夜啼》詞：「別是一般滋味在心頭。」

長宵

《名媛詩歸》卷二十

月轉西窗斗帳深㊀，燈昏香燼擁寒衾㊁。魂飛何處臨風笛㊂，腸斷誰家搗夜砧㊃。

㊀坡詩：「夜深眠斗帳。」
㊁古《洞仙歌詞》：「銀釭挑盡，紗窗未曉，獨擁寒衾一半。」（按：原作「古四比洞仙歌詞」，「四比」不詳。）
㊂古詞：「魄散魂飛。」《選》詩：「何處臨風笛，偏送斷腸聲。」
㊃花蕊夫人詩：「不喜寒砧搗斷腸。」

對景漫成

半窗殘照一簾風㊀，小小池亭竹徑通㊁。楓葉醉紅秋色裏㊂，兩三行雁夕陽中㊃。

㊀古《綺羅香》詞：「酒醒後，一枕清風；夢斷處，半窗殘月。」

㈡古《鷓鴣天》詞：「小小池亭自有涼。」又，唐常建詩：「竹徑通幽處。」

㈢《選・雜詩》：「曉霜楓葉丹。」

㈣杜詩：「旅雁兩三行。」又，古《鷓鴣天》詞：「落花凝恨夕陽中。」

七夕　《後村千家詩》卷四、《名媛詩歸》卷二十

拜月亭前梧葉稀㈠〔一〕，穿鍼樓上覺秋遲㈡〔二〕。天孫正好貪歡笑㈢〔三〕，那得工夫賜巧絲㈣〔四〕。

㈠東坡詩：「拜月無人見臉妝。」

㈡《荊楚歲時記》：七夕，婦人以綵絲穿鍼，乞巧。

㈢《前漢・天文志》：織女，天女孫也。

㈣古《鵲橋仙》詞：「我笑今夜兩情忙，更有甚工夫送巧。」

校勘記

〔一〕「葉」，《後村千家詩》卷四作「影」。　「拜月亭前」，潘刻本卷四作「金井西風」。

〔二〕「覺秋遲」，潘刻本作「月光微」。

〔三〕「正好貪歡笑」，潘刻本作「也赴今宵約」。

〔四〕「那得工夫賜巧絲」，潘刻本作「不賜人間巧樣璣」。

中秋

《後村千家詩》卷四、《名媛詩歸》卷十九

秋來長是病㈠〔一〕，不易到中秋〔二〕。欲賞今宵月㈡，須登昨夜樓㈢。露濃梧影澹㈣，風細桂香浮㈤。莫做尋常看㈥，嫦娥亦解愁㈦。

㈠古詞：「春來長是病厭厭。」

㈡韓詩：「一年明月今宵多。」

㈢晉庾亮在武昌，與殷浩、王胡之等乘秋夜共登南樓。

㈣古《一叢花》詞：「曉來寒露滴疏桐。」

㊄仁廟賜及第進士詩：「仙籍桂香浮。」

㊅古《念奴嬌·中秋》詞：「不比尋常三五夜。」

㊆見前注。

校勘記

〔一〕「秋來長是病」，《後村千家詩》卷四作「光陰如捻指」。

〔二〕「不易到」，《後村千家詩》作「不覺是」。

中秋值雨

《名媛詩歸》卷十九

積葉冷翻階㊀，凝雲暗海涯㊁。樓高勞望眼㊂，天暝隔吟懷〔一〕。宛轉愁難遣㊃，團圓事未諧㊄。四簷飛急雨㊅，寂寂坐空齋。

㊀坡詩：「疏疏桐葉冷翻階。」

㊁坡詩：「風掣凝雲斷。」

㊂古詩：「樓高望眼明。」

㊃古詞：「愁厭厭，脈脈上心中，難消遣。」

㊄古《吴音子》詞：「早團圓，早早團圓。」又，《聲聲慢》詞：「心雖相許，事未曾諧。」

㊅杜《醉時歌》：「燈前細雨簷花落。」

校勘記

〔一〕「暝」，原作「瞑」，據元刻本、潘刻本改。

獨坐

《名媛詩歸》卷十九、《歷朝名媛詩詞》卷八

捲簾待明月㊀，拂檻對西風。夜氣涵秋色㊁，瑶河浸碧空〔一〕。草根鳴蟋蟀㊂，天外叫冥鴻㊃。幾許舊時事，今宵誰與同。

㊀杜詩：「開樽待明月。」

㊁古詩：「秋色光涵夜氣浮。」

㈢杜《蟋蟀》詩：「草根吟不絶。」

㈣《詩·問月》（按：當爲揚雄《法言·問明》）篇：鴻飛冥冥。又，《符川集》：《多麗》詞：「幾聲天外歸鴻。」

校勘記

〔一〕「浸」，潘刻本卷二、《名媛詩歸》卷十九、《歷朝名媛詩詞》卷八並作「度」。

悶懷二首　《名媛詩歸》卷二十

黄昏院落雨瀟瀟㈠，獨對孤燈恨氣高㈡。鍼綫懶拈腸自斷㈢，梧桐葉葉剪風刀㈣。

秋雨沈沈滴夜長㈤，夢難成處轉淒涼㈥。芭蕉葉上梧桐裏㈦，點點聲聲有斷腸㈧。

㈠《毛詩》：「風雨瀟瀟。」

㈡坡詩：「獨坐對孤燈。」

㈢古《憶王孫》詞：「鍼綫慵拈午夢長。」

㈣《滿庭芳》詞云：「風剪梧桐。」又，《選》詩云：「落葉秋風利似刀。」

㈤韓詩：「夜雨滴空階。」

㈥東坡詩：「夢難成處轉淒惶。」

㈦詩話載蔣鈞覽許昱詩，答云：「芭蕉葉上無愁雨，自是多情取斷腸。」又，白樂天《長恨歌》：「秋雨梧桐葉落時。」

㈧見前注。

湖上閒望二首

《名媛詩歸》卷二十（採其一）

照水芙蓉入眼明㈠，敗荷枯葦鬧秋聲㈡〔一〕。疏雲不雨陰定長㈢〔二〕，喚起詩懷酒興清㈣。

薄雲疏日弄陰晴，山秀湖平眼界清㈤。不必西風吹葉下，愁人滿耳是秋聲㈥。

㈠古《金菊對芙蓉》詞：「映照水，幾簇芙蓉。」

㈡古詞：「同賞敗荷疏柳。」

㈢杜詩：「火雲天不雨。」

㊃《選》詩：「景入詩懷雅，花添酒興濃。」

㊄《選》詩：「十里湖平眼界寬。」

㊅陳簡齋詩：「莫遣西風吹葉盡，卻愁無處著秋聲。」

校勘記

〔一〕「鬧」，潘刻本卷四、《名媛詩歸》卷二十並作「動」。

〔二〕「疏雲不雨陰定長」，潘刻本、《名媛詩歸》並作「秋雲澹澹煙如畫」。

中秋聞笛

《名媛詩歸》卷二十、《詩淵》册八

誰家橫笛弄輕清㊀，喚起離人枕上情㊁。自是斷腸聽不得，非干吹出斷腸聲㊂。

㊀杜詩：「橫笛未休吹。」

㊁坡詞：「喚起離情，慵推孤枕。」

㊂阮晟聞笛，曰：「客中月夜聞此聲，使人斷腸。」

斷腸詩集前集卷六

秋景

九日

《名媛詩歸》卷十九

去年九日愁何限㈠，重上心來益斷腸㈡。秋色夕陽俱澹薄㈢，淚痕離思共淒涼㈣〔一〕。征鴻有陣全無信㈤〔二〕，黃菊無情卻有香㈥。自覺近來清瘦了㈦〔三〕，懶將鸞鏡照容光㈧。

㈠東坡《九日登樓作》：「去年重陽不可說。」

㈡古《三天四見》詞：「愁厭厭，脈脈上心中，難消遣。」

㈢坡詩：「秋光澹薄夕陽中。」

㈣古《采蓮令》詞：「重陽淚眼。」　又：「早是苦離腸。」

㈤唐王勃《滕王閣記》：雁陣驚寒。　又：《朝中措》云：「征雁不來無信，教人空度重陽。」

㈥古《滿庭芳》詞：「黄菊正飄香。」

㈦古《于飛樂》詞：「近來清瘦，爲誰爲誰？」

㈧《異苑》：罽賓國王獲一鸞，垂鑒照之，乃悲鳴而舞。又，《意難忘》詞：「瘦減容光。」

校勘記

〔一〕「淚痕」、「共」，潘刻本卷三、《名媛詩歸》卷十九並作「閨情」、「總」，似勝。

〔二〕「陣」，潘刻本、《名媛詩歸》並作「序」。

〔三〕「近」，潘刻本、《名媛詩歸》並作「年」。

寓懷二首〔一〕

《名媛詩歸》卷二十、《歷朝名媛詩詞》卷八（並採其二）

澹月疏雲九月天㈠〔二〕，醉霜危葉墜江寒㈡〔三〕。孤窗鎮日無聊賴〔四〕，編輯詩詞改抹看。

菊有黄花籬檻邊㈢，怨鴻聲重下寒天〔五〕。偏宜小閣幽窗下，獨自燒香獨自眠㈣。

㈠陳簡齋詩：「疏雲澹月已三更。」

㈡唐白樂天詩：「醉貌如霜葉，雖紅不是春。」

㈢《禮記·月令》：「菊有黄花。」

㈣東坡詩：「掃地焚香閉閣眠。」

校勘記

〔一〕「寓懷」，原作「寫懷」，據元刻本、明刻本、潘刻本卷四、清鈔本改。

〔二〕「澹月疏雲」，潘刻本作「疏雨悲風」。

〔三〕「醉霜危葉」，潘刻本作「酣霜楓葉」。

〔四〕「孤」，潘刻本作「小」。

〔五〕「怨鴻聲重」，潘刻本、《名媛詩歸》卷二十、《歷朝名媛詩詞》卷八並作「哀鴻聲杳」。

秋日述懷

婦人雖軟眼㈠，淚不等閒流。我因無好況㈡，揮斷五湖秋㈢。

㈠順受老人《永遇樂》詞：「我不成心酸眼軟。」
㈡古詞：「自家無好況。」
㈢順受老人詞：「占斷清秋，五湖景物供心眼。」

秋日偶成

初合雙鬟學畫眉㈠，未知心事屬他誰㈡。待將滿抱中秋月㈢，分付蕭郎萬首詩㈣。

㈠《燭影摇紅》詞云：「黛眉巧畫宫妝淺。」
㈡《雙雁兒》詞：「這心事仗他誰。」
㈢沈約詩：「抱月過中秋。」
㈣《南史》：難得蕭郎一紙書。

秋日晚望

煙濃難認别州山㈠，彷彿鷗群浴遠灘㈡。一點客帆摇動處㈢，排雲紅日弄光寒㈣〔一〕。

㈠柳子厚詩：「家在他州那箇山。」

㈡杜：「晴浴鷗群分處處。」

㈢李白《望天門山》詩：「客帆一點日邊來。」

㈣韓昌黎詩：「排雲叫閶闔。」　又，杜甫《晚晴》詩：「赤日照耀西邊來，六龍寒急光徘徊。」

校勘記

〔一〕「光」，原作「先」，據元刻本、明刻本改。

秋夜牽情三首

纖纖新月挂黄昏㈠，人在幽閨欲斷魂㈡。箋素拆封還又改㈢，酒杯慵舉卻重温。燈花占斷燒心事，羅袖長供挹淚痕㈣。益悔風流多不足，須知恩愛是愁根㈤。

簷外秋清繡綺窗，菊煙月露冷浮香㈥。寒更二十五聲點㈦，相應愁情爾許長。

閒悶閒愁百病生㈧，有情終不似無情㈨。風流意思鐫磨盡㈩，離別肝腸鑄寫成。

㈠《訴衷情》詞：「黄昏新月一鈎纖。」

㈡《滿江紅》詞云：「魂夢斷，難尋覓。」

㈢《定風波》詞：「素箋封了還重拆。」

㈣《符川集》：《黄昏》詩：「故將羅袖裛啼痕。」

㈤古《滿江紅》詞：「誰知恩愛變成愁根。」

㈥杜詩：「火雲洗月露。」

㈦《群玉雜俎》：李郢詩：「江風徹骨不成睡，二十五聲秋點長。」

㈧張子野《浣溪沙》詞：「閒愁閒悶日偏長。」

㈨古詞：「無情卻被多情惱。」

㈩《石鼓歌》：可鐫於頑石。

詠桂四首〔一〕

《後村千家詩》卷十、《詩淵》册六《花木類》、《全芳備祖》前集卷十三

彈壓西風擅衆芳㈠〔二〕，十分秋色爲君忙㈡〔三〕。一枝淡貯書窗下㈢，人與花心各自香。

移根蟾窟不尋常㈣〔四〕，枝葉猶垂月露香㈤〔五〕。可笑當年陶靖節，東籬猶殢菊花黃㈥。

酷愛清香折一枝㈦，故簪香髻驀思維㈧〔六〕。若教水月浮清淺，消得林逋兩句詩㈨。

月待圓時花正好，花將殘後月還虧㈩。須知天上人間物⑪，同禀秋清在一時⑫。

㈠林和靖詩：「衆芳搖落獨鮮妍。」

㈡孔平仲《秋夜》詩：「寫出十分秋。」

㈢《晉・郤詵》：對策猶桂林一枝。

㈣古《滿庭芳・木犀》詞：「月窟移根。」

㈤杜詩：「月明垂月露。」

㈥晉陶潛，號靖節。詩曰：「採菊東籬下。」

㈦古《念奴嬌·木犀》詞：「乘興折取玉枝，滿身蘭露。」又見上篇注。

㈧古詩：「佳人折取簪香髻。」

㈨林和靖《梅》詩：「疏影横斜水清淺，暗香浮動月黄昏。」

㈩坡詩：「月圓還缺又還圓。」又，古詞：「花有重開月兩圓。」

⑪《念奴嬌·木犀》詞：「一點芳姿，信道是、不比人間凡木。」

⑫陳簡齋《詠木犀》詩：「清秋時節一齊開。」

校勘記

〔一〕「詠桂四首」，詩題原闕，據劉鈔本與本集目録補。《詩淵》册六《花木類》題作「木犀四首」。

〔二〕「彈壓西風擅衆芳」首，《後村千家詩》卷十題作「桂花」。按：元刻本、明刻本於此句注末爲卷六終。

〔三〕「君」，《全芳備祖》前集卷十三、《後村千家詩》、《詩淵》並作「伊」。

〔四〕「移根蟾窟不尋常」首，明刻本、武林本並入《補遺》，題作「秋夜牽情」。

〔五〕「垂」，原作「如」，據劉鈔本改。《詩淵》作「沾」。

〔六〕「故」、「香」，《詩淵》作「欲」、「花」。

堂下巖桂秋晚未開作詩促之〔一〕　《後村千家詩》卷十

著意裁詩特地催㊀，花須著意聽新詩㊁。清香未吐黄金粟㊂，嫩蕊猶藏碧玉枝。不是地寒偏放晚，定知花好故開遲。也宜急趁無風雨，莫待霜高露結時㊃。

㊀古《木犀》詞：「費盡騷人詞與詩。」

㊁杜詩：「欹眠聽新詩。」

㊂古《巖桂》詞：「巖玉枝頭金粟鬬。」

㊃周興嗣文章：露結爲霜。

校勘記

〔一〕《後村千家詩》卷十題作「秋晚未開」。

白菊

《詩淵》册十三

回旋秋色溥清露㊀，凌厲西風紫嫩霜㊁〔一〕。莫作東籬等閒看，下清曾借廣寒香㊂〔二〕。

㊀杜詩：「玉露溥清秋。」

㊁韓愈詩：「霜風放菊佳。」

㊂淵明《九日》詩：「採菊東籬下。」

校勘記

〔一〕「紫」，《詩淵》册十三、清鈔本並作「潔」，似是。

〔二〕「下清」不通，清鈔本作「清新」。疑作「上清」，即仙家借白菊做「廣寒香」。

斷腸詩集前集卷七

冬景

冬日梅窗書事四首

《詩淵》册十八

明窗瑩几淨無塵㊀，月映幽窗夜色新㊁。惟有梅花無限意，對人先放一枝春㊂〔一〕。

愛日烘簷暖似春㊃，梅花描摸雪精神。清香未寄江南夢，偏惱幽閒獨睡人。

病起眼前俱不喜㊄，可人惟有一枝梅㊅。未容明月横疏影㊆，且得清香寄酒杯㊇。

的皪江梅淺淺春㊈，小窗相對自清新。幽香特地成牽役㊉，不似梨花入夢頻⑪。

㊀坡詩：「明窗淨几清無塵。」

㊁潘岳詩：「明月入窗暗。」

㊂《莊子·逍遥篇》：藐姑射之山，有神人居焉。　又，晉陸凱詩：「江南無所有，聊贈一枝春。」

㈣《左傳》：冬日可愛。

㈤坡詩：「病起烏雲正作堆。」

㈥坡詩：「竹外一枝斜更好。」

㈦林和靖詩：「疏影橫斜水清淺，暗香浮動月黄昏。」

㈧坡詩：「清香入酒杯。」

㈨坡詩：「春來幽谷水潺潺，的皪梅花草棘間。」

㈩坡詩：「二月驚梅晚，幽香此地無。」

㈡古《梅》詞：「枉彼（按：疑爲「被」。）梨花瘦損，又成春夢。」　又，詩話云：「高情已逐曉雲空，不與梨花同夢。」

校勘記

〔一〕「對人先放」，原作「射人又放」，據明刻本、潘刻本卷四改。《詩淵》册十八「射」下空字，「先」作「又」。

二色梅

《詩淵》册十三

綴雪融酥各自芳㊀，兩般顔色一般香㊁。瑶池會罷朝元客㊂，縞素仙裳問道裝㊃。

㊀坡詩：「春工點酥作梅花。」

㊁古詩：「染成顔色費春風。」

㊂《列·周穆王篇》：穆王賓西王母，觴於瑶池上。

㊃《梅》詩：「縞袂朱裳取次妝。」

山脚有梅一枝，地差背陰，冬深初結蕊，作絶句寄之〔一〕

《詩淵》册十四

溪橋野店梅都綻㊀，此地冬深尚未寒㊁。寄語梅花且寧奈，枝頭無雪不堪看㊂。

㊀古唐詩：「一樹寒梅白玉條，迥臨村落傍溪橋。」

㊁坡詩：「寒心未肯隨春態。」

㊂坡詩：「便教踏雪看梅花。」

校勘記

〔一〕《詩淵》册十四題作「山腳有梅一枝」。

雪夜對月賦梅

一樹梅花雪月間㊀，梅清月皎雪光寒㊁。看來表裏俱清徹㊂，酌酒吟詩興盡寬。

㊀見上注。

㊁坡詩：「檀暈妝成雪月明。」

㊂坡詩：「器潔泉新表裏清。」

欲雪

《後村千家詩》卷十三

寒雀無聲滿竹籬㈠〔一〕，凍雲四暮雪將垂〔二〕。北風不看人情面㈡，控勒梅花不放枝㈢。

㈠《念奴嬌》詞：「凍雲閣雨，漸長空迤邐，嚴凝天氣。愁雀無聲深院靜。」

㈡杜詩：「北風天正寒。」

㈢杜詩：「山意衝寒欲放梅。」

校勘記

〔一〕「雀」、「滿」，《後村千家詩》卷十三作「鵲」、「繞」。

〔二〕「暮」，《後村千家詩》作「幕」。

雪二首

《後村千家詩》卷十三

一夜青山換玉尖㈠，了無塵翳半痕兼。寒鴉打食圍沙渚，凍雀藏身宿畫簷㈡。野外易尋東郭履〔三〕，月中難認塞翁髯〔四〕。梅花恣逞春情性，不管風姨號令嚴〔五〕。

誰剪飛花六出尖〔六〕，素娥肌肉瑩相兼〔一〕。分明幻玉迷青嶂，輕薄隨風入畫簷〔七〕。凍筆想停

詩客手〔八〕，寒蓑宜擁釣翁髯〔九〕。長安陋巷多貧士〔一〇〕，可見鶉衣透膽嚴〔二〕。

〔一〕古詞：「一夜青山老。」

〔二〕坡詩：「寒鴉喧喧凍不飛。」

〔三〕《前漢·東方朔傳》：東郭先生貧困，行雪中，履上有下無，足踐地，人笑之。

〔四〕《選》：塞上翁失馬，安知非爲福耶。

〔五〕《初學記》：風姨，風神也。

〔六〕《韓詩外傳》：是花五出，獨雪花六出。

〔七〕坡詩：「半夜寒光落畫簷。」

〔八〕唐李白於便殿草詔，時大寒，筆凍甚，宫女各執筆以呵之。云云。時號詩客。

〔九〕張志和詩：「江上晚來堪畫處，漁人披得一蓑歸。」

〔一〇〕《論語》：在陋巷，人不堪其憂。

〔二〕《荀·大略篇》：子夏憂貧，衣若懸鶉。　又，韓子蒼：「昨夜陰風透膽寒。」

校勘記

〔一〕「肌」，原作「饑」，據元刻本、《後村千家詩》卷十三改。

雪晴 《後村千家詩》卷十三

飢禽高噪日三竿㊀，積雪回風墮指寒㊁。秀色暗添梅富裕〔一〕，緑梢明報竹平安㊂。冷侵翠袖詩肩聳㊃〔二〕，春入紅爐酒量寬㊄。簾外有山千萬疊㊅，醉眸渾作怒濤看㊆。

㊀劉禹錫詩：「日出三竿春霧消。」

㊁杜詩：「急雪舞回風。」

㊂坡詩：「平安時報故人書。」　又，《酉陽雜俎》：唐李德裕北都惟童子寺有竹一窠，纔長數尺，公令其寺綱維，每日報竹平安。

㊃坡詩：「夜寒應聳作詩肩。」

㊄杜詩：「爐存火似紅。」　又，古詞：「聞道酒腸寬似海。」

㊅古詞「山萬疊，水千重」云云。

㈦古詩：「怒濤捲雪接天來。」

校勘記

〔一〕「裕」，《後村千家詩》卷十三作「貴」。

〔二〕「冷」，原作「吟」，據《後村千家詩》改。

圍爐 《詩淵》册八

圜坐紅爐唱小詞㈠，旋蒭新酒賞新詩。大家莫惜今宵醉，一別參差又幾時㈡。

㈠《天香》詞：「青帳垂，氈愛密，紅爐放，數圍小。」又云：「已被金樽勸倒。」又：「唱新詞，故相惱。」

㈡柳子厚詩：「一別參差知幾秋。」

除日

爆竹聲中臘已殘㈠，酴酥酒暖燭花寒㈡。朦朧曉色籠春色㈢，便覺春光不一般㈣〔一〕。

㈠古詩：「爆竹驚夜眠。」
㈡坡詩：「不辭醉後飲屠蘇。」
㈢古詞：「紗窗曉色朦朧。」
㈣古詞：「別是一般風色好。」

校勘記

〔一〕「春」，元刻本、明刻本、清鈔本並作「風」。

除夜

《名媛詩歸》卷十九

窮冬欲去尚徘徊㈠，獨坐頻斟守歲杯。一夜臘寒隨漏盡㈡，十分春色被朝來㈢〔一〕。桃符自寫新翻句㈣，玉律誰吹定等灰㈤。且是作詩人未老，換年添歲莫相催㈥。

㈠唐李福業《守歲》詩：「冬去更籌盡。」
㈡李詩：「寒暄一夜隔。」

㈢坡詩：「春逐五更來。」

㈣古詞：「更作句桃符。」　又，坡詩：「佳名會得新翻句。」

㈤《前漢·律曆志》：黄帝取之嶰谷，斷兩節閒而吹之，爲黄鐘之宫。　又，《晉·律曆志》：效地氣於管灰律，氣應則灰飛。

㈥《秋千兒》詞：「小子裏燈□聲，明年又添一歲。」

校勘記

〔一〕「被」，疑當作「破」。

斷腸詩集前集卷八

吟賞

湖上小集〔一〕

《名媛詩歸》卷二十

門前春水碧於天㊀，座上詩人逸似仙㊁〔二〕。白璧一雙無玷缺㊂〔三〕，吹簫歸去又無緣㊃。

㊀杜詩：「碧色動柴門。」　又，坡詩：「春波如天漲平湖。」

㊁唐李白往見賀知章，知章曰：「子謫仙人也。」

㊂《史記》：虞卿説趙王，賜白璧一雙。

㊃《列仙傳》：蕭史者，善吹簫作鳳鳴。一夕，夫婦乘鳳去。

校勘記

〔一〕「湖上小集」，潘刻本卷四題作「春日雜書」，《名媛詩歸》卷二十題作「春宵」。

〔二〕「座」，原作「坐」，據潘刻本改。

〔三〕「白璧」、「無玷缺」，潘刻本、《名媛詩歸》並作「彩鳳」、「雲外落」。似勝。

下湖即事

《名媛詩歸》卷二十、《歷朝名媛詩詞》卷八

清波碧漾浸春空㊀〔一〕，邃館清寒柳曳風㊁〔二〕。隔岸誰家修竹外〔三〕，杏花斜裊一枝紅㊂〔四〕。

㊀古詩：「晴波浸碧空。」

㊁柳子厚詩：「邃館清寒多寂寂，柳絲無力曳春風。」

㊂《水龍吟》詞：「名園相倚，初開繁杏一枝，遥見竹外斜穿。」

校勘記

〔一〕「清波碧漾浸春空」，潘刻本卷四、《名媛詩歸》卷二十、《歷朝名媛詩詞》卷八並作「晴波碧漾接長

空。」「清」，明刻本、清鈔本作「晴」。

〔二〕「邃館清寒」，潘刻本、《名媛詩歸》、《歷朝名媛詩詞》並作「書館春寒」。

〔三〕「外」，潘刻本、《名媛詩歸》、《歷朝名媛詩詞》作「裏」。

〔四〕「裊」，清鈔本作「插」，潘刻本、《名媛詩歸》、《歷朝名媛詩詞》並作「映」。

西樓寄情〔一〕

《名媛詩歸》卷二十、《歷朝名媛詩詞》卷八、《詩淵》册四《儒釋門》

靜看飛蠅觸曉窗㊀〔二〕，宿酲未醒倦梳妝㊁。强調朱粉西樓上㊂〔三〕，愁裏春山畫不長㊃〔四〕。

㊀坡詩：「窗間但見蠅鑽紙。」注：飛蠅觸窗紙，没箇出頭時。

㊁《江神子》詞：「今朝鴛帳酒醒初」云云。還憂酒解酲無。又，古詞：「晚起倦梳妝。」

㊂《西江月》詞：「强調朱粉對菱花，蹙損眉峰懶畫。」

㊃古詞：「盈盈秋水，澹澹春山。」

校勘記

〔一〕「西樓寄情」,《歷朝名媛詩詞》卷八題作「西樓」。

〔二〕「靜看飛蠅觸」,潘刻本卷四、《名媛詩歸》卷二十、《歷朝名媛詩詞》並作「蛺蝶雙飛過」。

〔三〕「强調朱粉西樓上」,此句潘刻本、《名媛詩歸》、《歷朝名媛詩詞》並作「閒情俱付東流水」。

〔四〕「裏」,潘刻本作「看」。

書窗即事

《名媛詩歸》卷十九、《歷朝名媛詩詞》卷八、《詩淵》册二十《人事類》(採其一)

花落春無語㊀,春歸鳥自啼㊁。多情是蜂蝶㊂,飛過粉牆西㊃。

一陣催花雨㊄〔一〕,高低飛落紅㊅。榆錢空萬疊㊆,買不住春風㊇。

㊀古詩:「盡日問花花不語,爲誰零落爲誰開。」

㊁坡詩:「啼鳥落花春寂寂。」

㊂古詩:「遊蜂與蛺蝶,來往有多情。」

㊃唐詩:「蛺蝶穿花竹外通,朝朝又復粉牆東。」

㊄古詩：「夜來一陣催花雨。」

㊅杜詩：「風花高下飛。」

㊆古詩：「風榆落小錢。」

㊇古詩：「滿地榆錢，算來難買住春歸。」

校勘記

〔一〕「催」，元刻本、明刻本、《名媛詩歸》卷十九、《歷朝名媛詩詞》卷八並作「挫」。

夜留依緑亭

《名媛詩歸》卷二十、《詩淵》册二十《人事類》

水鳥棲煙夜不喧㊀，風傳宫漏到湖邊㊁。三更好月十分魄㊂，萬里無雲一様天㊃。

雨换新涼秋興濃㊄〔一〕，流螢明滅緑楊中㊅。庭虚池印一方月㊆，樓静簷披四面風㊇。

㊀《本草》云：水鳥棲煙樹。

㊁古詞：「夜長宫漏傳聲遠。」

㊂坡詩：「明朝好月到三更。」

㊃古詩：「萬里無雲天一色。」

㊄《選》：「時秋積雨霽，新涼入郊墟。」

㊅《螢火》詩：「雨打應難滅，風吹轉更明。」

㊆周詞：「窗外月，照一方天井。」

㊇《小重山》詞：「六曲勾欄四面風。」

校勘記

〔一〕「换」，潘刻本、《名媛詩歸》卷十九作「過」。

閒步

《名媛詩歸》卷二十

天街平貼淨無塵㊀〔一〕，燈火春摇不夜城㊁〔二〕。乍得好涼宜散步㊂〔三〕，朦朧新月弄疏明㊃〔四〕。

㊀韓詩：「天街小雨潤如酥。」　又，古詩：「無塵從不掃。」

㊁《齊地記》：解道康曰：「齊有不夜城。」

㊄《選》：「散步後堂趁晚涼。」

㊃《小重山》詞：「一習新月上。」

校勘記

〔一〕「平貼淨」，潘刻本卷四、《名媛詩歸》卷二十並作「蕩蕩靜」。

〔二〕「春搖」，潘刻本、《名媛詩歸》並作「螢煌」。

〔三〕「好」，潘刻本、《名媛詩歸》並作「新」。

〔四〕「朦朧新月弄」，潘刻本、《名媛詩歸》並作「一鈎新月映」。

聞鵲〔一〕

《後村千家詩》卷十九、《詩淵》冊十六《鳥獸門・天文類》

牆頭花外説新情㊀〔二〕，撥去閒愁著耳聽㊁。青鳥已承雲信息㊂〔三〕，預先來報兩三聲㊃。

㊀古詩：「紅粉牆頭，綠楊樓外，聲聲唤起新愁恨。」
㊁《選》：「鴻雁來時著耳聽。」
㊂《漢武帝故事》：七月七日於承華殿，有青鳥來殿前。注：青鳥，乃鵲也。
㊃《天寶遺事》：喜鵲能報喜也。

校勘記

〔一〕「聞鵲」，《後村千家詩》卷十九題作「鵲」。
〔二〕「情」，《後村千家詩》作「晴」。「牆頭」、「説新情」，潘刻本卷四作「簷頭」、「噪風晴」。
〔三〕「青」，潘刻本作「靈」。

試墨

《詩淵》册八

翠樓高壓浙山頭，海角湖光豁醉眸㊀。萬景入簾吹不捲㊁，一般心作百般愁。

㊀坡詞：「山頭望，湖光潑眼。」

㊁劉禹錫詩（按：當爲《陋室銘》）：「草色入簾青。」

燈花

俗謂「燈有財花，有客花」，故成末句。　　《名媛詩歸》卷十九、《詩淵》册七

蘭釭和氣散氤氳㊀，忽作元珠吐穗新㊁。膏脈破芽非藉手，敷芳成豔不關春㊂。疑猜海角天涯事㊃，攪亂衾寒枕冷人㊄。我欲生憐心焰上，何妨好客致清貧㊅。

㊀《選》詩：「和氣散氤氳。」

㊁劉禹錫詩：「燈花吐穗金粟生。」

㊂韓《燈花》詩：「那肯待春紅。」

㊃古詞：「到如今，甘心海角天涯。」

㊄古詞：「枕冷衾寒，夜長無奈愁何。」

㊅山谷詩：「好客不嫌貧太甚，水晶盤有水晶鹽。」

書王庵道姑壁

《名媛詩歸》卷二十、《歷朝名媛詩詞》卷八

短短牆圍小小亭㈠，半簷疏玉響泠泠㈡〔一〕。塵飛不到人長靜㈢，一篆爐煙兩卷經。

㈠山谷詩：「竹外周圍短短牆」云云。

㈡古詩：「修竹拂簷鳴戛玉。」

㈢王介甫詩：「紅塵飛不到。」

校勘記

〔一〕「半」，《名媛詩歸》卷二十、《歷朝名媛詩詞》卷八並作「茅」。

東馬塍〔一〕

《名媛詩歸》卷二十、《歷朝名媛詩詞》卷八、《宋詩鈔補》、《詩淵》册十二

一塍芳草碧芊芊㈠，活水穿花暗護田㈡。蠶事正忙農事急㈢，不知春色爲誰妍㈣。

㈠《選》詩：「王孫離恨草芊芊。」

㈡王介甫詩：「一水護田將緑繞。」

㈢坡詩全句。　又，杜詩：「農務村村急。」

㈣東坡《海棠》詩：「開盡東風誰與妍。」

校勘記

〔一〕「東馬塍」，《宋詩鈔補》題作「馬塍」。

墨梅

《名媛詩歸》卷十九

若箇龍眠手㈠，能傳處士詩㈡。借他窗上影㈢，寫作雪中枝㈣。頃刻回春色㈤，輕盈動玉巵㈥。不能殷七七㈦，橫笛月中吹㈧。

㈠宋李伯時善畫，號爲龍眠居士。

㈡即林和靖，孤山處士。

㊂古詞：「月移疏影上紗窗。」

㊃劉禹錫《梅》詩：「雪中未問和羹事。」

㊄韓詩：「能開頃刻花。」

㊅古詞：「輕盈照路旁。」

㊆《漁隱叢話》：一日，周寶謂殷七七曰：鶴林寺花，天下奇絶。後人作詩曰：「安得道人殷七七，不論時節使花開。」

㊇古《梅》詩：「憑仗高樓莫吹笛。」

按：元刻本卷八至此終。

月臺

《詩淵》册十八

下視紅塵意眇然㊀〔一〕，翠欄十二出雲顛㊁。縱眸愈覺心寬大㊂，碧落無垠繞地圓㊃。

㊀班固《西都賦》：紅塵。（按：班賦全句爲「紅塵四合」。）

㊁古詞：「獨倚欄干十二。」

㊂劉禹錫詩：「始覺起寬大。」

㊃白樂天《長恨歌》：「上窮碧落下黄泉。」

校勘記

〔一〕「眇」，清鈔本作「渺」。

雲掩半月〔一〕

《後村千家詩》卷十二

霜月迎寒著意圓㊀〔二〕，横天雲浪礙嬋娟㊁。嫦娥未肯全梳掠㊂，玉鑒先教露半邊。

㊀《禮》篇：黄氏吹豳迎寒。　又，東坡詩：「玉帳夜談霜月苦。」

㊁坡詞：「千里共嬋娟。」

㊂見前注。

校勘記

〔一〕此詩於《後集》卷一目録中重出，因存於此卷，故删去重出者。

〔二〕「迎」，《後村千家詩》卷十二作「凝」。

斷腸詩集前集卷九

閨怨

傷别

《後村千家詩》卷一、《名媛詩歸》卷十九（採其一）、《宋詩鈔補》

覽鏡驚容卻自嫌㊀〔一〕，逢春長盡病懨懨㊁〔二〕。吹花弄粉新來懶㊂，惹恨供愁舊日添㊃〔三〕。生怕子規聲到耳㊄，苦羞雙燕影穿簾㊅〔四〕。眉頭眼底無他事㊆，須信離情一味嚴㊇。雙燕呢喃語畫梁㊈，勸人休恁苦思量⑩。逢春觸處須縈恨⑪，對景無時不斷腸。寒食梨花新月夜⑫，黃昏楊柳舊風光。繁華種種成愁恨⑬，最是西樓近夕陽⑭。

㊀唐李益詩：「衰鬢臨朝鏡，相看卻自疑。」

㊁《香奩集》：「年年三月病懨懨。」

㊂周詞：「弄粉調朱揉素手，問何時重握。」

㈣《沁園春》詞：「凝眸悔上層樓，便惹起新愁與舊愁。」

㈤杜荀鶴詩：「蜀魄聲聲到耳邊。」

㈥杜詩：「風簾入雙燕。」

㈦古詞：「離情愁思，盡分付眉頭眼底。」

㈧黄山谷詩：「並作南樓一味涼。」

㈨《拾遺》：唐王謝燕事云：下視梁上雙燕呢喃。

⑩《于飛樂》詞：「教我莫思量，怎不思量。」

⑪《最高樓》詞：「卻教人逢春，怕見花羞。」

⑫坡詩：「共藉梨花作寒食。」　晏殊詩：「梨花院落溶溶月。」

⑬坡詩：「愁悶歸來種種長。」

⑭梁溪詩：「西樓立盡夕陽斜。」

校勘記

〔一〕「覽鏡驚容卻自嫌」首，《後村千家詩》卷一、《宋詩鈔補》並題作「傷春」。

〔二〕「盡」，《後村千家詩》、《宋詩鈔補》並作「是」。

〔三〕「舊」，《後村千家詩》、《宋詩鈔補》並作「近」。

〔四〕「影」，《後村千家詩》、《宋詩鈔補》並作「語」。

訴愁

苦没心情衹愛眠㈠，夢魂還又到愁邊㈡。舊家庭院春長鎖㈢，今夜樓臺月正圓㈣。鳳帶□□雲錦帳㈤〔一〕，獸爐閒爇水沈煙㈥。良辰美景俱成恨㈦，莫問新年與舊年。

㈠邊孝先，腹便便，懶讀書，只愛眠。

㈡趙文鼎詩：「相思情不極，有夢到愁邊。」

㈢山谷詞云：「舊家楊柳依依，緑長鎖，春來庭院。」

㈣古詩：「近水樓臺先得月。」

㈤《文粹》：李《廬山謡》云：「屏風九疊雲錦張。」

㈥坡詩：「水沈銷盡碧煙横。」　又，《滿庭芳》詞：「獸爐煙斷，殘燭照庭幃。」

㈦坡詩：「良辰美事古難並。」

校勘記

〔一〕「鳳帶□□雲錦帳」，原作「錦夜樓臺雙鳳帶」，與上句「今夜樓臺」重出三字，且與下句之「閒藝」不對，非是。據武林本改。其中「錦帳」，原闕「帳」字，又據清鈔本補。「□□」，周振甫先生疑作「空垂」。

愁懷

《名媛詩歸》卷二十（採其一）

鷗鷺鴛鴦作一池㊀，須知羽翼不相宜。東君不與花爲主㊁〔一〕，何似休生連理枝㊂〔二〕。

滿眼春光色色新㊃，花紅柳緑總關情㊄。欲將鬱結心頭事，付與黄鸝叫幾聲㊅。

㊀古詞：「鴛鴦鷗鷺，浴亂一池春碧。」

㊁古詞：「把酒祝東君，願與花枝長爲主。」

㊂白樂天詩：「在地願爲連理枝。」

㊃杜詩：「庭春入眼濃。」

㊄《武陵春》詞：「柳緑花紅春爛漫。」

㊅古詞云：「葉底黃鸝兩三聲。」

校勘記

〔一〕「不」，潘刻本卷四、《名媛詩歸》卷二十並作「是」。

〔二〕「何似休」，潘刻本、《名媛詩歸》並作「一任多」。

舊愁

《名媛詩歸》卷二十（採其一）

銀屏屈曲障春風㊀，獨抱寒衾睡正濃㊁。啼鳥一聲驚夢破㊂，亂愁依舊鎖眉峰㊃。

花影重重疊綺窗㊄，篆煙飛上枕屏香㊅。無情鶯舌驚春夢㊆，喚起愁人對夕陽㊇。

㊀古詞：「斷腸屈曲屏山。」

㊁《洞仙歌》詞：「獨擁寒衾一半。」

㊂山谷詩：「午窗正作故園夢，誰遣黃鸝啼一聲。」

㊃古詞：「蹙損兩眉峰。」

㊄杜荀鶴詩：「日高花影重。」　又，潘安仁詩：「明月入綺窗。」

㊅古詩：「一篆飛煙繞畫屏。」

㊆韓詩：「鶯舌巧如簧。」

㊇古詩：「喚起新愁和舊愁。」

供愁

寂寂疏簾挂玉樓㊀，樓頭新月曲如鈎㊁。不須問我情深淺，鈎動長天遠水愁㊂。

㊀康伯可詞：「玉樓人靜，高捲疏簾情迴。」

㊁《烏夜啼》詞：「無言獨上西樓，月如鈎。」

㊂杜詩：「遠水接天靜。」

恨别

調朱弄粉總無心㊀，瘦覺寬餘纏臂金㊁。别後大拚憔悴損㊂，思情未抵此情深。

㊀周詞：「弄粉調脂揉素手，問何時重握。」
㊁古散子詞：「枕扁佳人纏臂金。」
㊂古詞：「添憔悴，看肌瘦損。」

寄恨

《詩淵》册四《儒釋門》

如毛細雨藹遥空㊀，偏與花枝著意紅㊁。人自多愁春自好，天應不語悶應同㊂。吟箋謾有千篇苦㊃，心事全無一點通。窗外數聲新百舌㊄，唤回楊柳正眠中㊅。

㊀古詞：「細雨亂如毛。」

㊁杜詩：「花蕊亞枝紅。」

㊂《論語》：天何言哉。

㊃坡詩：「應有千篇唱和詩。」

㊄東坡：「卧聞百舌呼春風。」

㊅《漫叟詩話》注：漢苑中有柳，狀如人形，號人柳，一日三眠三起。云云。

寄情

《名媛詩歸》卷二十、《詩淵》册四《儒釋門》

欲寄相思滿紙愁㊀，魚沈雁杳又還休㊁。分明此去無多地㊂，如在天涯無盡頭㊃。

㊀坡詩：「別後寄我書滿紙，苦恨相思不相見。」

㊁古《恨江南》詞：「塞北魚沈雁杳，空斷腸，書難寄。」

㊂古詞：「去不遠，路無多。」

㊃李陵與蘇武詩：「相去萬餘里，各在天一涯。」

無寐

吹徹雲簫夜未賒㈠，梨花帶月映窗紗㈡。休將往事思量遍㈢，瀲灩新愁亂似麻㈣。
背彈珠淚暗傷神㈤，挑盡寒燈睡不成㈥。卸卻鳳釵尋睡去，上牀開眼到天明㈦。

㈠古詞：「鳳簫吹徹沈孤雁。」
㈡晏殊詩：「梨花院落溶溶月。」
㈢《點絳唇》詞：「思量遍，淚痕如綫。」
㈣《符川集》詩：「紛紛事如麻。」
㈤《慣饒人》詞：「盡啜情一飽，淚珠彈了重揾，背人睡也。」
㈥花蕊夫人詞：「剔盡殘燈夢不成。」
㈦坡詩：「擁褐夜眠天未明。」

酒醒

《詩淵》册一《飲食門·飲食類·酒》

夢回酒醒嚼盂冰㈠，侍女貪眠喚不應㈡。瘦瘖江梅知我意，隔窗和月漫騰騰。

㈠坡詩：「酒醒夢回春日盡。」

㈡《倚醉》詩：「敲遍了，喚不應。」

睡起

起來不喜勻紅粉㈠，强把菱花照病容㈡。腰瘦故知閒事惱㈢，淚多祇爲别情濃㈣。懶對妝臺拂黛眉㈤，任他雙鬢向煙垂。侍兒全不知人意，猶把梅花插一枝㈥。

㈠古詞：「睡起捲簾無一事，勻了面，没心情。」

㈡《六帖》：魏武帝有菱花鏡。

㊂坡詩：「沈郎腰瘦不勝衣。」

㊃《卜算子》詞：「你爲情多淚亦多。」

㊄《阮郎歸》詞：「無心傍妝臺。」

㊅《群玉雜俎》云：帝折梅一枝，插妃子冠上。

清瘦

春花秋月若浮漚㊀，怎得心如不繫舟㊁。肌骨大都無一把㊂，可憐禁駕許多愁。

㊀古詞：「春花秋月何時了。」

㊁杜詩：「心如不繫舟。」

㊂周詞：「玉骨爲愁，減瘦來，無一把。」

悶書

淚粉匀開滿鏡愁㈠，麝煤拂斷遠山秋㈡。一痕心寄銀屏上，不見人來竹葉舟㈢。

㈠坡詩：「粉淚無窮似梅雨。」

㈡古詞：「巧畫遠山眉。」

㈢《異聞録》：陳季卿居長安，十年不歸。一日，在青龍寺看壁上《寰瀛圖》，尋江南路，太息曰：「何日得歸。」有一翁在旁曰：「何難。」乃折階前竹葉置渭中。視之，一舟甚大。恍然登舟，頃刻而歸，妻子欣然。

斷腸詩集前集卷十

雜題

幼年聞説，有一人鬻文於京師辟雍之前，多士遂令作一絶〔一〕，以《掬水月在手》爲題，客不思而書云：「無事江頭弄碧波，分明掌上見姮娥。」諸公遂止之，斂金以賙其行。予喜此二句，恨不記全篇。因暇，漫吟續之，然翰墨文章之能，非婦人女子之事，性之所好，情之所鍾，不覺自嗚爾，因成《弄花香滿衣》一絶於後。

校勘記

〔一〕「遂令」上原有「之前」二字，衍，故删。

掬水月在手

《名媛詩歸》卷二十、《詩淵》册二十二《文史門》

無事江頭弄碧波㊀，分明掌上見嫦娥㊁。不知李謫仙人在㊂，曾向江頭捉得麽㊃。

㈠古詩：「捧出碧波心。」

㈡後漢張衡《靈憲序》：羿請不死藥於西王母，羿妻竊而食之，遂奔月爲嫦娥。

㈢東坡詩：「何時謫仙人。」注：賀知章一見李白曰：「子謫仙人也。」

㈣李白采石江捉月。

弄花香滿衣

《名媛詩歸》卷二十、《詩淵》册二十二《文史門》

豔紅影裏擷芳回，沾惹春風兩袖歸㈠。夾路露桃渾欲笑㈡，不禁蜂蝶繞人飛㈢。

㈠神童詩：「袖大惹春風。」

㈡崔護詩：「桃花依舊笑春風。」

㈢杜：「飛飛蜂蝶多。」

會魏夫人席上，命小鬟妙舞，曲終，求詩於予，以「飛雪滿群山」爲韻作五絶〔一〕　《名媛詩歸》卷二十、《歷朝名媛詩詞》卷八

飛字韻

管弦催上錦裀時㊀，體段輕盈祇欲飛㊁〔二〕。若使明皇當日見，阿蠻無計況楊妃㊂。

㊀李白詩：「弦管醉春風。」

㊁古《于飛樂》詞：「天然體段殊常。」又，《聲聲令》詞云：「未怕飛燕似輕盈。」

㊂《群玉雜俎》：《楊妃外傳》：明皇令楊妃舞，妃曰：「迎娘歌喉玉窈窱，蠻兒舞帶金葳蕤。」

校勘記

〔一〕潘刻本卷四題作「醉中賦飛雪滿群山五絶」，《歷朝名媛詩詞》卷八題作「飛雪滿群山，魏夫人置酒相邀，命小鬟隊舞，索詩以飛雪滿群山爲韻。淑真醉中援筆而賦」。

〔二〕「段」，潘刻本卷四、《名媛詩歸》卷二十並作「態」。

雪字韻

香茵穩襯半鈎月，來往凌波雲影滅㊀。弦催緊拍捉將遍〔一〕，兩袖翻然做迴雪㊁。

㊀《洛神賦》：從南湘之二妃，凌波微步，羅襪生塵。

㊁杜：「拂水低迴舞袖翻。」

校勘記

〔一〕「捉」，元刻本、潘刻本作「促」。

滿字韻

柳腰不被春拘管㊀，鳳轉鸞迴霞袖緩㊁〔一〕。舞徹伊州力不禁㊂，筵前撲簌花飛滿㊃。

㊀白樂天詩：「楊柳小蠻腰。」又，古詩：「東皇不拘管，肯爲使君留。」

㈡《麗情集》：鶯鶯，妾名。善舞，如鳳轉鸞迴。又，魏㲉詩：「舞袖飄紅霞。」

㈢東坡詩：「定教舞袖徹伊涼。」注：唐以州名曲，如伊、涼、甘、梁之類。

㈣《瑞雪對江梅賦》：須教相並簷前望，被飛絮撲簌香腮。

校勘記

〔一〕「鸞」原作「鶯」，元刻本、潘刻本、《歷朝名媛詩詞》卷八並作「鸞」，是。據改。

群字韻

占斷京華第一春，清歌妙舞實超群㈠。祇愁到曉人星散，化作巫山一段雲㈡。

㈠東坡《舞》詩：「清歌入雲霄，妙舞纖腰迴。」

㈡《選》：宋玉《高唐賦》：妾在巫山之陽，朝爲行雲，暮爲行雨。

山字韻

燭花影裏粉姿閒㈠〔一〕，一點愁侵兩點山㈡。不怕帶他飛燕妒㈢，無言相逐省弓彎〔二〕。

㊀庾信詩：「燭花摇影落金杯。」
㊁眉也。
㊂漢趙飛燕，身輕善舞。注：以其體輕故也。

校勘記

〔一〕「姿」，《名媛詩歸》作「裝」。
〔二〕「相逐」，潘刻本、《名媛詩歸》作「逐拍」。

讀史

《詩淵》册二十三

筆頭去取萬千端㊀，後世遭它恣意瞞㊁。王霸漫分心與跡㊂，到成功處一般難。

㊀司馬遷作《史》，其文直，其事核，不虚美，不隱惡，謂之直筆。
㊁魏收撰《北史》，尒朱榮爲賊，其子以金賂收，故減其惡，增其美，衆口喧然，號爲穢史。
㊂《中庸》：大王王季以王跡起焉。　又，《荀・宥坐篇》：伯心生於莒。

圓子

《名媛詩歸》卷二十

輕圓絶勝鷄頭肉㈠，滑膩偏宜蟹眼湯㈡。縱有風流無處説，已輸湯餅試何郎㈢。

㈠東坡云：鷄頭肉乃芡珠也。

㈡東坡：「蟹眼翻波湯已作。」

㈢何晏美姿貌白，魏文帝疑其傅粉，夏月，遂賜熱湯餅。既啖，大汗出，以朱衣自拭，顔色皎然愈白。

即事

旋妝冷火試龍涎㈠，香繞屏山不動煙。簾幕半垂燈燭暗，酒闌時節未忺眠㈡。

㈠《定風波》詞：「古鼎龍涎香猶噴。」

㈡古詞：「燭暗時酒醒，元來又是夢裏。」

自責〔一〕

《名媛詩歸》卷二十（採其二）

女子弄文誠可罪，那堪詠月更吟風。磨穿鐵硯成何事㈠〔二〕，繡折金鍼卻有功。

悶無消遣衹看詩㈡，又見詩中話別離。添得情懷轉蕭索，始知伶俐不如癡㈢〔三〕。

㈠《唐·桑維翰傳》：鐵硯以示人曰：「硯弊則改姓也。」

㈡杜：「排悶强裁詩。」

㈢俗諺也。

校勘記

〔一〕「自責」，《名媛詩歸》卷二十題作「書懷」。

〔二〕「成何」，元刻本、明刻本、潘刻本卷四、清鈔本並作「非吾」。

〔三〕「如」，原作「知」，據元刻本、明刻本、潘刻本、《名媛詩歸》改。

浴罷

浴罷雲鬟亂不梳㊀，清癯無力氣方蘇㊁。坐來始覺神魂定，尚怯涼風到坐隅。

㊀坡詩：「晚來沐浴罷。」

㊁古詞：「爲誰瘦，爲誰癯。」

宴謝夫人堂

《名媛詩歸》卷二十、《詩淵》册二十《人事類》

竹引春風入酒卮㊀〔一〕，森森涼氣暗侵肌。冰巒四疊渾無暑〔二〕，不似人間六月時。

㊀古詩：「修竹引清風。」

校勘記

〔一〕「春」，元刻本、潘刻本卷四、《名媛詩歸》卷二十作「清」。

〔二〕「森森涼氣暗侵肌冰戀」九字原闕，據《詩淵》册二十補。

弔林和靖

《名媛詩歸》卷二十（採其一）

不見孤山處士星㈠，西湖風月爲誰清㈡。當時寂寞冰霜下㈢，兩句詩成萬古名。

短篷載影夜歸時㈣，月白風清易得詩㈤。不識酌泉拈菊意㈥，一庭寒翠藹空祠。

㈠林逋居杭州西湖，號孤山處士。又見前《梅窗雜詩》注中云。

㈡杜：「月白風清夜。」

㈢謂湖山寂寞也。

㈣林逋常泛小船遊西湖，晚方歸。

㈤坡賦：月白風清，如此良夜何。

㈥《青箱雜記》：時人過林逋，因見一松蒼翠，莫不思之，盤旋良久，復之酌泉採菊之所。

答求譜

《名媛詩歸》卷二十、《詩淵》册五《酬答類》

雨好解開花百結㈠，風恬扶起柳三眠㈡。春醲釃處多傷感，那得心情事管弦㈢。

㈠丁香百結。

㈡見前注。

㈢李白詩：「弦管醉春風。」

得家嫂書

《名媛詩歸》卷十九

聲聲喜報鵲温柔㈠，忽接芳緘自便郵㈡。一尺溪藤摛錦帶㈢，數行香墨健銀鈎㈣。傾心吐盡重重恨，入眼翻成字字愁㈤。添得情懷無是處，非干病酒與悲秋㈥。

㈠鵲聲報喜也。

㈡坡詩：「開緘奕奕鋪銀鈎。」

㈢坡詩：「栗尾書溪藤。」

㈣杜詩：「銀鈎灑翰連。」

㈤《長慶集》：「花箋字字排心事，蘭帳重重添淚痕。」

㈥《鳳凰臺上憶吹簫》詞：「非干病酒，不是悲秋。」

斷腸詩集後集卷一

春景

新春二絶

雪從庾嶺梅中盡㊀，春向隋堤柳上來㊁。多少園林正蕭索㊂，紛紛爭逐趁時開㊃。

黄宫陽氣幾潛伸㊄，玉管吹灰適報春㊅。天子祇知農事重㊆，躬耕端的爲吾民㊇。

㊀《白氏六帖》：大庾嶺上梅，南枝落，北枝開。　又，李白《宫中行樂詞》：「寒雪梅中盡，春風柳上歸。」

㊁《隋・煬帝紀》：鑿北海，堤上植以楊柳。　又，魏野《柳》詩：「隋皇力盡作河開，千里依依兩岸栽。」又見上注。

㊂丁晉公詩：「幾處園林蕭索裏。」

㊃唐宋詩：「紛紛桃李競花（疑作「時」）開。」　又，韓愈詩：「且勿一時開。」

㊄《史·律書》：黄鐘爲陽氣踵黄泉而出。又，《前·律曆志》：黄鐘之律九寸爲宮。

㊅《後·律曆志》：候氣之法，以木爲案，加律其上，以葭莩抑其内，氣至則灰去。杜詩：「冬至陽生春。」又：「吹葭六琯動飛灰。」

㊆《記·月令》：孟春之月，天子親載耒耜，躬耕帝藉。天子三推。又，王命農事，命田舍東郊。

㊇見上注。

春日有作

《後村千家詩》卷一、《名媛詩歸》卷十九

景近清明節，垂楊翠縷長㊀。塞鴻歸朔漠㊁，海燕度瀟湘㊂。花麗繁爭錦㊃〔一〕，鶯嬌巧囀簧㊄。西園正明媚㊅，收拾入吟鄉。

㊀《選》：謝朓《鼓吹曲》：「垂楊映御溝。」《南史》：齊武帝時，益州獻蜀柳，枝條甚長，狀若絲縷。

㊁《管子》：桓公曰：「鴻雁春北而秋南。」又，杜《歸雁》詩：「高秋又北歸。」

㊂唐張九齡《歸燕》詩：「海燕何微渺，乘春亦暫來。」又，《零陵總記》：瀟湘，二水名，在永州西北三十里，清湜合一色。

㊃李詩：「千花晝如錦。」

㊄古《喜遷鶯》詞：「芳春天曉，聽緑樹數聲，如黄鶯巧。」　李白《宫中行樂詞》：「宫鶯嬌欲醉。」

㊅《選》：曹子建《公宴》詩：「清夜遊西園。」　杜《泛江》詩：「競將明媚景。」

校勘記

〔一〕「錦」，武林本作「景」。

早春喜晴即事

《名媛詩歸》卷十九

山明雪盡翠嵐深㊀，天闊雲開斷翳陰。漠漠暖煙生草木㊁，薰薰和氣動園林㊂。詩書遺興消長日㊃，景物牽情入苦吟㊄。金鴨火殘香閣静㊅，更調商羽弄瑶琴㊆〔一〕。

㊀李白詩：「山明望松雪。」

㊁《選》：謝玄暉《遊東田》詩：「生煙紛漠漠。」　又，劉向《别録》：暖煙乃至，草木發生。

㊂晉張翰詩：「暮春和氣應，白日照園林。」

㈣杜：「遣興莫過詩。」

㈤唐南卓《羯鼓録》：明皇嘗遇春始晴，（帝）曰：「對此景物明麗，豈可不與他判斷。」又，《唐・賈島傳》：「當其苦吟。」

㈥古《滿庭芳》詞：「花外風傳漏永，鴛鴦暖，金鴨香濃。」又，古詞：「香閣寂寥。」

㈦杜唤詩：「收書動玉琴。」（按：疑是杜甫詩：「新詩近玉琴。」朱子有詩：「清詩動玉琴。」）又，《琴操》曰：琴五弦象五行。《三禮圖》云：琴第一弦爲宫，次弦爲商，次爲角，次爲羽，次爲徵，次爲少宫，次爲少商。

校勘記

〔一〕「瑶」，原作「摇」，據元刻本、潘刻本卷三、《名媛詩歸》卷十九改。

春晴〔一〕

《後村千家詩》卷一、《名媛詩歸》卷十九

日暖風和明媚天㈠，最宜吟詠入詩篇㈡。庭花吐蕊紅如錦㈢，岸柳飛絲白似綿㈣〔二〕。深院雕梁巢燕返㈤，高林喬木谷鶯遷㈥。韶光正近清明節㈦，花塢樓臺酒旆懸㈧。

㊀杜《泛江》詩：「競將明媚景，偷眼豔陽天。」

㊁古詩：「亭吟詠情情。」（按：此句疑有誤。似爲「高吟詠性情。」）

㊂杜《送路侍御入朝》詩：「不分桃花紅勝錦，生憎柳絮白於綿。」

㊃上注。

㊄古《踏莎行》詞：「千家深院。」又，「睹于飛燕」，曲名《燕歸梁》。

㊅《伐木》詩：「鳥鳴嚶嚶，出於幽谷，遷於喬木。」

㊆古《鷓鴣天》詞：「清明將近春時節。」

㊇唐嚴維詩：「花塢夕陽遲。」　又，古《一落索》詞：「倚樓一霎酒旗風。」

校勘記

〔一〕「春晴」，《後村千家詩》卷一題作「春」。

〔二〕「絲」，《後村千家詩》作「花」。

春日行

《名媛詩歸》卷十九

春雲漠漠連春空㈠，映階草色緑茸茸㈡。不寒不暖雨新霽㈢，滿城佳氣浮葱葱㈣。岸柳依依微煙籠㈤，園林澹蕩催花風㈥。東君造化一何工㈦，施青繪紫復匀紅。多少閒花與凡卉㈧，不論妍醜爭夭穠。燕舞鶯歌晝晷永㈨，簾幕無人門宇静㈩。何處飛來雙蛺蝶，翻翻飛入尋香徑⑪〔一〕。可憐春色都九旬⑫，朝歡暮宴歸王孫⑬。秃毫寫紙屬詩人⑭，長歌短什勞精神⑮。長歌短什聊自適⑯，豈有佳句生陽春⑰。

㈠杜《喜雨》詩：「今朝江出雲，入空纔漠漠。」　又，韓愈《贈張籍》詩：「靄靄春空雲。」

㈡杜《蜀相》詩：「映階碧草自春色。」　又，唐宋詩：「兩堤煙草緑茸茸。」

㈢古《如夢令》詞：「不暖不寒天，春色卻倚人意。」

㈣《後・光武紀》：氣佳哉，鬱鬱葱葱。

㈤《采薇》詩：「楊柳依依。」

㈥古《慶青春》詞：「平明一陣催花雨。」

㈦賈誼《鵩賦》：「造化爲工。」

㈧《孔子杏壇》詩：「野草閒花滿地愁。」

㈨杜《湘夫人》詩：「燕舞翠帷塵。」　又，《憶幼子》詩：「鶯歌暖正繁。」

㈩古《踏莎行》詞：「悄無人語重簾捲。」

⑪杜《進船》詩：「雙飛蛺蝶元相逐。」

⑫杜《江畔尋花》詩：「百花槁萎更可憐。」

⑬《選》：劉安《招隱士》篇：「王孫遊兮不歸，春草生兮萋萋。」

⑭杜《飲中八仙歌》：「揮毫落紙如雲煙。」

⑮杜《行次鹽亭縣》詩：「長歌意無極。」　又，魏武帝有《短歌行》。

⑯上注。

⑰杜《戲爲》詩：「清詞麗句必爲鄰。」　又，《選》：宋玉《對楚王問》：客有歌於郢中者，其始曰《下里巴人》，國中屬而和者數千人；其爲《陽春白雪》，國中屬而和者不過數百人。

校勘記

〔一〕「翻翻」，《名媛詩歸》卷十九作「翩翩」。

春遊西園

《名媛詩歸》卷十九

閒步西園裏㈠，春風明媚天㈡。蝶疑莊叟夢㈢，絮憶謝娘聯㈣。踏草青茵軟㈤〔一〕，看花紅錦鮮㈥。徘徊月影下㈦〔二〕，欲去又依然。

㈠《選》：曹子建《公宴》詩：「清夜遊西園。」

㈡杜《泛江》詩：「競將明媚景，偷眼豔陽天。」

㈢《莊·齊物篇》：莊周夢爲蝴蝶，栩栩然蝴蝶也，自喻適志歟。

㈣晉謝道韞，奕之女。叔父安，嘗内集，俄而雪下，道韞曰：「未若柳絮因風起。」

㈤晉謝安《春遊》詩：「靡草翠而成茵。」　杜《長吟》詩：「草見踏青心。」

㈥杜《庭草》詩：「看花隨節序。」　又，古《夏雲峰》詞：「昨日看花花正好，枝枝香嫩紅殷。」

㈦李白《月下獨酌》：「我歌月徘徊，我舞影凌亂。」

校勘記

〔一〕「青」，清鈔本、《名媛詩歸》卷十九並作「翠」。

〔二〕「月」，元刻本、潘刻本卷二、劉鈔本、清鈔本並作「陰」。

春園小宴

春園得對賞芳菲㈠，步草黏鞋絮點衣㈡。萬木初陰鶯百囀㈢，千花乍拆蝶雙飛㈣。牽情自覺詩毫健㈤，痛飲惟憂酒力微㈥。窮日追歡歡不足㈦，恨無爲計鎖斜暉㈧。

㈠杜《落日》詩：「芳菲緑岸圃。」

㈡杜《二月一日》詩：「輕輕柳絮點人衣。」

㈢杜《雨》詩：「萬木雲深。」　又《和賈至》詩：「百囀流鶯繞建章。」

㈣李白詩：「千花晝如錦。」　古《粉蝶兒詞》：「共雙雙飛入亂紅深處。」

㈤杜《早朝大明宫》詩：「詩成珠玉在揮毫。」

㈥《世説》：王孝伯曰：「臣痛飲讀《離騷》，便可稱佳士。」

㈦《毛詩序》：詠歌之不足。

㈧杜《絶句》：「斜暉轉樹腰。」

春日書懷

從宦東西不自由㈠，親幃千里淚長流。已無鴻雁傳家信㈡，更被杜鵑追客愁㈢。日暖鳥歌空美景㈣，花光柳影謾盈眸。高樓惆悵憑欄久㈤，心逐白雲南向浮㈥。

㈠杜《嚴中丞見過》詩：「川合東西瞻使節。」

㈡《前·蘇武傳》：天子射上林，得雁，足有繫帛書。《選》：范龍彦《贈張徐州》詩：「寄書雲間雁。」

㈢杜《夔府詠懷》詩：「傷春怯杜鵑。」　又，曹晏遊巴江，聞杜鵑，語友人曰：「吾年來傷春，怯聞此聲，使我心索然。」

㈣李白《宮中行樂詞》：「緑樹聞歌鳥。」　《選》：謝靈運曰：「良辰美景。」

㈤古詩：「惆悵錦機空。」　又，古《迷仙引》詞：「向高樓、日日東風裏。憑欄芳草人千里。」

㈥《唐·狄仁杰傳》：登泰山，反顧見白雲孤飛，謂左右曰：「吾親舍其下。」瞻悵久之，雲移乃去。

春日亭上觀魚

《詩淵》册十六《鳥獸門·地理類》

春暖長江水正清㈠，洋洋得意漾波生㈡〔一〕。非無欲透龍門志㈢，祇待新雷震一聲㈣。

㈠杜《越王樓歌》：「樓下長江百丈清。」

㈡《孟·萬章上》：有饋生魚於子産，子産使校人畜之池。反命曰：「始舍之，圉圉焉，少則洋洋焉，悠然而逝。」子産曰：「得其所哉！」

㈢《淮·修務訓》：禹鑿龍門。注：本有水門，魚游其中，上行得過者便成龍，故曰龍門。

㈣古詩：「平地一聲雷。」

校勘記

〔一〕「生」，清鈔本作「平」。

春晝偶成

《名媛詩歸》卷二十

默默深閨掩晝關，簡編盈案小窗寒㈠。卻嗟流水琴中意，難向人前取次彈㈡。

㈠韓愈詩《符讀書城南》句：「簡編可捲舒。」
㈡《列・湯問篇》：伯牙善鼓琴，鍾子期善聽。伯牙志在流水，子期曰：「洋洋兮若江河。」

春日雜興〔一〕

《名媛詩歸》卷十九

窈窕風光豔豔春㈠，無言桃李一番新㈡。青回野燒草初染㈢，光泛幽香蘭可紉㈣。官柳欲眠多態度㈤，海棠貪睡足精神㈥。舊遊似夢渾情懶㈦，對景無聊愁殺人㈧。

㈠杜《寒食》詩：「風花高下飛。」
㈡《前・李廣贊》：桃李不言，下自成蹊。《魚游春水》詞：「又是一番新桃李。」

㊂杜詩：「春回野燒痕。」

㊃《選》：宋玉《招魂》：「光風轉蕙兮泛崇蘭。」　又，《離騷》：「紉秋蘭以爲佩。」

㊄杜《西郊》詩：「市橋官柳細。」　《漫叟詩話》：玉谿生《江之嫣賦》：不比禁中人柳，終朝剩得三眠。

又，韓詩：「君詩多態度。」

㊅《唐・楊妃傳》：明皇嘗召太真妃，妃被酒新起，帝曰：「此海棠花睡未足耶。」

㊆古《鷓鴣天》詞：「往事舊遊渾似夢。」

㊇李白《緑水曲》：「愁殺蕩舟人。」

校勘記

〔一〕「春日雜興」，《名媛詩歸》卷十九題作「春」。

立春日妝成宜春花

《名媛詩歸》卷二十

青幡碧勝縷金文㊀，柳色梅花逐指新。卻笑尚爲兒女態㊁，寶刀剪綵强爲春㊂。

㈠《後・禮儀志》：立春之日立青幡。　古《拜星月》詞：「賀新春，盡帶春花春幡春赫，是處春光明媚。」

㈡李白《古意》：「兒女嬉笑牽人衣。」

㈢隋煬帝築西苑，堂殿華麗，宮樹秋冬凋落，則剪綵爲花葉，綴於枝條，色渝，則易以新者，長如陽春。

春曉雜興〔一〕

《名媛詩歸》卷二十、《歷朝名媛詩詞》卷八

挑盡殘燈夢欲迷㈠，子規催月小樓西㈡〔二〕。紗窗偷眼天將曉，無數宿禽花下啼㈢。

㈠白樂天《長恨歌》：「孤燈挑盡未成眠。」

㈡唐崔涂《春夕旅懷》詩：「子規枝上月三更。」

㈢唐宋詩：「花底宿禽無數喧。」

校勘記

〔一〕「春曉雜興」，《名媛詩歸》卷二十、《歷朝名媛詩詞》卷八題並作「春曉」。

〔二〕「催月」，《名媛詩歸》、《歷朝名媛詩詞》並作「啼絶」。

寒食詠懷〔一〕

《名媛詩歸》卷二十

淮南寒食更風流，絲管紛紛逐勝遊㊀。春色眼前無限好，思親懷土自多愁㊁。

㊀杜《贈花卿》詩：「錦城絲管日紛紛。」　又，《祖席》詩：「江山多勝遊。」

㊁《泉水》詩，衛女思歸也。父母終，思歸寧而不得。《語·里仁》：小人懷土。

校勘記

〔一〕「寒食詠懷」，潘刻本卷四作「寒日詠懷」。

春燕

簾前日暖翩翩過㊀，簾外風輕對對斜㊁。偏是社來還社去㊂，年年不見蠟梅花㊃。

㈠《選》：宋玉《九辯》：「燕翩翩其思歸兮。」
㈡《選》：謝朓《和王主簿怨情》詩：「風簾入雙燕。」　又，杜《春歸》詩：「輕燕受風斜。」
㈢古《破陣子》詞：「燕子來時新社。」　又，杜牧《歸燕》詩：「社去社來人不覺。」
㈣□□宫《春梅》詞：「年年長見開時。」（按：嘗見梅花宫《春梅》詞者，疑即此。）

春夜感懷

清江碧草兩悠悠㈠，各自風流一種愁㈡。正是落花寒食夜㈢，夜深無伴倚空樓㈣。

㈠古《訴衷情》詞：「悠悠萬里雲外。」
㈡古《洞仙歌》詞：「今夜誰添一種愁。」
㈢杜子美詩：「正是江南好風景，落花時節又逢君。」
㈣古《御街行》詞：「夜深無語倚空樓。」

獨坐感春

翠密藏鴉緑柳堤㊀，傷春懶矣步桃溪㊁。夢回窗下日當午，䴗鴂一聲林外啼㊂。

㊀《選》：陸士衡《招隱》詩：「密葉成翠幄。」

㊁杜：「傷春怯杜鵑。」　又，晉陶潛《桃花源記》：晉太原中，武陵人捕魚爲業，緣溪行，忘路之遠近，忽逢桃花林。

㊂《符川集》：《漁家傲》詞：「䴗鴂一聲初報曉。」

暮春有感〔一〕

《名媛詩歸》卷二十

倦對飄零滿徑花㊀〔二〕，静聞春水鬧鳴蛙㊁。故人何處草空碧㊂，撩亂寸心天一涯㊃。

㊀杜《遣意》詩：「一徑野花落。」

㈡韓愈《盆池》詩：「一夜蛙聲鳴到曉。」

㈢江淹《别賦》：「春草碧色。」

㈣御制《魚游春水》詞：「寸心千里。」　又，杜《送高適》詩：「各在天一涯。」

校勘記

〔一〕「暮春有感」，《名媛詩歸》卷二十題作「有感」。

〔二〕「倦」，潘刻本卷四作「愁」。

斷腸詩集後集卷二

夏景

夏日作

東風迤邐轉南風㊀，萬物全歸長養功㊁。舜豈無心阜民俗㊂，薰薰歌入五弦中㊃。

㊀李白《春日獨酌》詩：「東風扇淑氣。」又，下注。

㊁《烝民》詩：「穆如清風。」注：清微之風，化養萬物。又，《凱風》詩注：樂夏之長養。

㊂《家語・樂篇》：舜彈五弦之琴，造《南風》之詩曰：「南風之薰兮，可以解吾民之慍兮。南風之時兮，可以阜吾民之財兮。」

㊃見上注。

暑月獨眠

《名媛詩歸》卷二十

紗幮困臥日初長㈠，解卻紅裙小簟涼㈡。一篆爐煙籠午枕，冰肌生汗白蓮香㈢。

㈠古《鶴沖天》詞：「白角簟，碧紗幮，微雨乍晴初。」又，《隔浦蓮》詞：「困卧北窗清曉。」

㈡上注，杜《丈八溝納涼》詩：「越女紅裙濕。」

㈢東坡《洞仙歌》詞：「冰肌玉骨，自清涼無汗。」

暑夜

水亭相對已黄昏㈠，靜數飛螢過小園。窗下孤燈自明滅㈡，無聊獨自懶扃門。

㈠王荆公詩：「茅簷相對坐終日。」

㈡白樂天《長恨歌》：「孤燈挑盡未成眠。」王荆公詩云：「一燈明滅照黄昏。」

夏夜有作

暑夕炎蒸著摸人㈠，移牀借月卧中庭。更深露下衣襟冷㈡，夢到陽臺不奈醒㈢。

㈠韓《答張徹》詩：「暑夕眠風櫺。」

㈡杜《江月》詩：「夜深露氣清。」

㈢《選》：宋玉《高唐賦》：昔者，先王晝夢一婦人曰：「妾巫山之女，朝朝暮暮，陽臺之下。」

夏夜乘涼

《名媛詩歸》卷二十

滿意好風生水面㈠，趁人明月到天心㈡。此時情緒誰能會？獨坐中庭夜已深㈢。

㈠邵堯夫詩：「月到天心處，風來水面時。」

㈡東坡詩：「步屧中庭月趁人。」　又，上注。

㊂上注。

夏枕自詠

《名媛詩歸》卷十九、《詩淵》册七

夏日初長候㊀，風欞暑夕眠㊁。衣輕香汗透，睡重翠鬟偏㊂〔一〕。顰緑攢眉小㊃〔二〕，啼紅上臉鮮㊄。起來無箇事，纖手弄清泉㊅。

㊀唐文宗《聯句》：「我愛夏日長。」

㊁韓《答張徹》詩：「暑夕眠風欞。」

㊂白樂天《長恨歌》：「雲髻半偏新睡覺。」

㊃杜《江月》詩：「燭滅翠眉顰。」

㊄趙師民詩：「啼紅濕淚痕。」

㊅東坡《阮郎歸》詞：「玉人纖手弄清泉。」

校勘記

〔一〕「重翠」，清鈔本作「熟髻」。「翠」，元刻本、潘刻本卷二、《名媛詩歸》卷十九、《詩淵》册七亦作「髻」。

〔二〕「攢」，清鈔本作「愁」。

遊湖歸晚

《名媛詩歸》卷十九、《歷朝名媛詩詞》卷八

戀戀西湖景㈠，山頭帶夕陽㈡。歸禽翻竹露〔一〕，落果響芹塘〔二〕。葉倚風中靜，魚游水底涼。半亭明月色，荷氣惱人香㈢。

㈠《范雎傳》：以綈袍戀戀，有故人之意。

㈡《宋子京筆記》云：山西曰夕陽。《詩》曰：「度其夕陽。」

㈢坡詩：「一池明月芰荷香。」

校勘記

〔一〕「歸禽」，《名媛詩歸》卷十九、《歷朝名媛詩詞》卷八並作「禽歸」。與下句之「果落」對。

〔二〕「落果」，原作「果落」，據武林本改。可與上句之「歸禽」對。

西樓納涼

小閣對芙蕖，囂塵一點無㊀。水風涼枕簟㊁，雪葛爽肌膚㊂。

㊀《選》：謝靈運詩：「囂塵自兹隔。」

㊁韓《新亭》詩：「水紋浮枕簟。」

㊂杜詩：「香羅疊雪輕。」

夏日遊水閣

《詩淵》册二十《人事類》

澹紅衫子透肌膚㊀，夏日初長水閣虛㊁。獨自憑欄無箇事，水風涼處讀文書㊂。

㊀古詞：「澹紅衫，縷金裙。」又，《莊·逍遥篇》：肌膚若冰雪。

㊁唐文宗《聯句》：「我愛夏日長。」又，古《浣溪沙》詞：「水閣池亭自有涼。」

㊂古《小重山》詞：「水風生處小亭臨。」

斷腸詩集後集卷三

秋景

秋日晚望

《名媛詩歸》卷十九、《歷朝名媛詩詞》卷八

極目寒郊外㈠，晚來微雨收。隴頭霞散綺㈡，天際月懸鈎㈢。一字新鴻度㈣，千聲落葉秋㈤。倚樓堪聽處〔二〕，玉笛在漁舟㈥。

㈠宋莒公《江湖》詩：「展盡江湖極目天。」

㈡《選》：謝玄暉詩：「餘霞散成綺。」

㈢杜《秋霽》詩：「天際秋雲薄。」　又，柳子厚詩：「新月玉鈎吐。」

㈣黄山谷詩：「雁字一行書絳霄。」

㈤《淮南子》：一葉落而天下知秋。（按：「一葉落知天下秋」係唐人詩句，《淮南子·説山訓》則曰：

「見一葉落，而知歲之將暮。」）

㈥李白詩：「誰家玉笛暗飛聲。」

校勘記

〔一〕「樓」，元刻本、潘刻本卷二、《名媛詩歸》卷十九、《歷朝名媛詩詞》卷八並作「欄」。

秋日行

《名媛詩歸》卷十九

蕭瑟西風起何處㈠，庭前葉葉驚梧樹㈡。萬物收成天地肅㈢，田家芋栗初登圃㈣。杳杳高穹片水清㈤，一點秋鷗翥雲路㈥。淒淒空曠雨初晴㈦，涼飈動地收殘暑㈧。高樓玉笛應清商㈨，天外數聲新雁度㈩〔一〕。園林草木半含黃⑪，籬菊黄金花正吐⑫。池上枯楊噪晚蟬⑬，愁蓮薂薂啼殘露〔二〕。可憐秋色與春風，幾度榮枯新復故⑭。

㈠宋玉《九辯》辭：「悲哉秋之爲氣也！蕭瑟兮草木摇落而變衰。」杜甫《懷李白》詩：「涼風起天末。」

㈡張耒詩：「翠樹含風葉葉涼。」又，白樂天詩：「秋雨梧桐葉落時。」

③《前・律曆志》：秋爲陰中，萬物以成。　又，《記・月令》：孟秋之月，天地始肅。

④杜詩：「園收芋栗不全貧。」

⑤《前・禮樂志》：歌曰：「杳杳冥冥。」　杜《宴石門》詩：「秋水清無底。」

⑥杜：「鵰鶚在秋天。」　又，韓詩：「青雲路難近。」

⑦杜牧《晚晴賦》：「雨晴秋容新沐兮。」

⑧《選》：《怨歌行》：「涼飇奪炎熱。」　又，王仲宣《公宴》詩：「涼飇徹蒸暑。」

⑨李白詩：「黄鶴樓中吹玉笛。」　又，《選》：潘安仁詩：「清商應秋至。」

⑩杜《得家書》詩：「涼風新過雁。」

⑪《記・月令》：季秋之月，草木黄落。　又，古詞：「西風漸冷，園林萬木凋黄。」

⑫陶潛《飲酒》詩：「採菊東籬下。」　又，唐德宗《宴曲江亭》詩：「芳菊舒金英。」

⑬《易・大過卦》：枯楊生華。　古詞：「寒蟬噪晚，聒得人心欲碎。」

⑭謝靈運《登池上樓》詩：「新陽改舊陰。」

校勘記

〔一〕「新」，《名媛詩歸》卷十九作「鴻」。

〔二〕「蔌蔌」，潘刻本卷一、武林本、清鈔本並作「簌簌」。

秋日偶題

《名媛詩歸》卷二十

芙蓉斜倚胭脂臉，巖桂輕摇金粟花㊀。愁思不知秋浩蕩㊁，一鞭逸興繞天涯㊂〔一〕。

㊀古《念奴嬌》詞：「玲瓏枝枝，鬬妝金粟。」

㊁古《念奴嬌》詞：「萬里秋容浩蕩。」

㊂杜《野望》詩：「天涯涕淚一身遥。」

校勘記

〔一〕「逸」，元刻本、潘刻本卷四、《名媛詩歸》卷二十並作「秋」。

早秋偶筆〔一〕

《名媛詩歸》卷十九

肅肅涼風至㊀〔二〕，淒然景驟清。雨餘殘暑退㊁，日落晚涼生㊂。鷹隼雙睛轉㊃〔三〕，梧桐一葉驚㊄。試聽松竹裏，萬籟起秋聲㊅。

㊀《選》：陸士衡詩：「肅肅素秋節。」又，《記·月令》：孟秋之月涼風至。

㊁唐劉禹錫《秋聲》詩：「暑退九霄靜。」

㊂杜《遊南池》詩：「晚涼看洗馬。」

㊃杜《簡高使君》詩：「鷹隼出風塵。」

㊄白樂天《長恨歌》：「秋雨梧桐葉落時。」又，李白詩：「梧桐落金井，一葉飛銀牀。」

㊅杜《玉華宮》詩：「萬籟真笙竽。」又，陳簡齋詩：「卻愁無處著秋聲。」

校勘記

〔一〕「早秋偶筆」，《名媛詩歸》卷十九題作「早秋」。

〔二〕「涼」，《名媛詩歸》作「西」。

〔三〕「晴」，《名媛詩歸》作「眸」。

七夕口占〔一〕

《後村千家詩》卷四

三秋靈匹此宵期㊀，萬古傳聞果是非。免俗未能還自笑㊁〔二〕，金鍼乞得巧絲歸㊂。

㊀《詩》：「如三秋兮。」又，唐韋應物詩：「豈意靈仙偶，相忘亦彌年。」又，王鑒詩：「一年稔一宵，此期良可嘉。」

㊁晉阮咸七月七日以竹竿挂大布犢鼻衣於中庭曰：「未能免俗。」

㊂《荆楚歲時記》：七夕，婦人以綵縷穿鍼，陳酒脯瓜果於園中乞巧，有蟢子網於瓜上，則以爲得巧。

校勘記

〔一〕「七夕口占」，《後村千家詩》卷四作「七夕」。

〔二〕「免」，《後村千家詩》作「脱」。

新秋

《名媛詩歸》卷二十

一夜涼風動扇愁㈠，背時容易入新秋㈡〔一〕。桃花臉上汪汪淚㈢，忍到更深枕上流㈣。

㈠《選》：「裁爲合歡扇，動摇微風發。常恐秋節至，涼風奪炎熱。」
㈡古詞：「別時容易見時難。」
㈢古詞：「閣淚汪汪不肯垂。」
㈣古詞：「枕上偷垂淚眼流。」

校勘記

〔一〕「背」，《名媛詩歸》卷二十作「別」。

初秋雨晴

《名媛詩歸》卷二十

雨後風涼暑氣收㈠，庭梧葉葉報初秋㈡〔一〕。浮雲盡逐黄昏去，樓角新蟾挂玉鈎㈢。

㈠《選》：「涼風撤炎暑。」

㈡古《惜黄花》詞：「庭梧葉墜。」又，曹植詩：「素秋涼氣發。」

㈢柳子厚詩：「新月玉鈎吐。」

校勘記

〔一〕「庭梧」，武林本作「梧桐」。

早秋有感

西風淅淅收殘暑㈠，庭竹蕭疏報早秋㈡。砌下黄昏微雨後㈢，幽蛩唧唧使人愁㈣〔一〕。

㊀杜：「秋風淅淅收巫山。」

㊁李白詩：「緑竹動秋聲。」又，古詞：「晚秋天，一陣微雨灑庭軒。檻竹蕭疏，井梧零亂惹殘煙。」

㊂上注。

㊃古詞：「等得秋風滿院吹。」又，「爭如毒熱時，被唧唧啾啾，不教人來夢裏，望前程也，促織兒。」

校勘記

〔一〕「蛩」，原作「人」，據武林本改。「唧唧」，武林本作「啾啾」。

秋樓晚望〔一〕

涼吹晚颼颼㊀，蘆花兩岸秋㊁。夕陽樓上望㊂，獨倚淚偷流。

㊀古詞：「颼颼風冷荻花秋。」

㊁上注。

㊂《詩》：「度其夕陽。」

校勘記

〔一〕「秋樓晚望」，武林本題作「秋末夜望」。

對秋有感

風倍淒涼月倍明，人間占得十分清㈠。可憐宋玉多才子㈡，祇爲多情苦愴情㈢。

㈠杜：「人間月影清。」　又，孔平仲詩：「寫出十分秋。」

㈡《選》：宋玉《九辯》篇：「悲哉秋之爲氣也！」

㈢古詞：「祇爲情多病也多，省可思量我。」

秋夜舟行宿前江

《詩淵》册八

扁舟夜泊月明秋㈠，水面魚游趁鬧流。更作嬌癡兒女態㈡，笑將竿竹擲絲鈎㈢。

㈠李白詩：「月明秋水寒。」

㈡韓愈《聽穎師琴》詩：「昵昵兒女語。」

㈢《詩》：「籊籊竹竿，以釣於淇。」

中秋夜家宴詠月

九秋三五夕㈠〔一〕，此夕正秋中㈡。天意一夜別，人心千古同㈢。清光消霧靄㈣，皓色遍高空㈤。願把團圓盞㈥，年年對兔宮㈦。

㈠姚合詩：「三五復秋中，此夕光應絶。」

㈡上注。

㈢范仲淹詩：「天意將圓夜，人心待滿時。」

㈣南唐僧謙明詩：「清光何處無。」

㈤白樂天詩：「皓綵遍空輪欲滿。」

㈥《選》：「團圓似明月。」

㊆杜：「牛女年年度。」　又，桃源夫人《中秋月》詩：「玉兔步虚碧。」

校勘記

〔一〕「夕」，武林本作「月」。

中秋夜不見月　《名媛詩歸》卷二十

不許蟾蜍此夜明㊀，始知天意是無情。何當撥去閒雲霧㊁，放出光輝萬里清㊂。

㊀張衡《靈憲》云：羿妻嫦娥奔月，是爲蟾蜍。　又，見上注。

㊁古詞：「喚起嫦娥撩撥霧，駕此一輪玉。」

㊂杜：「萬里共清輝。」

中秋月

《後村千家詩》卷四

杳杳長空斂霧煙㈠，冰輪都勝别時圓㈡。風傳漏報天將曉㈢〔一〕，惆悵嬋娟又隔年㈣。

㈠《前·禮樂志》：「杳杳冥冥。」

㈡桃源夫人詩：「冰輪碾太清。」

㈢杜：「五夜漏聲催曉箭。」

㈣坡詞：「但願人長久，千里共嬋娟。」　又，古《臨江仙》詞：「動是隔年期。」

校勘記

〔一〕「曉」，原作「晚」，據元刻本、武林本、清鈔本改。　「將」，《後村千家詩》卷四作「邊」。

中秋翫月

《名媛詩歸》卷十九

獨占秋光盛，天工信有偏。清暉千里共㈠，皓魄十分圓㈡。兔影寒猶弄㈢，蟾蜍老更堅㈣。祇愁看未足㈤，一去又經年㈥。

㈠杜：「千里共清暉。」　又，《選》：「隔千里兮共明月。」

㈡歐陽詹《翫月序》：秋八月十五之夜則蟾魄圓。　又，古詞：「蟾暉兔影十分滿。」

㈢《五經通義》：月中有兔，與蟾並生。

㈣虞喜《安天論》：俗傳月中仙人桂樹。　又，《酉陽雜俎》：月中蟾桂，地影也。

㈤古《賀新郎》詞：「看未足，怎歸去。」

㈥古詩：「清光爲惜經年別。」

湖上詠月

《名媛詩歸》卷十九、《歷朝名媛詩詞》卷八

清宵三五涼風發㈠，湖上閒吟步明月㈡。涓涓流水淺又清㈢，皎潔長空纖靄滅。水光月色環相連㈣，可憐清景兩奇絶㈤。

㈠姚合詩：「三五復秋中。」又，《選》：曹植詩：「秋風發微涼。」
㈡李白詩：「醉起步溪月。」
㈢唐庭莊詞：「涓涓水繞山。」又，王介甫詩：「蒲葉清淺水。」
㈣杜：「江月光於水。」
㈤《選》：曹子建詩：「明月澄清景。」古《念奴嬌》詞：「對景真奇絶。」

秋夜感懷

《名媛詩歸》卷十九

滿院含秋思㈠，蟾輝映一方。蛩吟喧曲砌㈡，鳥宿傍回塘㈢〔一〕。木落桐應瘦，宵寒漏正

長㊃。安仁閒感慨，徒爾鬢蒼蒼㊄。

㊀古詞：「覺翠帳涼生，秋思漸入，微寒天氣。敗葉敲窗，西風滿院。」
㊁古詞：「砌畔蛩吟喧不住。」
㊂杜：「鳥影度横塘。」又，「水鳥宿相呼。」
㊃《小重山》詞：「夢魂斷，愁聽漏聲長。」
㊄《選》：潘安仁《秋興賦》：斑鬢以承弁兮，素髮飄以垂斂。又，古詞：「雙鬢已蒼蒼。」

校勘記

〔一〕「鳥宿」，原作「宿鳥」，據《名媛詩歸》卷十九改。與上句「蛩吟」對。

小閣秋日詠雨

《名媛詩歸》卷十九

疏雨洗高穹，瀟瀟滴井桐㊀。潤煙生硯底㊁，涼氣入堂中㊂。翠鎖交竿竹，紅翻落葉楓㊃。撫琴閒弄曲，静坐理商宫㊄。

㊀《詩》：「風雨瀟瀟。」　又，古詞：「梧桐葉落雨瀟瀟。」

㊁古詩：「研潤起寒煙。」

㊂韓詩：「風霜氣入秋堂深。」

㊃謝靈運詩：「曉霜楓葉丹。」　又，崔信明詩：「楓落吴江冷。」

㊄司馬紹統詩：「焉得成琴瑟，何期成妙曲。」　又，《琴操》曰：《三禮圖》云：琴第一弦爲宫，次弦爲商，次爲角，次爲徵，次爲羽，次爲少宫，次爲少商。

秋日得書

《名媛詩歸》卷十九、《詩淵》册二十三

秋風本無意，愁思自難禁。共月傷千里㊀，來書勝萬金㊁。代騮驚北吹㊂，越鳥戀南林㊃。已有歸寧約㊄，何須惜歲陰㊅。

㊀《選》：謝希逸《月賦》：「隔千里兮共明月。」

㊁杜：「家書抵萬金。」

㊂杜《奉簡高使君》詩：「驊騮開道路。」注：代地多騮馬。

㊃李白詩：「越鳥起相呼。」

㊄《詩·泉水》：「思歸寧而不得。」

㊅《晉·陶侃傳》：大禹聖人，乃惜寸陰，至於衆人，當惜分陰。

秋深偶作

生殺循環本自然㊀，可堪肅肅出乎天㊁。休嗟物理易彫瘁，好看西成報有年㊂。

㊀《選》：郭景純《遊仙詩》：「晦朔如循環。」

㊁《選·雜詩》：「天高萬物肅。」又，陸士衡詩：「蕭蕭素秋節。」

㊂《書·堯典》：平秩西成。《詩·甫田》：「自古有年。」

暮秋

瀟瀟風雨暗殘秋㊀，忍見黄花滿徑幽㊁。恰似楚人情太苦，年年對景倍添愁㊂。

㈠《詩·風雨》篇:「風雨瀟瀟。」

㈡《選》:「寒花發黄彩。」

㈢《選》:宋玉《九辯》:「悲哉秋之爲氣也,蕭瑟兮草木摇落而變衰。」

斷腸詩集後集卷四

冬景

新冬

日一北而萬物生㊀，始知天意在收成。愚民未諭祁寒理，往往相爲嗟怨聲㊁〔一〕。

㊀《太玄經》全句。又，《後·律志》：日行北陸謂之冬。

㊁《書·君牙》：冬祁寒，小民怨咨。

校勘記

〔一〕「嗟怨」，清鈔本作「怨歎」。

初冬書懷

《名媛詩歸》卷十九

觸目園池景，荷枯菊已荒㈠。風寒侵夜枕，霜凍怯晨妝㈡。江上楓翻赤㈢，庭前桔帶黄㈣。題詩欲排悶㈤，對景倍悲傷㈥。

㈠杜：「雨荒深院菊。」

㈡韓《遇春》詩：「桃李靚晨妝。」

㈢《選》：謝靈運詩：「曉霜楓葉丹。」　又，唐崔信明詩：「楓落吴江冷。」

㈣杜：「黄知橘柚來。」

㈤杜：「排悶强裁詩。」

㈥《詩・七月》篇：「我心傷悲。」

冬日雜詠

愛日温温正滌場㊀，老農擊壤慶時康㊁。水催春韻擣殘雨㊂，風急鞦聲帶夕陽㊃。霜瓦曉寒欺酒力，月欄夜冷動詩腸。懨懨對景無情緒㊄，謾把梅花取次妝㊅。

㊀《左》：冬日可愛。《詩·七月》篇：「十月滌場。」

㊁《帝王世紀》：堯時有老人擊壤於道，曰：「鑿井而飲，耕田而食。」

㊂杜詩：「村春雨外急。」

㊃《宋子京筆記》云：山西曰夕陽。

㊄古《眼兒媚》詞：「懨懨愁悶無情緒。」

㊅古詞：「好容儀，取次梳妝。」

霜夜

彤雲黯黯暮天寒㈠，半捲珠簾未欲眠㈡。獨坐小窗無伴侶㈢〔一〕，可憐霜月向人圓㈣。

㈠古《青玉案》詞：「彤霜黯黯寒雲繞。」

㈡蘇易簡《越江吟》：「蝦鬚半捲天香散。」

㈢古詞：「小窗幽幌，獨坐都無侶。」

㈣杜《宿贊公房》詩：「霜月向人圓。」

校勘記

〔一〕「獨坐」，清鈔本作「幽幌」。

長宵

《名媛詩歸》卷十九、《歷朝名媛詩詞》卷八

霜月照人悄㈠，迢迢夜未闌㈡。鴛幃夢展轉㈢，珠淚向誰彈㈣。

㈠古《祝英臺近》詞：「每愛霜月風前。」
㈡杜《七夕》詩：「七夕景迢迢。」
㈢《詩·關雎》：「展轉反側。」
㈣古《慣饒人》詞：「淚珠彈了。」

探梅

《名媛詩歸》卷二十、《詩淵》册十四

温温天氣似春和，試探寒梅已滿坡㈠。笑折一枝插雲鬢㈡，問人瀟灑似誰麽。

㈠李白《早春》詩：「走傍寒梅訪消息。」

㈡白樂天：「雲鬟半偏新睡覺。」

冬至

黃鐘應律好風吹㈠〔一〕，陰伏陽昇淑氣回㈡。葵影便移長日至㈢〔二〕，梅花先趁小寒開㈣。八神表日占和歲㈤，六琯飛葭動細灰㈥。已有岸旁迎臘柳，參差又欲領春來㈦。

㈠《前・律曆志》：黃鐘爲天統律，長九寸。

㈡《左・昭四年》：冬無愆陽，夏無伏陰。　又，李白《春日獨酌》詩：「東風扇淑氣。」

㈢《選》：曹植《求通親親表》：若葵藿之傾太陽。　又，《記・郊特牲》：郊之祭也，迎長日之至也。

㈣杜：「岸容待臘將舒柳，山意衝寒欲放梅。」

㈤《左・僖五年》：日南至。《疏》：立八方之神以占日長短，則星歲之妖祥必有驗之者。

㈥杜：《小至》詩：「吹葭六琯動浮灰。」

㈦上注。

校勘記

〔一〕「吹」，元刻本、清鈔本作「催」。

〔二〕「長日」，原作「日長」，據元刻本、清鈔本改。

觀雪偶成

《名媛詩歸》卷二十

憑欄觀雪獨徘徊㈠，欲賦慚無詠絮才㈡。鹽撒空中如可用㈢，收藏聊與贈羹梅㈣。

㈠《選》：謝惠連《雪賦》：徘徊委積。

㈡見前《詠雪》注。

㈢上注。

㈣《商書・説命》篇：若作和羹，爾爲鹽梅。

按：元刻本此首在《詠雪》之後。

冬夜不寐　《名媛詩歸》卷二十

推枕鴛幃不奈寒㊀，起來霜月轉闌干。悶懷脈脈與誰説㊁，淚滴羅衣不忍看㊂。

㊀白樂天詩：「披衣推枕起徘徊。」
㊁《三天四見》詞：「情厭厭脈脈，心上難消遣。」
㊂古《二郎神》詞：「別時淚滴羅衣。」

詠雪

六出飛花四面來㊀，連山連水皓皚皚㊁。玲瓏天地蒼茫合，的皪園林爛熳開。庾嶺臘梅寒散亂㊂，章臺風柳絮縈回㊃。自言空有孤吟癖，覽景慚無謝氏才㊄。

㊀《韓詩外傳》：凡花多五出，雪花獨六出。

㈡黄山谷《南樓》詩：「四顧山光接水光。」　又，《選》班叔皮《北征賦》：涉積雪之皚皚。

㈢《白氏六帖》：大庾嶺上梅。　又，杜《梅》詩：「梅花臘前破。」

㈣唐韓翃有婢柳氏云云：章臺柳，昔日青青今在否？　晉王凝之妻謝道韞，有才辯，嘗内集宴，俄而雪下，安問曰：「何所似也？」兒子即對曰：「撒鹽空中差可擬。」道韞曰：「未若柳絮因風起。」

㈤上注。

雪夜賡筆

夜雪飛花似月明㈠，交連寒影透門庭。祇宜挾策臨窗坐㈡，免用辛勤更聚螢㈢。

㈠《晉・王徽之傳》：徽之居山，夜雪初霽，月色清朗。　又，古《滿庭芳》詞：「飛花剪，六出功夫。」

㈡劉氏《世説》：孫康家貧，常映雪讀書。

㈢晉車武子則囊數十螢火以照書。

江上雪霽

江水冰消起緑鱗，川原蕩滌少煙塵。風吹南北溪橋畔㊀，柳色參差欲漏春㊁。

㊀古詞：「寂寞溪橋畔。」

㊁杜《臘日》詩：「漏洩春光有柳條。」

對雪一律

紛紛瑞雪壓山河㊀，特出新奇和郢歌㊁。樂道幽人方閉户㊂，高歌漁父正披蓑㊃。自嗟老景光陰速㊄，惟使佳時感愴多。更念鰥居憔悴客㊅，映書無寐奈愁何㊆。

㊀劉義慶《世説》：晉謝安，寒雪日集兒女講論文義。公曰：「白雪紛紛何所似。」又，《選》：謝惠連《雪賦》：盈尺則呈瑞於豐年。

㈡《選》：宋玉《對楚王問》：客有歌於郢中者，其爲《陽春白雪》，屬而和者不過數百人。

㈢袁安，時大雪積地丈餘，洛陽令出按行，至安門，無行路。令人入户，見安僵卧。曰：「大雪不宜干人。」

㈣唐鄭容《雪》詩：「漁人披得一蓑歸。」又，東坡《雪中賞梅》：「高歌對三白。」

㈤古《永遇樂》詞：「有限光陰。」

㈥杜《送孟倉曹赴東京》詩：「江山憔悴人。」

㈦孫康事，見前詩注。

賞雪

朱簾暮捲綺筵開㈠，風雪紛紛入酒杯㈡。對景恨無飛絮句，從今羞見謝娘才㈢。

㈠王勃《滕王閣序》：朱簾暮捲西山雨。

㈡李白《醉題》：「風落吴江雪，紛紛入酒杯。」

㈢謝氏詠絮事，見前《詠雪》詩注。

圍爐

《詩淵》册八

昨夜霜風透膽寒，圍爐謾憶昔年歡。如今獨坐無人説㈠，撥悶惟憑酒力寬㈡。

㈠古《花心動》詞：「自恨無人共説。」

㈡杜《撥悶》詩：「才傾一盞即醉人。」

除夜

《後村千家詩》卷四、《名媛詩歸》卷十九

休歎流光去，看看春欲回㈠。椒盤捲紅燭㈡，柏酒溢金杯㈢。殘臘餘更盡㈣〔一〕，新年曉角催㈤〔二〕。爭先何物早㈥，惟有後園梅㈦。

㈠唐李德《守歲》詩：「冬去更籌盡，春隨斗柄回。」

㈡杜《守歲》詩：「椒盤已頌花。」　又，唐太宗詩：「盤花捲燭紅。」

㊂杜《人日》詩：「樽前柏葉休隨酒。」

㊃唐孟浩然詩：「梅生殘臘月。」　又，上注。

㊄唐劉幽求詩：「新年明旦來。」　又，曲名《霜天曉角》。

㊅《唐・李勣傳》：爭先睹之。

㊆唐宋史青《除夕》詩：「已入後園梅。」

校勘記

〔一〕「餘更」，《後村千家詩》卷四作「更籌」。

〔二〕「催」，《名媛詩歸》卷十九作「吹」。

斷腸詩集後集卷五

花木

海棠

《名媛詩歸》卷二十

天與嬌嬈綴作花㈠，更於枝上散餘霞㈡。少陵漫道多詩興，不得當時一句誇㈢。

㈠古《海棠》詩：「嬌嬈全在欲開時。」

㈡《選》：謝玄暉詩：「餘霞散成綺。」

㈢杜子美無海棠詩。又，東坡《海棠》詩，怪子美無詩到他。

芍藥

《名媛詩歸》卷二十、《詩淵》册四

芬芳紅紫間成叢㈠，獨占花王品第中㈡。到底祇留爲謔贈，更勞國史刺民風㈢。

㈠盧詩：「紅紫成叢相間開。」

㈡古《水龍吟》：「東君既與花王，芍藥須爲近侍。」

㈢《詩・鄭國風・溱洧》篇：「伊其相謔，贈之以芍藥。」

牡丹

《詩淵》册四

嬌嬈萬態逞殊芳㈠，花品名中占得王㈡。莫把傾城比顏色，從來家國爲伊亡㈢。

㈠舒元輿《牡丹賦》：萬狀皆絕。

㈡見上首注。　又，古《牡丹》詩：「更占人間第一春。」

㊂白樂天《長恨歌》：「漢皇重色思傾國」，「六宮粉黛無顏色」。又，唐宋《牡丹》詩：「參陪傾國奉君王。」古詞：「傾國傾城顏色。」

黄芙蓉

《詩淵》册十三

如何天賦與芬芳㊀，徒作佳人澹佇妝㊁。試倩東風一爲主㊂，輕黄應不讓姚黄。

㊀韓愈《芍藥歌》：「翠莖紅蕊天付與。」

㊁古《孤鸞》詞：「澹佇新妝。」

㊂古《珍珠簾》詞：「把酒祝東君，願與花枝長爲主。」

長春花

一枝纔謝一枝殷㊀，自是春工不與閒。縱使牡丹稱絶豔㊁，到頭榮瘁片時間。

㈠古《落花》詩：「一枝落盡一枝空。」
㈡古《念奴嬌》詞：「絶豔仍清淑。」

薔薇花

《名媛詩歸》卷二十、《詩淵》册六

飛葩散亂擁欄香，萬朵千枝不計行㈠。爛熳初開向清晝，會稽太守乍還鄉㈡。

㈠杜子美詩：「千朵萬朵壓枝低。」
㈡漢武帝拜朱買臣爲會稽太守曰，如衣錦還鄉。

芙蓉

《名媛詩歸》卷二十、《詩淵》册四

滿池紅影蘸秋光㈠㈡，始覺芙蓉植在傍。賴有佳人頻醉賞，和將紅粉更施妝㈢。

㈠古《鷓鴣天》詞：「滿池荷葉動秋風。」

㈡唐張易之詩：「娉娉紅粉妝。」

校勘記

〔一〕「池」，原作「地」，據潘刻本卷四改。

櫻桃

《名媛詩歸》卷二十、《詩淵》册四

爲花結實自殊常，摘下盤中顆顆香。味重不容輕衆口㈠，獨於寢廟薦先嘗㈡。

㈠蕭穎士《櫻桃賦》：雖先寢而式薦，豈和羹之正味。

㈡《禮記》：仲夏之月，羞以含桃，先薦寢廟。注：含桃，即今櫻桃也。

梅花二首

《名媛詩歸》卷二十（採其一）、《詩淵》册四

園林蕭索未迎春㈠，獨爾花開處處新㈡。祇有宮娃無一事㈢，每將施額鬬妝匀㈣〔一〕。

消得騷人幾許時㊄，疏籬澹月著橫枝㊅。破荒的皪香隨馬㊆，春信先教驛使知〔二〕。

㊀丁晉公詩：「幾處園林蕭索裏。」又，蘇庠《梅花》詩：「迎春不負千金諾。」

㊁王曾《早梅》詩：「且向百花頭上開。」

㊂東坡《春日》詩：「午醉醒來無一事。」

㊃宋武帝女壽陽公主卧於含章簷下，梅花落主額，成五出花妝，拂之不去，自後有梅花妝。

㊄韓《柳巷》詩：「春餘幾許時。」

㊅古《漢宮春・梅》詞：「茅舍疏籬。」又，「微雲澹月，對江山分付管誰。」

㊆東坡詩：「的皪梅花草棘間。」

校勘記

〔一〕「施」，《詩淵》册四作「詩」。

〔二〕「春信先教驛使知」，原闕，據《詩淵》補，清鈔本作「一陣風吹滿地飛」。

直竹〔一〕

《後村千家詩》卷十一、《詩淵》册十三

勁直忠臣節㈠，孤高列女心㈡。四時同一色，霜雪不能侵㈢。

㈠《選》：鮑明遠詩：「時危見臣節。」又，《晉·忠義傳》：厲松筠之雅操，見正心於歲暮，標勁節於嚴風。《北史·節義傳》：露竹多勁節。

㈡後漢有《列女傳》。又，盧詩：「松竹蒼蒼列女心。」唐宋詩：「緑筠初露節孤高。」

㈢唐詩：「高標不畏雪霜侵。」

校勘記

〔一〕「直竹」，原闕詩題，據《後村千家詩》卷十一補。

荷花

《名媛詩歸》卷十九、《詩淵》册六

暑氣炎炎正若焚㈠，荷花於此見天真。香房馥鬱隨風拆㈡，笑臉妖嬈映水新㈢。間葉淺深般似點㈣，滿池繁媚麗於春。年年占得餘芳在㈤，幾見當時步步人㈥。

㈠《詩·雲漢》篇：「赫赫炎炎」，「如惔如焚。」

㈡韓《晚秋聯句》：「池蓮拆秋房。」

㈢《南·王儉傳》：若紅蓮映秋水。

㈣杜：「點溪荷葉疊青錢。」

㈤杜荀鶴詩：「年年越溪女，相伴採芙蓉。」

㈥《南史》：東昏侯鑿金爲蓮花貼地，令潘妃行其上曰：「此步步生金蓮花。」

臘月躑躅一枝獨開

《詩淵》册十三

園林經臘正彫殘㈠，獨爾花開爛熳鮮㈡。借問隴梅知幸否㈢，得陪春卉共時妍。

㈠古《玉抱肚》詞：「園林草木，迤邐彫殘。」

㈡韓愈《答張功曹》詩：「躑躅初開豔豔花。」

㈢古《卜算子》詞：「借問隴頭梅，春信還知否。」

後庭花

《詩淵》册十三

豈意爲花屬後庭，荒迷亡國自茲生㈠。至今猶恨隔江唱㈡，可惜當時枉用情㈢。

㈠《書》：內作色荒。

㈡杜牧詩：「隔江猶唱後庭花。」

㊂《語》：則民莫敢不用情。

乞蘭

《詩淵》册十四

幽芳别得化工栽，紅紫紛紛莫與偕㊀。珍重故人培養厚，真香獨許寄庭階㊁。

㊀韓：「紅紫相低昂。」

㊁《晉·謝玄暉傳》：譬如芝蘭玉樹，欲使生於庭階耳。

斷腸詩集後集卷六

雜題

詠史十首

項羽二首

自古興亡本自天㈠，豈容人力預其間㈡。非憑天與憑騅逝㈢〔一〕，騅不前兮戰已閒㈣。

蓋世英雄力拔山㈤，豈知天意在西關㈥〔二〕。范增可用非能用㈦，徒歎身亡頃刻間。

㈠《國語·晉語》：國之興亡，天命也。

㈡《前·韓信傳》：陛下所謂天授，非人力也。

㈢《孟》：天與之。 又，《項羽傳》：有美人姓虞氏，常幸從。駿馬名騅，常騎。乃悲歌慷慨爲歌詩：「力拔山兮氣蓋世，時不利兮騅不逝，騅不逝兮可奈何？虞兮虞兮奈若何！」

㈣上注。

㈤見上首注。

㈥《高祖紀》：令沛公西入關。

㈦《前·高祖紀》：項羽有一范增而不能用，所以爲我擒也。

校勘記

〔一〕「與」，清鈔本作「意」。

〔二〕「在」，元刻本、清鈔本作「主」。

韓信

男兒忍辱志長存，出袴曾無怨一言㈠。漂母人亡石空在㈡，不知還肯念王孫㈢？

㈠《韓信傳》：淮陰少年辱信曰：「信能死，刺我；不能死，出我袴下。」信熟視，俛出袴下。一市皆笑信，以爲懦怯。

㈡韓信家貧，常從人寄食。至城下釣，有一漂母哀之，飯信，母曰：「吾哀王孫而進食，豈望報乎！」今淮陰有漂母石是也。

㊂上注。

張良

功成名遂便歸休㊀，天道分明不與留㊁。果可人間戀駒隙㊂，何心願學赤松遊㊃。

㊀《老子》九章：功成名遂，天之道也。

㊁《易·謙卦》：天道下濟而光明。

㊂《魏豹傳》：人生在世間，如駒之過隙。

㊃《張良傳》：今以三寸舌爲帝者師，封萬户，位列侯，於良足矣。願棄人間事，從赤松子遊耳。

陸賈

漢方擾擾襲秦風㊀，勇士相高馬上功㊁。惟有君侯守奇節，能將新語悟宸衷㊂。

㊀《陳平贊》：陳公優優歸漢乃安。

㈡高祖論功行封，今蕭何未有汗馬之勞，徒持文墨議論不戰，顧居臣等上，何也？ 又，見下注。

㈢《陸賈傳》：時時前説稱《詩》《書》，高帝駡之曰：「乃公居馬上得之，安事《詩》《書》！」云云。 謂賈曰：「試爲我著秦所以失天下，吾所以得之者。」賈凡著十二篇，稱名曰《新語》。

賈生

文帝爲君固有餘，豈容流涕復長吁㈠。 單于可繫非無策㈡，表餌陳來術已疏。

㈠文帝時，賈誼陳《策》曰：「臣竊惟事勢，可爲痛哭者一，可爲流涕者二，可爲長太息者六。」

㈡本贊：及欲改定制度、試屬國，施五餌三表以繫單于，其術固以疏。

董生

秦火經來道失真㈠，下帷發憤每勞神㈡。 誰知異日爲無得，祇聽平津一老臣㈢。

㈠孔安國《古文尚書序》：秦始皇滅先代典籍，焚書坑儒。

㈡《前・贊》曰：劉向稱仲舒，下帷發憤，潛心大業。

㊂公孫弘封平津侯。殺主父偃，後徙仲舒，皆弘力也。

晁錯

七國綿延蔓草圖㊀，一言請削獨干誅㊁。揚雄自負功名志，猶罪當時太失愚㊂。

㊀本傳：景帝即位，錯請諸侯之罪過，削其支郡。奏上，諸侯讙嘩。後十餘日，七國俱反，以誅錯爲名。使赦七國，復故地。又，《左·隱元年》：蔓草難圖。

㊁見上注。

㊂揚雄《淵騫》：晁錯曰：「愚。」注書策，削諸侯事，七國既反，令袁盎得行其説。

按：元刻本後集卷六至此終。

劉向二首〔一〕

洽聞博識似君難㊀，況復騰凌宗室間㊁。屢諫不容甘畎畝㊂，七侯同日亦何顔㊃。

王氏滔天擅國權㊄，可堪恭顯厠其間㊅。屢形天譴君非悟㊆，徒使宗臣每犯顔㊇。

㈠《前·本傳贊》：自孔子後，綴文之士衆，惟劉向等博物洽聞，通達古今。
㈡本傳：元帝即位，蕭望之薦更生宗室忠直，明經有行。
㈢本傳：上封事曰：忠臣雖在甽畝，猶不忘君，惓惓之義也。
㈣本傳：王鳳爲大將軍秉政，倚太后，專國權，兄弟七人皆封爲列侯。鳳兄弟用事之咎云云。終不能奪權。
㈤見上首注。
㈥《前·佞幸傳》：石顯、弘恭，皆少坐法腐刑，爲中黄門，以選爲中尚書。
㈦本傳：王鳳秉政專權，數有大異，向陳《洪範》休咎之應。
㈧本傳：向爲宗室舊臣。又，《唐·魏徵傳》：每犯顏進諫。

校勘記

〔一〕「劉向二首」，原本缺題，且列入後集卷七，誤。今據本詩内容與劉鈔本補題，並與前八首合爲此卷，適符《詠史十首》之數。

斷腸詩集後集卷七

題王氏必興軒

《詩淵》册十九《人物類》

福有根基善有源㈠，必興緣此敞新軒㈡。埋蛇入相真堪慕㈢，屠狗封侯豈足論㈣。未必芝蘭偏謝砌㈤，好看車馬集於門㈥。從來天報無先後，不在其身在子孫㈦。

㈠《前·枚乘傳》：福生有基。

㈡見下注。

㈢孫叔敖爲兒時遊，見兩頭蛇殺而埋之。見兩頭蛇者死。其母曰：「蛇今安在？」曰：「恐他人見，埋之矣。」母曰：「吾聞存陰德者，天報以福。」及長爲相。

㈣《前·樊噲傳》：噲以屠狗爲事，漢王賜噲爵，爲臨武侯。

㈤《謝玄傳》：譬如芝蘭玉樹，欲使生於庭階耳。

㈥《前·于公傳》云：少高大門閭，令容駟馬車。我治獄多陰德，子孫必有興者。

㊆見上注。

題余氏攀鱗軒

《詩淵》册十九《人物類》

瀟灑新軒傍翠岑，攀鱗勃勃此潛心㊀。易驚誰羡葉公室㊁，入夢當爲傅説霖㊂。變化一身雷霹遠㊃，騰凌千里海波深㊄。卧廬曾比崇高志㊅，肯憶當時《梁父吟》㊆。

㊀揚《淵騫》篇：攀龍鱗。又，《問神》篇：顔淵潛心於仲尼。

㊁葉公子高好龍，一屋皆畫龍，於是天龍聞而下來，窺頭於牖，拖尾於屋，葉公見之，棄而遠走，失其魂魄。葉公非好真龍也。

㊂《書·説命上》：高宗夢傅説者，若歲大旱，用汝作霖雨。又，《荀·非相篇》：説之狀，身如植鰭云云。

㊃杜詩：「平地一聲雷。」

㊄李白詩：「龍怪潛波深。」

㊅諸葛亮：「先帝不以臣卑鄙，三顧臣於草廬之中。」

㊆諸葛亮早孤，躬耕隴畝，好爲《梁父吟》。

賀人移學東軒

《名媛詩歸》卷十九、《詩淵》册二十《人事類》

一軒瀟灑正東偏，屏棄囂塵聚簡編㊀。美璞莫辭雕作器㊁，涓流終見積成淵㊂。謝班難繼予慚甚㊃，顔孟堪晞子勉旃㊄。鴻鵠羽儀當養就㊅，飛騰早晚看沖天㊆。

㊀《選》：謝玄暉詩：「囂塵自兹隔。」又，韓愈詩：「簡編可捲舒。」

㊁揚《寡見》篇：良玉不雕何謂也？曰：「玉不雕，璵璠不作器。」

㊂《家語》：涓涓不塞，遂成江河。

㊃《晉・列女傳》：謝氏聰識有才。又，《後・列女傳》：班昭博學高才。

㊄顔子好學，孟子陳道義，揚子晞顔之人。《蒙求》云：爾曹勉旃。

㊅《張良傳》：鴻鵠高飛，羽翼以就。

㊆《楚世家》：有鳥在於阜，三年不蜚不鳴，是何鳥也？曰：「三年不蜚，一蜚沖天；三年不鳴，一鳴驚人。」

送人赴試禮部

春闈報罷已三年，又向西風促去鞭。屢鼓莫嫌非作氣，一飛當自卜沖天。賈生少達終何遇㈠，馬援才高老更堅㈡。大抵功名無早晚，平津今見起菑川㈢。

㈠本傳：吴公廷尉言：賈誼少年頗通諸家之書，文帝召爲博士時，年二十餘，最爲少。

㈡本傳：兄況曰：「汝大才當晚成。」又嘗謂賓客曰：「窮且益堅，老當益壯。」

㈢《前・公孫弘》：菑川薛人，後封爲平津侯。

斷腸詩集後集卷八

雜詠

代送人赴召司農

當年持節使㈠，寬厚出誠心。郡國承風遠㈡，朝廷注意深㈢。十行初下詔㈣，四海望爲霖㈤。幾夜台星轉㈥，光侵九棘林㈦。

㈠杜詩：「川合東西瞻使節。」

㈡《武帝紀》：元光元年，初，令郡國舉孝廉。

㈢《前・陸賈傳》：天下安，注意相。

㈣《後・循吏傳序》：以手跡賜方國，一札十行。

㈤《書・説命》：若歲大旱，用汝作霖雨。

㈥《後·劉玄傳》：三公上應台宿。

㈦《禮·秋官·朝士》：左九棘，孤卿大夫位焉。

次韻見贈簡吳夫人

南北常嗟見未因，停舟今喜笑談親。張姬淑德同冰玉㈠，李白高吟泣鬼神㈡。和管幸聽鳴鳳侶㈢，濫竽還愧賞音人㈣。佳篇獎拂還過實，班衛聲名豈易倫㈤！

㈠晉張元妹，有才質，可敵謝道韞，云云。顧家婦，清心玉映，自是閨房之秀。

㈡杜《飲中八仙歌》：「李白斗酒詩百篇。」又，《寄李白》詩：「詩成泣鬼神。」

㈢《前·律曆志》：黃帝使伶倫取竹於解谷，斷兩節間而吹之。制十二篇以聽鳳之鳴。

㈣《記·樂記》：竹聲濫，君子聽笙竽之聲。

㈤《後·列女傳》：班昭封衛大夫。

題四並樓

《詩淵》册十七《宫室門》

華榜危樓豈浪名㈠〔一〕，人間四者此環並㈡。日知光景無虛度㈢，時覺清風滿座生㈣。庾亮據牀談興逸㈤，仲宣倚檻客愁輕㈥〔二〕。眼前此樂難兼得，許我登臨載酒行㈦。

㈠楊億詩：「危樓高百尺。」

㈡《選》：謝靈運句：良辰美景，賞心樂事，四者難並。

㈢古《滿庭芳》詞：「光景如梭。」

㈣盧仝《茶歌》：「但覺兩腋習習清風生。」

㈤晉庾亮在武昌，諸佐吏殷浩之徒，乘秋夜共登高樓，不覺亮至，曰：「諸君少住。」便據胡牀與浩等談覈。

㈥《選》：王仲宣《登樓賦》注：《魏志》：仲宣登江陵樓，因懷歸而有此述作。

㈦杜《尋花》詩：「誰能載酒開金盞。」

校勘記

〔一〕「榜」，原作「楊」，據元刻本、武林本、清鈔本改。
〔二〕「倚」，原作「荷」，據元刻本、武林本、清鈔本改。

題斗野亭

《名媛詩歸》卷十九、《詩淵》册十八

高亭忽登覽，豁爾思無窮。訪古多遺跡，留題有鉅公。地分吴楚界㊀，人在斗牛中㊁。不是乘槎客㊂，那知此路通〔一〕。

㊀《前漢·地理志》：斗星在吴野。
㊁下注。
㊂張茂先《博物志》：近世有人居海上，每年八月，見槎來不違時，乃賫糧乘之。到天河曰：某年某月，客星犯斗牛。

校勘記

〔一〕「那」,《名媛詩歸》卷十九作「誰」。

舟行即事七首　《名媛詩歸》卷二十(採其一、三、四、五、六首)

帆高風順疾如飛①,天闊波平遠又低。山色水光隨地改②,共誰裁剪入新詩③。

扁舟欲發意何如④,回望鄉關萬里餘⑤。誰識此情腸斷處⑥,白雲遥處有親廬⑦。

畫舸寒江江上亭⑧,行舟來去泛縱横。無端添起思鄉意⑨,一字天邊歸雁聲⑩。

滿江流水萬重波⑪,未似幽懷别恨多。目斷親闈瞻不到,臨風揮淚獨悲歌⑫。

對景如何可遣懷,與誰江上共詩裁⑬。江長景好題難盡,每自臨風愧乏才⑭〔一〕。

歲暮天涯客異鄉⑮,扁舟今又度瀟湘⑯。顰眉獨坐水窗下⑰,淚滴羅衣暗斷腸⑱。

歲節將殘惱悶懷,庭闈獻壽阻傳杯⑲。此愁此恨人誰見⑳,鎮日柔腸自九迴㉑。

①杜《入洞庭》詩:「欹側風流滿。」　又,《王彦章傳》:奮疾如飛。

②黄山谷《南樓》詩:「四顧山光接水光。」

㊂杜《贈嚴中丞》詩：「新詩句句好。」

㊃杜《絶句》：「客至欲如何。」

㊄《選》詩：「相去萬餘里。」

㊅《選》：江淹《别賦》：行子腸斷。

㊆見《春景·春日書懷》詩注。

㊇杜詩：「畫舸依夜宿。」

㊈温庭筠《紅葉》詩：「意端逐流水。」

㊉黄山谷詩：「雁字一行書絳霄。」　又，杜《月夜憶弟》詩：「秋邊一雁聲。」

⑪吴融《畫山水歌》：「觀盡江山千萬重。」

⑫杜《酬孟雲卿》詩：「揮淚各悲歌。」　又，《項羽傳》：乃悲歌慷慨。

⑬杜《江亭》詩：「排悶强裁詩。」

⑭謝逸《月賦》：臨風歎兮將焉歇。

⑮杜《歲暮》詩：「歲暮長爲客。」　又，《選》詩：「各在天一涯。」

⑯韓愈詩：「共泛瀟湘一葉舟。」

⑰杜《江月》詩：「燭滅翠眉顰。」

⑱古詞：「別時淚滴羅衣。」

⑲杜《九日》詩：「傳杯不放杯。」

⑳白樂天《長恨歌》：「此恨綿綿無絶期。」

㉑古詞：「酒入柔腸似淚流。」　又，《符川集》：《愁》詩：「縈迂腸九迴」云云。

校勘記

〔一〕「自」，《名媛詩歸》卷二十作「日」。

寄大人二首

《詩淵》册四

去家千里外，飄泊若爲心①。詩誦《南陔》句②，琴歌《陟岵》音③。承顔故國遠④，舉目白雲深⑤。欲識歸寧意⑥，三年數歲陰〔一〕。

極目思鄉國，千山更萬津⑦。庭幃勞夢寐，道路壓埃塵⑧。詩禮聞相遠⑨，琴樽誰是親。愁看羅袖上，長揾淚痕新⑩。

㊀杜《春日》詩：「飄泊到如今。」

㊁《詩·南陔》，孝子相戒以養也。　又，《詩·陟岵》篇：「陟彼岵兮，瞻望父兮。」

㊂《琴操》曰：古琴有詩歌五典。

㊃《孟·梁惠王下》：所謂故國者。

㊄唐狄仁杰登太行山，舉頭見白雲孤飛，曰：「吾親舍其下。」

㊅《泉水》詩，衛女思歸也，思歸寧而不得。

㊆張退傳洛陽。（按：疑有誤。）　杜詩：「誰知萬水千山裏。」

㊇韓《縣齋》詩：「塵埃紫陌春。」

㊈《語·季氏》篇：聞詩聞禮。

㊉張文潛《七夕歌》：「淚痕有盡愁無歇。」　又，《符川集》：《黄昏》詩：「故將羅袖染啼痕。」

校勘記

〔一〕「數」，原作「藪」，據《詩淵》册四改。

和前韻見寄

《詩淵》册四

忽得南來信，殷勤慰我心㊀。新詩憐俊逸㊁，清論憶容音。目斷鄉程遠㊂，樓高客恨深。三年重會合，依舊見荆陰。憶昔江頭别，相看對古津。去來分櫓棹，南北隔音塵㊃。把酒何時共㊄，論文幾日親㊅。歸寧知有約，綵服共爭新㊆。

㊀《詩·凱風》：「以慰母心。」

㊁杜詩：「新詩錦不如。」又，《憶李白》詩：「俊逸鮑參軍。」

㊂李義山詩：「目斷故鄉人不至。」

㊃晉謝玄暉詩：「囂塵自兹隔。」

㊄杜《憶李白》：「何時一樽酒，重與細論文。」

㊅上注。

㊆老萊子年七十，著五綵斑斕之衣，爲嬰兒戲於親前。

卧龍

《詩淵》册十五《鳥獸門》

角瑩纖瓊鱗粲金，擁珠閒卧紫淵深㊀。時來天地雲雷舉㊁〔一〕，起作人間救旱霖㊂。

㊀《莊·列禦寇》篇：河上有家窮者，有子役於淵，得千金之珠。其父曰：「千金之珠，必在九重之淵，驪龍頷下，子能得之，必遭其睡也。」

㊁《淮南子》：龍舉而雲雷屬。

㊂房綰嘗修學終南山谷中，聞龍吟，曰：「不久雨至。」望之，冉冉雲起，果雨作。又，《書·説命上》：若歲大旱，用汝作霖雨。

校勘記

〔一〕「舉」，原作「與」，據清鈔本改。

代謝人見惠墨竹〔一〕

《名媛詩歸》卷十九

紛紛桃李皆凡俗㊀，四時之中惟有竹㊁。非惟蒼翠列風輕㊂，對之自覺清人肉㊃。羨君年少多才藝，筆墨潛偷造化力㊄〔二〕。掃出一枝爰惠我㊅，清陰翠色驚滿幅。嗟我得之喜何似，貪夫忽獲珠盈斛㊆。朝夕捧翫不知疲，如在太白樓上宿㊇。遽令標軸挂壁間㊈，勁節直日長目前。不必溪邊尋六逸⑩，不必林間訪七賢⑪。豈使閻本與王維⑫，獨擅古今稱神師。又有屏間名浪得，誤墨成形何足奇⑬。未若一筆掃一枝，渭川移來人莫疑⑭。珍藏欲默默不得，命箋索筆成新詩。詩窮紙滿意不盡⑮，閣筆無語愧才稀⑯。

㊀東坡詩：「桃李漫山總粗俗。」

㊁《記·禮器》：如箭之有筠，貫四時而不改柯易葉。

㊂杜《錦竹》詩：「幸分蒼翠拂波濤。」

㊃東坡《和筠軒詩》：「無肉令人瘦，無竹令人俗。」

㊄李賀《高軒過》：「筆補造化天無功。」

㈥唐宋詩：「一枝無言淡相對。」

㈦《晉・石崇傳》：明珠萬斛。

㈧沈光：「李太白酒屋富貴」云。

㈨《唐・陳子昂傳》：對策云：挂牆屋耳。

㈩《唐・李白傳》：與孔巢父、韓渠、裴政、張淑明、陶沔居徂徠山，號「竹溪六逸」。

⑪《晉・嵇康傳》：阮籍、山濤、向秀、劉伶、阮籍兄子咸、王戎遂爲竹林之遊，世謂「竹林七賢」。

⑫唐閻立本善畫人物。又，王維善畫山水。俱名盛。

⑬《三國志》：曹不興善畫屏風，落筆點素，因就作蠅，孫權以爲生蠅，遂以手拂之。

⑭《史・貨殖傳》：渭川千畝竹，其人與千户侯等。

⑮《易・繫辭》：言不盡意。

⑯《陸贄傳》：他學士閣筆不得下，贄獨沛然有餘思。

校勘記

〔一〕「謝人」，《名媛詩歸》卷十九作「人謝」。

〔二〕「力」字不叶屋沃韻，疑有誤。

外編卷一

斷腸詞

憶秦娥　正月初六夜月　《花草粹編》卷四

彎彎曲，新年新月鈎寒玉。鈎寒玉，鳳鞵兒小，翠眉兒蹙。　　鬧蛾雪柳添妝束，燭龍火樹爭馳逐。爭馳逐[一]，元宵三五，不如初六。

校勘記

〔一〕「爭馳逐」，原闕，據四印齋本、《花草粹編》卷四補。

浣溪沙　清明　《花草粹編》卷二

春巷夭桃吐絳英〔一〕，春衣初試薄羅輕，風和煙暖燕巢成。　小院湘簾閒不捲，曲房朱户悶長扃。惱人光景又清明。

校勘記

〔一〕「春巷」，四印齋本、《花草粹編》卷二作「露井」。

又　春夜　《古今圖書集成·閨媛編》卷二十

玉體金釵一樣嬌〔一〕，背燈初解繡裙腰，衾寒枕冷夜香銷〔二〕。　深院重關春寂寂〔三〕，落花和雨夜迢迢。恨情和夢更無聊。

校勘記

〔一〕「玉體」，《古今圖書集成·閨媛編》卷二十作「卸下」。

〔二〕「銷」，《古今圖書集成》作「消」。

〔三〕「重」，《古今圖書集成》作「不」。

按：此首見《香奩集》唐韓偓名下，文字稍異。

生查子

《花草粹編》卷一

寒食不多時，幾日東風惡。無緒倦尋芳，閒卻秋千索。　玉減翠裙交〔一〕，病怯羅衣薄。不忍捲簾看，寂寞梨花落。

校勘記

〔一〕「玉」，《花草粹編》卷一作「瘦」。

又

世傳大曲十首，朱淑真《生查子》居第八，調入大石，此曲是也。集中不載，今收入此。《歷朝名媛詩詞》卷十一

年年玉鏡臺，梅蕊宮妝困。今歲未還家，怕見江南信。酒從別後疏，淚向愁中盡。遥想楚雲深，人遠天涯近。

按：此首於《詞林萬選》卷四、《花草粹編》卷一誤作朱敦儒詞。四印齋誤刻入《漱玉詞》。

又

元夕　見升庵《詞品》《古今詞統》卷三、《名媛詞選》(蔣景祁)小令

去年元夜時，花市燈如晝。月上柳梢頭，人約黄昏後。今年元夜時，月與燈依舊。不見去年人，淚濕春衫袖〔一〕。

校勘記

〔一〕「濕」，四印齋本作「滿」。

按：此詞已見周必大編《歐陽文忠集》一三一卷，又誤作秦觀詞，見《續草堂詩餘》卷上。方回《瀛奎律體》卷十六又引「月上柳梢頭」句，誤爲李清照作。今照録於此，供研究者參考。

謁金門[一]

《花草粹編》卷三、《歷朝名媛詩詞》卷十一

春已半。觸目此情無限。十二欄干閒倚遍，愁來天不管。　好是風和日暖，輸與鶯鶯燕燕。滿院落花簾不捲，斷腸芳草遠。

校勘記

〔一〕《花草粹編》卷三有題作「春半」。

江城子

賞春　《花草粹編》卷七、《古今圖書集成·閨媛編》卷二十

斜風細雨作春寒。對尊前，憶前歡。曾把梨花、寂寞淚闌干。芳草斷煙南浦路，和別淚，看青山。　昨宵結得夢夤緣[一]。水雲間，悄無言。爭奈醒來、愁恨又依然。展轉衾裯空懊

惱〔三〕，天易見，見伊難！

校勘記

〔一〕「結」，四印齋本作「徒」。（按：嘗見別本有作「因緣」者。）

〔二〕「衾裯」，《花草粹編》卷七作「翠衾」。

減字木蘭花

春怨〔一〕　《花草粹編》卷二

獨行獨坐，獨倡獨酬還獨卧。佇立傷神，無奈春寒著摸人〔二〕。此情誰見，淚洗殘妝無一半。愁病相仍，剔盡寒燈夢不成〔三〕。

校勘記

〔一〕「春怨」，《花草粹編》卷二題作「春」。

〔二〕「春」，四印齋本作「輕」。

〔三〕「寒」，《花草粹編》作「孤」。

眼兒媚[一]

《花草粹编》卷四、《歷朝名媛詩詞》卷十一

遲遲風日弄輕柔[二]，花徑暗香流。清明過了，不堪回首，雲鎖朱樓。午窗睡起鶯聲巧，何處喚春愁？緑楊影裏，海棠亭畔，紅杏梢頭。

校勘記

〔一〕《花草粹編》卷四有題作「春情」。

〔二〕「遲遲風日」，《歷朝名媛詩詞》卷十一作「風日遲遲」。

鷓鴣天[一]

《花草粹編》卷五

獨倚欄干晝日長，紛紛蜂蝶鬬輕狂。一天飛絮東風惡，滿路桃花春水香[二]。當此際，意偏長[三]。萋萋芳草傍池塘。千鍾尚欲偕春醉，幸有荼蘼與海棠。

校勘記

〔一〕《花草粹編》卷五有題作「春溪」。

〔二〕「水」，《花草粹編》作「雨」。

〔三〕「長」，《花草粹編》作「傷」。

清平樂 《花草粹編》卷三

風光緊急，三月俄三十。擬欲留連計無及，緑野煙愁露泣。　倩誰寄語春宵〔一〕，城頭畫鼓輕敲。繾綣臨歧囑付，來年早到梅梢。

校勘記

〔一〕「倩誰寄語」，《花草粹編》卷三作「憑誰寄與」。

又 夏日遊湖

惱煙撩露，留我須臾住。攜手藕花湖上路，一霎黄梅細雨。　嬌癡不怕人猜，和衣睡倒人懷〔一〕。最是分攜時候，歸來懶傍妝臺。

校勘記

〔一〕「和衣睡倒人懷」，原作「隨群暫遣愁懷」，據四印齋本校語改。如此方與上文「留我須臾住，攜手藕花湖上路」相應。

點絳唇 向誤刻《木蘭花》〔一〕 《詩淵》册十六《鳥獸門》

黄鳥嚶嚶〔二〕，曉來卻聽丁丁木。芳心已逐。淚眼傾珠斛。　見自無心〔三〕，更調離情曲。鴛幃猶望休窮目〔四〕。回首溪山緑。

校勘記

〔一〕《詩淵》册十六調名誤作「減字木蘭花」，有題作「聞鶯」。

〔二〕「鳥」，《詩淵》作「鶯」。

〔三〕「心」，《詩淵》作「聊」。

〔四〕「猶」，《詩詞雜俎》、《詩淵》均作「獨」。

又　冬

《花草粹編》卷一

風勁雲濃。暮寒無奈侵羅幕。髻鬟斜掠。呵手梅妝薄。　少飲清歡，銀燭花頻落。恁蕭索〔一〕。春工已覺。點破梅香萼〔二〕。

校勘記

〔一〕「恁」，《花草粹編》卷一作「添」。

〔二〕「香」，《花草粹編》作「花」。

蝶戀花

送春　《花草粹編》卷七、《歷朝名媛詩詞》卷十一、《古今詞統》卷九、《名媛詞選》前片同《粹編》，後片同四印齋本

樓外垂楊千萬縷。欲繫青春，少住春還去。猶自風前飄柳絮。隨春且看歸何處。　綠滿山川聞杜宇〔一〕。便做無情，莫也愁人苦〔二〕。把酒送春春不語。黄昏卻下瀟瀟雨。

校勘記

〔一〕「綠滿」，《花草粹編》卷七、《歷朝名媛詩詞》卷十一並作「滿目」。

〔二〕「苦」，四印齋本作「意」。

菩薩蠻

秋

秋聲乍起梧桐落，蛩吟唧唧添蕭索。欹枕背燈眠，月和殘夢圓。　起來鈎翠箔，何處寒砧作。獨倚小欄干〔一〕，逼人風露寒。

校勘記

〔一〕「獨」，四印齋本作「重」。

又

山亭水榭秋方半，鳳幃寂寞無人伴。愁悶一番新，雙蛾祇舊顰。　起來臨繡户，時有疏螢度。多謝月相憐，今宵不忍圓。

又

木樨　《詩淵》册六《花木類》

也無梅柳新標格，也無桃李妖嬈色〔一〕。一味惱人香，群花爭敢當。　情知天上種〔二〕，飄落深巖洞。不管月宫寒，將枝比並看。

校勘記

〔一〕「李」，《詩淵》册六《花木類》作「杏」。

〔二〕「知」，《詩淵》作「和」。

又

詠梅〔一〕 《花草粹編》卷三、《古今詞統》卷五、《名媛詞選》上片同《粹編》

濕雲不渡溪橋冷，蛾寒初破霜鉤影〔二〕。溪下水聲長〔三〕，一枝和月香〔四〕。　人憐花似舊，花不知人瘦〔五〕。獨自倚欄干〔六〕，夜深花正寒。

校勘記

〔一〕「詠梅」，《花草粹編》卷三題作「梅」。

〔二〕「蛾寒初破霜鉤影」，《花草粹編》作「嫩寒初透東風景」。「蛾」似作「嫩」字是。「霜」，四印齋本作「雙」。

〔三〕「溪」，《花草粹編》作「橋」。

〔四〕「月」，《花草粹編》作「雪」。

〔五〕「不知人」，《名媛詞選》作「比人應」。

〔六〕「獨自倚」，《名媛詞選》作「莫憑小」。

鵲橋仙　七夕

《花草粹編》卷六

巧雲妝晚[一]，西風罷暑[二]，小雨翻空月墜。牽牛織女幾經秋，尚多少、離腸恨淚。　微涼入袂，幽歡生座，天上人間滿意。何如暮暮與朝朝，更改卻、年年歲歲。

校勘記

〔一〕「妝」，《花草粹編》卷六作「弄」。

〔二〕「罷」，《花草粹編》作「驚」。

念奴嬌　催雪

冬晴無雪，是天心未肯、化工非拙。不放玉花飛墮地，留在廣寒宮闕。雲欲同時，霰將集處，紅日三竿揭。六花剪就，不知何處施設。　應念隴首寒梅，花開無伴，對景真愁絕。待出和羹金鼎手，爲把玉鹽飄撒。溝壑皆平，乾坤如畫，更吐冰輪潔。梁園燕客，夜明不怕燈滅。

又

《花草粹编》卷十

鵝毛細剪，是瓊珠密灑〔一〕、一時堆積。斜倚東風渾漫漫，頃刻也須盈尺。玉作樓臺，鉛鎔天地，不見遥岑碧。佳人作戲，碎揉些子抛擲〔二〕。　爭奈好景難留，風僝雨僽，打碎光凝色。總有十分輕妙態〔三〕，誰似舊時憐惜。擔閣梁吟，寂寞楚舞，笑捏獅兒隻。梅花依舊，歲寒松竹三益。

校勘記

〔一〕「是瓊珠」，《花草粹编》卷十作「縱輕抛」。

〔二〕「抛」，《花草粹编》作「相」。

〔三〕「總」，《花草粹编》作「縱」。

卜算子 詠梅[一]

《花草粹編》卷二、《詩淵》册四、《全芳備祖》前集卷一花部、《名媛詞選》

竹裏一枝梅[二]，映帶林逾靜。雨後清奇畫不成，淺水橫疏影[三]。　吹徹小單于，心事思重省[四]。拂拂風前度暗香，月色侵花冷[五]。

校勘記

〔一〕「詠梅」，四印齋本、《花草粹編》卷二題作「梅」。

〔二〕「梅」，四印齋本作「斜」。

〔三〕「疏」，《花草粹編》、《全芳備祖》前集卷一作「斜」。

〔四〕「思重」，《花草粹編》、《全芳備祖》、《詩淵》册四並作「重思」。

〔五〕「花」，四印齋本作「簷」。

柳梢青　詠梅〔一〕　《花草粹編》卷四、《詩淵》册四

玉骨冰肌。爲誰偏好，特地相宜。一味風流，廣平休賦，和靖無詩。　倚窗睡起春遲。困無力、菱花笑窺。嚼蕊吹香，眉心點處，鬢畔簪時。

校勘記

〔一〕「詠梅」，四印齋本、《花草粹編》卷四題作「梅」。

又

凍合疏籬〔一〕。半飄殘雪，斜卧枝低。可便相宜，煙藏修竹，月在寒溪〔二〕。　亭亭佇立移時。拚瘦損、無妨爲伊。誰賦才情，畫成幽思，寫入新詞。

校勘記

〔一〕「凍合」，《詩淵》册四作「茅舍」。

〔二〕「在」、「溪」，四印齋本作「印」、「池」。

又

雪舞霜飛〔一〕。隔簾疏影〔二〕，微見横枝。不道寒香，解隨羌管，吹到屏幃。　箇中風味誰知。睡乍起、烏雲甚欹〔三〕。嚼蕊妝英〔四〕，淺顰輕笑，酒半醒時。

校勘記

〔一〕「雪舞」，《詩淵》册四作「月墮」。

〔二〕「簾」，《詩淵》作「窗」。「疏」，四印齋本作「花」。

〔三〕「甚」，《詩淵》作「任」。

〔四〕「妝」，《詩淵》作「挼」。

外編卷二

補遺

詩

三月三日

《名媛詩歸》卷二十、《歷朝名媛詩詞》卷八

林花落盡草初齊，客裏蕭條思欲迷。又是春光去時節，滿城飛絮亂鶯啼。（潘是仁《宋元詩・斷腸詩集》卷四，自刻本）

清明遊飲少湖莊

《名媛詩歸》卷二十

清明翫賞正繁華，今日林梢落盡花。人散酒闌春已去，一泓初漲滿池蛙。（同上）

黄花

《名媛詩歸》卷二十

土花能白又能紅，晚節由能愛此工。寧可抱香枝上老，不隨黄葉舞秋風。（同上）

惜花

病眼看花似夢中，一番次第又飛空。朝來不忍倚樹立，倚樹恐摇枝上紅。（劉後村《分門纂類唐宋時賢千家詩選》卷七，楝亭藏本揚州詩局重刊）

竹〔一〕

《詩淵》册十三《竹》

一徑濃陰影覆牆〔二〕，含煙敲雨暑天凉。猗猗肯羨夭桃豔〔三〕，凛凛終同勁柏剛。風籟入時添細韻〔四〕，月華臨處送清光。凌冬不改青堅節，冒雪何傷色轉蒼〔五〕。（同上，卷十一）

校勘記

〔一〕「竹」,《詩淵》册十三題作「詠竹一律」。

〔二〕「影覆牆」,《詩淵》作「覆古牆」。

〔三〕「猗猗」,《詩淵》作「旖旖」。

〔四〕「入」、「韻」原作「八」、「勺」,據《詩淵》改。

〔五〕「何傷」、「轉蒼」,《詩淵》作「何妨」、「更蒼」。

又〔一〕

《詩淵》册十四

百竿直節拂雲齊〔二〕,千畝誰人羡渭溪。燕雀謾教來唧噪,虚心終待鳳凰棲。(同上,卷十一)

校勘記

〔一〕「又」,《詩淵》册十四題作「對竹一絶」。

〔二〕「直」,《詩淵》册十四作「高」。

江上阻風

正阻行程江岸間，江頭三日繫歸船。水光激浪高翻雪，風力推沙遠漲煙。撥悶喜陪尊有酒，供厨不慮食無錢。彫章見及惟虚辱，勉强賡酬愧斐然。（同上，卷十二）

雪晴

桃李無言蜂蝶忙，曉寒未肯放春光。花將計會千山日，風爲栽埋一夜霜。（同上，卷十三）

又

早上新鶯語尚蠻，花無氣力倚雕欄。幸蒙殘雪回頭早，又遣東風薄倖寒。（同上，卷十三）

筆〔一〕

《詩淵》册八《器用門・筆》

雙毫五綵兔狸鋒，珍與歐陽象管同。多謝寄來情意重，從今敢廢墨池工〔二〕。（同上，卷十七）

校勘記

〔一〕「筆」，《詩淵》册八《器用門・筆》題作「謝人惠雙筆」。

〔二〕「廢」，《詩淵》作「費」。

鶯〔一〕

《詩淵》册十六《鳥獸門・天文類》

野花啼鳥喜新晴，湖上波光漾日明。底事傷春心緒懶，不堪愁裏聽鶯聲。（同上，卷十九）

校勘記

〔一〕「鶯」，《詩淵》册十六《鳥獸門・天文類》題作「遊西湖聞鶯」。

畫眉

曉來偶意畫愁眉，種種新妝試略施。堪笑時人爭髣髴，滿城將謂是時宜。（《詩淵》册一《身體門·人事類·眉》，明鈔本）

詠柳

長絲裊娜拂溪垂，亂絮風吹漠漠飛。全借東君與爲主，年年先占得韶暉。
風牽裊裊摇無定，翠影侵階已午天。花發鳥歌春景媚，好看柔軟吐香綿。（同上，册六《花木類·柳》）

桃花

每對春風競吐芳，胭脂顏色更濃妝。含羞自是不言者，從此成蹊入醉鄉。（同上，册六《花木

類·桃》）

李花

滿園花發白於梅，又與紅桃並候開。可口直須成實後，莫將苦種路傍栽。（同上，册六《花木類·李》）

又

小小瓊英舒嫩白，未饒深紫與輕紅。無言路側誰知味，惟有尋芳蝶與蜂。（同上，册六，據《文史》第十二輯孔凡禮《朱淑真佚詩輯存及其他》轉録）

詠梅

雪格冰姿蠟蒂紅，水邊山畔澹煙籠。江風也似知人意，密遞清香到室中。（同上，册六《花木

類·梅》）

夏夜彈琴

夜久萬籟息，琴聲愈幽寂。接引到清江，巖泉溜寒滴。（同上，册八《器用門·音樂類·琴》）

蠟梅

天然金蕊冠群英，誰信鵝黄染得成。昨夜南枝報春信，摘來香露月中清。（同上，册十三《梅》）

夏螢

熠熠迎宵上，林間點點光。初疑星錯落，渾訝火熒煌。著雨藏花塢，隨風入畫堂。兒童競追撲，照字集書囊。（同上，册十六《鳥獸門·天文類·螢》）

觀燕

深閨寂寞帶斜暉，又是黄昏半掩扉。燕子不知人意思，簷前故作一雙飛。（同上，册十六《鳥獸門》）

送燕

見爾來齊去亦齊，空巢零落屋廬低。更無心記銜泥處，花絮春風小院西。（同上，册十六《鳥獸門》）

遊曠寫亭有作

曠寫亭高四望中，樓臺城郭正春風。笙歌富庶千門樂，市井喧嘩百貨通。疊疊居民還瓦屋，紛紛游蝶亂花叢。憑欄忽念非吾土，目斷白雲心莫窮。（同上，册二十《人事類》）

詞

西江月　春半

辦取舞裙歌扇，賞春衹怕春寒〔一〕。捲簾無語對南山，已覺緑肥紅淺〔二〕。　去去惜花心懶，踏青閒步江干。恰如飛鳥倦知還，澹蕩梨花深院。（明陳耀文編《花草粹編》卷四，影印明刊本）

校勘記

〔一〕「賞」，四印齋本作「當」。

〔二〕「肥」，四印齋本作「深」。似勝。

月華清　梨花

《詩淵》册四、《詞繫》卷十二

雪壓庭春〔一〕，香浮苑月〔二〕，攬衣還怯單薄。欹枕徘徊，又聽一聲乾鵲。粉淚共、宿雨闌干；清夢與、寒雲寂寞。除卻。是江梅曾許，詩人吟作。　長恨曉風漂泊〔三〕。且莫遣香肌，瘦減如削[四]。深杏夭桃，端的爲誰零落。況天氣、妝點清明，對美景、不妨行樂。翻著[五]。向花前時取[六]，一杯獨酌。（同上，卷十）

校勘記

〔一〕「庭」，《詩淵》册四作「夜」。

〔二〕「苑」，《詞繫》卷十二作「花」。

〔三〕「曉」，《詩淵》作「晚」。

〔四〕「瘦」，《詩淵》作「銷」。

〔五〕「翻」，《詩淵》、《詞繫》並作「拚」。

〔六〕「前」，原闕，據《詩淵》補；「時」，《詞繫》作「唤」。

絳都春 梅花

寒陰漸曉。報驛使探春，南枝開早。粉蕊弄香，芳臉凝酥瓊枝小。雪天分外精神好。向白玉、堂前應到。化工不管，朱門閉也，暗傳音耗。

輕渺。盈盈笑靨，稱嬌面、愛學宫妝

新巧。幾度醉吟，獨倚欄干黄昏後，月籠疏影横斜照。更莫待、單于吹老〔一〕。便須折取歸來，膽瓶插了。（同上，卷十）

校勘記

〔一〕「單于」，四印齋本作「篴聲」。

酹江月　詠竹

愛君嘉秀，對雲庵、親植琅玕叢簇。結翠筠梢，津潤膩、葉葉竿竿柔緑。漸胤兒孫，還生過母，根出蟠蛟曲。瀟瀟風夜，月明光透篩玉。　雅稱野客幽懷，閒窗相伴，自有清風足。終不彫零材異衆，豈似尋常花木。傲雪欺霜，虚心直節，妙理皆非俗。天然孤澹，日增物外清福。（《詩淵》册十三《竹》，明鈔本）

按：《詩淵》册十三於此首下未標作者姓名。但於此首前的《詠竹一律》下標明朱淑真作，於此首之後又録朱淑真的《詠直竹》，亦未標作者姓名，爲此，疑此首並爲朱淑真所作。今録於此，供研究者參考。

句

王孫去後無芳草。（影印明刊本《花草粹編》卷二，朱秋娘《采桑子·集句》之首句）

按：《全宋詞》存目。此詞皆集唐宋女郎詩句，《詞譜》卷五收此，全詞云：「王孫去後無芳草，緑遍香階。塵滿妝臺。粉面羞搽淚滿腮。教我甚情懷。　去時梅蕊全然少，等到花開。花已成梅。梅子青青又帶黄，兀自未歸來。」

文

璇璣圖記

若蘭名蕙，姓蘇氏，陳留令道質季女也。年十六，歸扶風竇滔。滔字連波，仕苻秦爲安南將軍。以若蘭才色之美，甚敬愛之。滔有寵姬趙陽臺，善歌舞，若蘭苦加捶楚，由是陽臺積恨，讒毀交至，滔大恚憤。時詔滔留鎮襄陽，若蘭不願偕行，竟挈陽臺之任。若蘭悔恨自傷，因織錦字爲回文，五彩相宣，熒心眩目，名曰《璇璣圖》。亘古以來，所未有也。乃命使賫至襄陽。感其妙絶，遂送陽臺之關中，具輿從迎若蘭於漢南，恩好踰初。其著文字五千餘首，世久湮没，獨是圖猶存。唐則天嘗序圖首，今已魯魚莫辨矣。初，家君宦遊浙西，好拾清玩，凡可人意者，雖重購不惜也。一日，家君宴郡倅衙，偶於壁間見是圖，償其值，得歸遺予。於是坐卧觀究，因悟璇璣之理，試以經緯求之，文果流暢。蓋璇璣者，天盤也；經緯者，星辰所行之道也；中留一眼者，天心也。極星不動，蓋運轉不離一度之中，所謂居其所而斡旋之。處中一方，太微垣也，乃疊字四言詩。其二方，紫微垣也，乃四言回文。二方之外四正，乃五言回文。四維乃四言回文。三方之外四正，乃交首四言詩，其文則不回也。四維乃三言回文，三方之經以至外四經，皆七言回文詩，可周流而讀者也。紹定三年春二月望後三日，錢唐幽棲居士朱淑貞書。（《池北偶談》卷十五《朱淑貞璇璣圖記》）

按：王士禎於一六七一（康熙辛亥）年冬在京師見到朱淑真一二三〇年（紹定三年）手書此文，並稱「首有『璇璣變幻』四小篆，後有小朱印」，但原件已佚，無從考證其真僞。本文從内容看當是朱淑真婚後之作，文末「紹定」二字恐係「紹聖」之誤。今録於此，聊備一説，供參考。又，道光二十六年開雕小蓬萊山館藏板《宫閨文選》亦收録此文，但無文末「紹定三年春二月望後三日」十一字。

附録

一　序跋

後序

孫壽齋

嘗聞齊大非偶,《春秋》所譏㊀;女謀佳匹,古人所尚㊁。三味斯言,誠非虛語。然天下之事得其對者至爲罕見,而非其配者嘗總於前者,何也?豈非歸咎於彼此緣分乎?是以世有捧心之容〔一〕,而獲潘令之貌者其人難㊂。而逢故人於豫章者,亦千載之遇㊃。每思至此,可爲太息〔二〕。有如朱淑真,稟嘲風詠月之才〔三〕,負陽春白雪之句〔四〕,凡觸物而思,因時而感,形諸歌詠,見於詞章,頃刻立就,一唱三歎〔五〕,聽之者多,和之者少,可謂出群之標格矣。夫何耦非其佳〔六〕,而匹非其良,使人有齊大之譏,而形非匹之誚者,深爲可惜。非惟斯人之懷不可遏,誦此篇章,於遇亦不能自默矣。好事者出此,因試宣汪節筆㊄,姑書數語,附於卷末。詩人所謂「我思古人,實獲我心」〔七〕,愚於此亦然。時嘉泰壬戌正月中浣滏陽孫壽齋書。(《新注朱淑真斷腸詩集》十卷,《後集》三卷,《雜録詩》一卷,清鈔本卷末)

㈠《左傳》：齊侯欲以文姜妻鄭太子忽。辭曰：「齊大，非我耦也。」
㈡《晉・王濬傳》：徐邈有女才淑，擇佳匹方嫁。
㈢《晉・潘岳傳》：岳，美姿儀，少年遊洛陽，婦人多以果擲之滿車。
㈣後漢陳蕃爲豫章太守，故人徐稚來訪，特設一榻。
㈤《雜記》：時宣州汪節筆。楊惠也。

校勘記

〔一〕至〔七〕原本有注，此注或爲鄭元佐所作，因他本未見，無從考定，現清鈔本空白闕文。

紀略

田藝蘅

淑真，浙中海寧人，文公侄女也。文章幽豔，才色娟麗，實閨閣所罕見者。因匹偶非倫，弗遂素志，賦《斷腸集》十卷以自解。臨安王唐佐爲傳，以述其始末。吴中士大夫集其詩二百餘篇，宛陵魏仲恭爲之序。（見藝芸書舍影元鈔本《朱淑真斷腸集》卷首。清劉泖生鈔本同此）

按：淑真實錢塘人，以爲海寧者謬。宋海寧爲鹽官縣，而海寧則休寧縣也。（編者按：查宋代地圖，當謂：「宋海寧爲鹽官縣，而錢塘則錢塘縣也」。）文公侄女之説尤屬荒誕不經。高儒《百川書志》與此小異。《志》

謂《斷腸集》十卷，《後集》八卷，而諸家皆不云有《後集》八卷，然此集已有二百餘首矣。（同上）

朱淑貞引

潘是仁

朱淑貞者，宋之女郎，生而穎慧，稍長喜近楮研，曹大家、謝道藴流亞也。惜其藁砧非匹，含思含情，悒悒不遂。使爾雎鳩相叶，如徐淑、秦嘉也者，互爲愛慕，其唱和奚啻倍蓰；即不然，當時得遇善誘之吉士，臨邛卓氏無俟新寡，斷腸詩化作消魂句矣。如紅顔薄命何！吾於淑貞不能無遺憾云。潘是仁識。（《宋元詩·斷腸詩集》四卷，明萬曆四十三年刻本卷首）

跋

毛晉

淑真詩集，膾炙海内久矣。其詩餘僅見二闋於《草堂集》，又見一闋於十大曲中，何落落如晨星也。既獲《斷腸詞》一卷，凡十有六調，幸觀全豹矣。先輩拈出《元夕》詩詞，以爲白璧微瑕，惜哉！湖南毛晉識。（《斷腸詞》卷末，汲古閣刻本）

漱玉詞跋（節録）

毛　晉

庚午仲秋，余從選卿覓得宋詞二十餘種，乃洪武三年（一三七〇）鈔本，訂正已，閲數名家中有《漱玉》、《斷腸》二册，雖卷帙無多，参諸《花庵》、《草堂》、《彤管》諸書，已浮其半，真鴻寶也。急合梓之，以公同好。（《漱玉詞》卷末，汲古閣刻本）

跋

黄丕烈

淞江友人沈綺雲欲刻唐宋婦人詩四種爲一集，最後謀及《斷腸詩集》，所得如金譽庭、鮑渌飲、吴槎客三家本，皆傳鈔本而非刻本，意不欲梓，爲其非古本也。嘉禾友人戴松門爲余言，平湖錢夢廬藏有元刻，苦難借出，遂録副見示。識爲鄭元佐注本《前集》十卷，《後集》僅四卷第二葉止。蓋與《百川書志》所載本同，而逸《後集》之半矣。惜缺序文並卷一前之兩葉半，通卷亦有闕文。故沈梓僅有唐之魚、薛，宋之楊后，朱淑真詩仍缺如也。今春海寧陳仲魚過訪，談及是書，云：「硤石蔣君夢華亦有元刊注本。」許爲我借出助勘。頃，果以書畀余。竭一二日力，手校一過，乃知此與錢本同出一原。此稍有所修補，故誤字特多。間有一二字比較勝於彼者，未知傳寫錯謬，抑錢本原誤，未見刻本，不敢臆斷也。然錢本缺失，時賴此補全，此爲勝於錢本之處。而此係補修之本，非特少《後集》，即《前集》卷中，時有脱葉闕文，硬以煞尾卷數終之，此爲謬妄，非錢本又不足以正其誤也。余好爲古書分析原修面目，故敢於還書之日，著其梗概如此，以質諸夢華先生，並以告仲魚之與余同嗜者。此書係寒中故物，未經後人點污，不敢代爲校改，惟識之卷尾餘紙。尚欲借錢本以補此本之不足，則余有副本在，不妨還假足之。如沈綺雲有意續雕，豈非四美具乎！余且藉是以畢求古之願焉。嘉慶十七年，歲在壬申，秋九月重陽前三日，黄丕烈書於求古居。（《新注朱淑貞斷腸詩集前集》十卷，明初刻遞修本卷末）

跋

徐康

宋人注宋人集，如李壁注《荆公集》，王、施之注《蘇集》，任、史之注《黄集》、《陳後山詩》，皆風行海内，後世奉爲圭臬，傳本極多。去年，見宋刻《簡齋集》，係宋人注本，已絶無僅有。昨無意中又得《斷腸集》，鄭元佐注，共十八卷，真希世之珍也。世有好事者能爲之任剞劂之力，亦翰墨因緣。同治壬戌冬日徐康子晉記。（《新注朱淑真斷腸詩集》十卷《後集》八卷，清汪氏藝芸書舍影元鈔本卷末）

校補斷腸詞序

許玉瑑

己丑四月，春闈被放，十上既窮，益無聊賴，適夔笙舍人以校補汲古閣未刊本朱淑真《斷腸詞》一卷刊成，屬爲之序。並旁搜他書所見淑真軼事，以證升庵《詞品》所論之誣。乃慨然曰：風雨而思君子，顑頷而懷美人。風騷所謳，寓言八九。淑真一弱女子耳，數百年後，猶爲之顧惜名節，訂譌匡謬，足使孤花之秀，墜蒂而餘芳；幺弦之激，繞梁而猶響。抑何幸哉！宋代閨秀，淑真、易安並稱雋才，同被奇謗。而《漱玉》一編，既得盧抱孫諸君辨誣於先，又得幼霞同年重刊於後。《斷腸詞》則曙星孤懸，缺月空皎。《四庫提要》論定以後，迄無繼者。譬之姬姜，依然憔悴，雖有膏沐，尚淪風塵，乃白璧同完，新硎迭發。此難得者一也。顧水流不停，雲散無跡，世罕善本，亦犹而置之耳。是本出自毛鈔，著録甚富，兵燹以後，散在市廛，展轉爲常熟翁大農年丈所得。去冬，假歸案頭，將乞幼霞補刊一二，以存其舊。夔笙乃欣賞不輟，眠飡並忘，檢得此詞，特任剞劂。依其篇第，存《玉臺》之遺；廣其蒐羅，補《白華》之逸。此難得者二也。《斷腸詞》就《紀略》所著，原有十卷，至陳振孫《書録解題》僅存一卷。片玉易碎，單行良難。夔笙與幼霞居同里閈，近復合併，誠與《漱玉詞》都爲一編，流傳藝苑，則二女同居，翔華表之鶴；百尺並峙，囀出谷之鶯。紅顔不老，青塚常留。此難得者三也。雖然，由顯而晦，由屈而伸，無幸致之理，實賴有表章之人。藉非然者，投暗之珠輒遭按劍，屢獻之璞終於墜淵。《漱玉》歟？《斷腸》歟？雖潔比羊脂，啼盡鵑血，亦孰得而見也？況物論之顛倒哉！遂泚筆而序之如此。吴縣許玉瑑。（《四印齋彙刊詞·斷腸詞》卷首）

斷腸詞跋

况周頤

右校補汲古閣未刻本宋朱淑真《斷腸詞》一卷。詞學莫盛於宋，易安、淑真尤爲閨閣雋才，而皆受奇謗。國朝盧抱孫、俞理初、金偉軍三先生並爲易安辨誣，吾鄉王幼遐前輩鵬運刻《漱玉詞》，即以理初先生《易安事輯》附焉。顯微闡幽，庶幾無憾。淑真《生查子》詞，《欽定四庫全書提要》辨之綦詳，宋曾慥《樂府雅詞》、明陳耀文《花草粹編》並作永叔。慥録歐詞特慎，《雅詞序》云：「當時或作豔曲，謬爲公詞，今悉删除。」此闋適在選中，其爲歐詞明甚。毛刻《斷腸詞》，校讎不精，跋尾又襲升庵臆説。青蠅玷璧，不足以傳賢媛。此本得自吴縣許鶴巢前輩玉瑑，與雜俎本互有異同，訂誤補遺，得詞三十一闋，鈔付手民。書成，與四印齋《漱玉詞》合爲一集，亦詞林快事云。光緒己丑端陽，臨桂況周儀夔笙識於都門寓齋。（《四印齋彙刊詞·斷腸詞》卷末）

拜經樓藏書題跋記

吴　騫

《斷腸集》，詩三卷，宋閨秀朱淑真撰。先君子手寫本，並附録《百川書志》、《詩女史》、《名媛詩歸》、《宋詩紀事》、《汲古閣校刊題語》、《巖居幽事》各條於前。又記云：某按《名媛詩歸》選淑真古近體詩凡一百七十餘首。（卷五，《叢書集成》本）

新注朱淑真斷腸詩集十卷後集七卷跋

丁　丙

宋朱淑真《斷腸詞》，著録於文淵閣，毛晉刊於汲古閣。其詩集二卷，《四庫》則列之附存。田藝蘅撰《傳略》於前。獨錢塘鄭元佐注《斷腸詩集》十卷，《後集》七卷，刻本向未之見，《天一閣書目》載刊本八卷，卷數不合，當非此帙。劫後得羅鏡泉廣文手鈔精本，惜有闕文闕頁，無從校補。久之，於潘是仁刊本得增詩三首，馬氏小玲瓏山館寫本增詩一首，汪氏振綺堂蔣氏別下齋舊鈔本增詩八首，雖中有四首可補羅本之闕，惟有詩無注，仍難合璧，特附梓於後云。臨安王唐佐舊爲立傳，藝蘅已稱不可得矣。光緒丁酉丁丙識。（《武林往哲遺著》本卷末）

跋

繆荃孫

此書元刊本，前歸道古樓馬氏，後歸硤石蔣氏。陳仲魚、黄蕘圃皆經眼。蕘圃並爲之跋，推許甚至。卷五題下標陰文「前集」二字，他卷所無。卷六止二葉，「彈指西風壓衆芳」首句下，即以前集之六煞尾，不知詩未合（全）也。此則蕘圃所謂繆妄者。第一卷詩第一葉，以序接首篇詩之後，則裝手之誤，當改正。書不易見，郋威世講甚寶之。　丙午九月繆荃孫識。

此書《後集》七卷亦生平所未見。（《新注朱淑貞斷腸詩集前集》十卷，明初刻遞修本卷末）

題款

吴昌綬

光緒丙午重陽前三日仁和吴昌綬觀。（《新注朱淑貞斷腸詩集前集》十卷，明初刻遞修本卷末）

跋

張元濟

此書爲江陰何秋輦同年所藏。秋輦逝後，其子豈威亦相繼下世。其家不能守，盡舉所有歸於涵芬樓。諸家所藏都爲鈔本，此爲元人舊刻，古色古香，至堪珍重。友人徐君積餘藏有《後集》，版刻相同，葉號亦復銜接。假此景印，得成全璧，藉竟沈、黄二君之志，甚可喜也。於其歸還之日，書此識之。丙寅秋日海鹽張元濟。（《新注朱淑貞斷腸詩集》十卷，明初刻遞修本卷末）

編者按：《涵芬樓燼餘書録》於《新注朱淑真斷腸詩前集》十卷條下云：「元刊本，宋朱淑真撰，錢塘鄭元佐注，前有宋通判平江軍事魏仲恭序。半葉十行，小注雙行，行二十字。」其後，録有此跋文。又，《涉園序跋集録》收録亦相同。

跋

徐乃昌

影印元槧本《朱淑真斷腸詩注前集》十卷《後集》八卷。是書天一閣舊藏，爲海内孤本。昔黄蕘翁爲沈綺園刻《唐宋婦人集》，未得此書覆刻，引爲憾事。今以元刻影印，中間誤字及損蝕處，悉仍原本，不敢任意改補，以致失真。識者諒之。（《南陵徐氏新印善本書目》，南陵徐氏影印元刻本《新注朱淑真斷腸詩集》扉頁背面）

二 書録

文淵閣書目

楊士奇

《朱淑貞詩集》一部，一册闕。（卷十，《叢書集成》初編本）

百川書志

高儒

《斷腸詩》十卷，女子朱淑貞撰，錢塘鄭元佐注。（卷十五集部，《觀古堂書目叢刊》本）

編者按：藝芸書舍影元鈔本《朱淑真斷腸集》卷首引《百川書志》著録與此稍異，曰：「《斷腸集》十卷，《後集》八卷，錢塘朱淑真撰，魏端禮輯，錢塘鄭元佐爲之注。」

世善堂藏書目録

陳第

閨閣集《朱淑真詩》，二百篇。歸安人。（卷下，《叢書集成》初編本）

續文獻通考

朱淑真《斷腸集》二卷。淑真，錢塘女子，自號幽棲居士。（卷一九五集部，《萬有文庫》本）

朱淑真《斷腸詞》一卷。按：陳振孫《書録解題》載有是編，世久不傳。今本爲毛晉所刊。其《生查子》一闋，有「月上柳梢頭，人約黄昏後」句，晉跋遂指爲白璧微瑕，然此闋見歐陽修《廬陵集》中，不知何以竄入。晉不考正，亦誣甚矣。（同上卷一九八）

編者按：今所見《直齋書録解題》（武英殿聚珍本）未有此著録，亦或許此處著録有誤。

絳雲樓書目

錢謙益

朱淑真《斷腸前後集》四册，十六卷。（卷三北宋書目，《叢書集成》初編本）

述古堂藏書目

錢曾

《朱淑真斷腸詞》一卷。（卷二，《叢書集成》初編本）

稽瑞樓書目

陳揆

《斷腸集注》十卷，舊鈔一册。（《叢書集成》初編本）

鐵琴銅劍樓藏書目録

瞿鏞

《斷腸詩集注》十卷，《後集》一卷（舊鈔本），宋朱淑真撰。錢塘鄭元佐注詩爲淳熙九年。通判平江軍事宛陵魏端禮所輯並序。元佐未詳，其注亦詳贍，末有嘉泰二年孫壽齋《後序》。（卷二一《集部》三，江刻書目三種）

四庫全書總目

《斷腸集》二卷，宋朱淑真撰。淑真，錢塘女子，自號幽棲居士。嫁爲市井民妻，不得志以没。宛陵魏端禮輯其詩爲《斷腸集》，即此本也。其詩淺弱，不脱閨閣之習。世以淪落哀之，故得傳於後。前有田藝蘅《紀略》一篇，詞頗鄙俚，似出依託。至謂淑真寄居尼庵，日勤再生之請，時亦牽情於才子，尤爲誕語。殆因世傳淑真《生查子》詞附會之。其詞乃歐陽修作，今載在《六一詞》中，曷可誣也？王士禎記康熙辛亥見淑真紹定二年手書《璇璣圖記》一篇，備録其文於《池北偶談》中，且稱《斷腸集》不載此文。諸家撰閨秀詩筆者，皆未之及云云。然流傳墨跡，千僞一真。此文出淑真與否，無從考證。疑以傳疑，姑存是一説可矣。（卷一七四《集部·别集類存目一》，中華書局本）

《斷腸詞》一卷，宋朱淑真撰。淑真，海寧女子，自稱幽棲居士。是集前有《紀略》一篇，稱爲文公侄女。然朱子自以爲新安人，流寓閩中。考年譜世系，亦别無兄弟著籍海寧。疑依附盛名之詞，未必確也。《紀略》又稱其匹偶非倫，弗遂素志，賦《斷腸集》十卷以自解。其詞則僅《書録解題》載一卷，世久無傳。此本爲毛晉汲古閣所刊。後有晉跋，稱詞僅見二闋於《草堂集》，又見一闋於十大曲中，落落如晨星。後乃得此一卷，爲洪武間鈔本，乃與《漱玉詞》並刊。然其詞止二十七闋，則亦必非原本矣。楊慎升庵《詞品》載其《生查子》一闋，有「月上柳梢頭，人約黄昏後」語，晉跋遂稱爲白璧微瑕。然此詞今載歐陽修《廬陵集》内，不知何以竄入淑真集内，誣以桑濮之行？慎收入《詞品》，既爲不考，而晉刻《宋名家詞》六十一種，《六一詞》即在其内，乃於《六一詞》漏注互見《斷腸詞》，已自亂其例；於此集更不一置辨，且證實爲白璧微瑕，益卤莽之甚。今刊此一篇，庶免於厚誣古人，貽九泉之憾焉。（同上，卷一九九《集部·詞曲二》）

《斷腸詞》一卷，宋朱淑真撰。……舊與李清照《漱玉詞》合刊，雖未能與清照齊驅，要亦無愧於作者。（《四庫全書簡明目録》集部·詞曲類）

皕宋樓藏書志

陸心源

《斷腸集》十卷，《後集》四卷（舊鈔本，鮑渌飲手校），宋朱淑真著。鮑氏手跋曰：「計詩二百五十七首，潘訒叔本，共佚九十二首。」（卷八十五，潛園總集）

郋園讀書志

葉德輝

《斷腸集》四卷明潘是仁刻本。 宋朱淑真《斷腸集》四卷，《四庫全書總目·集部·别集類》存目作二卷，浙江鮑士恭家藏本。《提要》云：「淑真，錢塘女子，自號幽棲居士。嫁爲市井民妻，不得志以没。宛陵魏端禮輯其詩爲《斷腸集》，即此本也。前有田藝蘅《紀略》一篇，詞頗鄙俚，似出依託。至謂淑真寄居尼庵，日勤再生之請，時亦牽情於才子，尤爲誕語。殆因世傳淑真《生查子》詞附會之，不知其詞乃歐陽修作，今在《六一詞》中，曷可誣也。」今按：《四庫全書·曲類·斷腸詞》提要亦詳辨其事。此明潘是仁刻《宋元名家詩》之一，僅留此及《花蕊夫人詩集》二種。從子定侯得之舊書肆中，執以詢余，時插架有浙人丁丙所刊《武林往哲遺著》，中有《新注朱淑真斷腸詩集》十卷，《後集》七卷，爲錢唐鄭元佐注。前有序，題通判平江軍事魏仲恭撰，即《四庫提要》所稱之魏端禮也。《序》稱其早歲不幸，父母失審，不能擇伉儷，乃嫁爲市井民家妻。一生抑鬱不得志，故詩中多有憂愁怨恨之語，並無論其不潔之事。田藝蘅，明時人，何從而得其詳耶？《提要》斥爲僞託，誠哉是言。此本不載田藝蘅之文，卷數亦與四庫存目本不同，當是别有所本。古書日少一日，即此明本，亦足珍也。（《郋園讀書志》卷八，民國十七年上海澹園排印本）

三　叢論

楊維楨

女子誦書屬文者，史稱東漢曹大家氏。近代易安、淑真之流，宣徽詞翰，一詩一簡，類有動於人。然出於小聽挾慧，拘於氣習之陋，而未適乎情性之正。比大家氏之才之行，足以師表六宫，一時文學而光父兄者，不得並議矣。（《曹氏雪齋絃歌集序》（節録），《東維子集》卷七，《四部叢刊》本）

杜瓊

右《梅竹圖》並題，爲女子朱淑真之跡。觀其筆意詞語皆清婉，似夫女人之所爲也。夫以朱氏，乃宋世能文之女子，誠閨中之秀，女流之杰者也。惜乎持其才膽，擬古人閨怨數篇，難免哀傷嗟悼之意，不幸流落人間，遂爲好事者命其集曰《斷腸詩》，又謂其下嫁庸夫，非其佳配而然，不亦冤乎哉！嗚呼，人之一念不以自防，則身後之禍，遂致如此。若夫程明道先生之母，訓女子惟教識字讀書，不可教之吟詠，可爲萬世良法焉。是圖乃吴山青蓮里陸允章家者。厥父士昂，厥祖孟和，謂其遠祖所蓄，爲真跡無疑。孟和、士昂隱居耕讀，不妄人也，其言蓋可信。允章求志，當無誣辭。（《題朱淑真梅竹圖》，見《杜東原集》，自《香豔叢書》第十集卷一清湯漱玉《玉臺畫史》轉録）

沈　周

繡閣新編寫斷腸，更分殘墨寫瀟湘。垂枝亞葉清風少，錯向東門認緑楊。（《題朱淑真畫竹》，見《沈石田集》，自《香豔叢書》第十集卷一《玉臺畫史》轉録）

編者按：《沈石田集》石印本佚此詩。

陳　霆

聞之前輩：朱淑真才色冠一時，然所適非偶。故形之篇章，往往多怨恨之句。世因題其稿曰《斷腸集》。大抵佳人命薄，自古而然，斷腸獨斯人哉！古婦人之能辭章者，如李易安、孫夫人輩，皆有集行世。淑真繼其後，所謂代不乏賢。其詞曲頗多，予精選之，得四五首。《詠雪·念奴嬌》云：「斜倚東風渾漫漫，頃刻也須盈尺。」已盡「雪」之態度。繼云：「擔閣梁吟，寂寥楚舞，空有獅兒只。」復道盡「雪」字，又覺醖藉也。《詠梅》云：「濕雲不渡溪橋冷，嫩寒初破霜風影。溪下水聲長，一枝和月香。」別闋云：「拂拂風前度暗香，月色侵花冷。」《梨花》云：「粉淚共宿雨闌珊，清夢與寒雲寂寞。」凡皆清楚流麗，有才士所不到，而彼顧優然道之，是安可易其爲婦人語也。（《渚山堂詞話》卷二，人民文學出版社本）

楊　慎

朱淑真《元夕·生查子》云：「去年元夜時，花市燈如畫。月上柳梢頭，人約黄昏後。　今年元夜時，月與燈依舊。不見去年人，淚濕春衫袖。」詞則佳矣，豈良人家婦所宜邪？又其《元夕》詩云：「火樹銀花觸目紅，極天歌吹暖春風。新歡入手愁忙裏，舊事經心憶夢中。但願暫成人繾綣，不妨長任月朦朧。賞燈那得工夫醉，未必明年此會同。」與其詞意相合，則其行可知矣。（《朱淑真〈元夕〉詞》，《詞品》卷二，人民文學出版社本）

李攀龍

李清照《如夢令》，寫出婦人聲口，可與朱淑真並擅詞華。（明吴從先輯《草堂詩餘雋》卷二，明刊本）

董穀

自漢以下女子能詩文者，若唐山夫人、曹大家，立言垂訓，詞古學正，不可尚已。蔡文姬、李易安失節可議。薛濤倚門之流，又無足言。朱淑真者，傷於悲怨，亦非良婦。竇滔之婦亦篤於情者耳。此外不多見矣。（《碧里雜存》卷上，影明刻《鹽邑志林》本）

張綖

易安名清照，尚書李格非之女，適宰相趙挺之子明誠，嘗集《金石録》千卷，比諸六一所集，更倍之矣。所著有《漱玉集》，朱晦庵亦亟稱之。後改適人，頗不得意。此詞「物是人非事事休」，正詠其事。……結句稍可誦。朱淑真「可憐禁載許多愁」祖之，豈女輩相傳心法耶。（《草堂詩餘别録》，李清照《武陵春》評，武進惜陰堂趙尊嶽鈔本）

田汝成

大瓦巷北通保康巷，元時詩婦朱淑真居此。（《西湖遊覽志》卷十三《衢巷河橋》，《武林掌故叢編》本）

朱淑真者，錢唐人。幼警慧，善讀書，工詩，風流藴藉。早年，父母無識，嫁市井民家。其夫村惡，蘧除戚施，種種可厭；淑真抑鬱不得志，作詩多憂愁怨恨之思。時牽情於才子，竟無知音，悒悒抱恚而死。父母復以佛法，並其平生著作茶毗之。今所傳者，不過百中之一耳。臨安王唐佐爲之立傳，宛陵魏端禮爲之輯其詩詞，名曰《斷腸集》。其詩云：「靜看飛蠅觸曉窗，宿酲未醒倦梳妝。强調朱粉西樓上，愁裏春山畫不長。」又云：「門前春水碧於天，坐上詩人逸似仙。彩鳳一雙雲外落，吹簫歸去又無緣。」又云：「鴻鷺鴛鴦作一池，須知羽翼不相宜。東君不與花爲主，何似休生連理枝？」又題《圓子》云：「輕圓絶勝鷄頭肉，滑膩偏宜蟹眼湯。縱有風流無處説，已輸湯餅試何郎。」蓋謂其夫之不才，匹配非偶也。張行中題其詩集云：「女子風流節義虧，文章驚世亦何如？蘋蘩時序寧無預，詩酒情懷卻有餘。愁對鶯花春苑寂，若吟風月夜窗虚。丈夫莫羨多才思，宋女不聞曾讀書。」（《西湖遊覽志餘》卷十六《香奩豔語》，《武林掌故叢編》本）

淑真詩詞多柔媚，獨《清晝》一絶，《送春》一詞，頗疏俊可喜。（同上）

與淑真同時，有魏夫人者，亦能詩，嘗置酒以邀淑真，命小鬟隊舞，因索詩，以「飛雪滿群山」爲韻。淑真醉中，援筆賦五絶……不惟詞旨豔麗，而舞態之妙，亦可想見也。（同上）

董其昌

朱淑真《詠梅》，「濕雲」、「嫩寒」，詞中佳語。（《新鋟訂正評注便讀〈草堂詩餘〉續集》卷上，明刊本）

聶心湯

田氏《香奩豔語志餘》，淫風也，便欲删之矣。頃觀《女史》，乃知蘇小小南齋詩目，商玲瓏元白書郵；蒨桃之事萊公，洪妓之從舟客；琴操、朝雲之依端明，瑶池、金界並有名籍。而周韶、胡楚、龍靚、小娟者，皆薛校書、魚玄機之儔。倘定其情，何慚班管；綴之花上，爰比露桃。人有言「朱淑真那復不如一妓」語，以彼自有「荼毗不盡斷腸詩」，故當不同此曹嫵媚。（《萬曆錢塘縣志·香奩豔語》，《武林掌故叢編》本）

陳繼儒

孟淑卿，蘇州人，訓導澄之女。工詩，號荆山居士。嘗論朱淑真詩，曰：「作詩貴脱胎化質。僧詩無香火氣乃佳，鉛粉亦然。朱生故有俗病，李易安可與語耳。」（《太平清話》卷三，《寶顏堂秘笈》本）

編者按：《巖棲幽事》亦載此則。

顧起綸

孟居士，荆山居士其自號也。孟論朱淑真云：「作詩貴脱凡化質，僧詩貴無香火氣，鉛粉亦然。」其詩如《春歸》云：「無情最是枝頭鳥，不管人愁只管啼。」《書懷》云：「天邊莫看如鈎月，釣起新愁與舊愁。」不但無鉛粉氣，且雅，善用虚字，亦魚玄機之亞。（《國雅品·閨品》，《歷代詩話續編》本）

田藝蘅

朱淑真，錢塘人，幼警慧，工詩書，風流蘊藉。父母不能擇配，嫁市井兒，村惡籧篨，淑真抑鬱不得志，作詩多憂怨之思。時牽情於才子，卒悒悒抱恨而死。父母復據佛法，並其生平著作荼毗之，今所傳者僅十一耳。臨安王唐佐立傳，宛陵魏端禮輯之曰《斷腸集》，《序》曰「清新宛麗，蓄思含情，能道人意中事」云。（《詩女史》，藝芸書舍影元鈔本《朱淑真斷腸集》卷首引）

編者按：《古今詩史》所載同此。

胡應麟

七言如楊仲猷：「雲生萬壑投龍去，月滿千山放鶴歸。」李昉：「一院有花春晝永，八方無事諫書稀。」錢惟演：「日上廢陵煙漠漠，春歸空苑水潺潺。」鄭澥：「水光翠繞九重殿，花氣濃熏萬壽杯。」宋祁：「草色引開盤馬地，簫聲催暖賣餳天。」丁謂：「鶯驚鳳輦穿花過，魚畏龍顏上釣遲。」歐陽修：「道左旌旗諸將列，馬前弓劍六蕃迎。」王安石：「淮岑日對朱欄出，江岫雲齊碧瓦浮。」王安國：「朝日衣冠辭魏闕，春風旗鼓過秦淮。」梅堯臣：「吴娃結束迎新守，府吏趨蹡拜上官。」蘇軾：「分光御燭星辰爛，拜賜宫壺雨露香。」秦觀：「照海旌旛秋色裏，激天鼓吹月明中。」張耒：「幽花避日房房斂，翠樹含風葉葉涼。」王安禮：「陪祠已冠三公位，分陝猶爲百辟師。」楊萬里：「四川全國牙旗底，萬里長江羽扇中。」姜光彦：「萬頃秋光天上下，兩山秋色月東南。」陸游：「小聚數家秋靄裏，平坡千頃夕陽西。」范至能：「燭天燈火三更市，摇月旌旗萬里舟。」吕居仁：「江迴夜雨千崖黑，霜著高林萬葉紅。」趙汝愚：「江月不隨流水去，天風常送海濤來。」朱淑真：「水光激浪高翻雪，風力吹沙遠漲煙。」皆七言近唐句者，此外不多得也。（《詩藪》外編卷五宋，上海古籍出版社本）

編者按：朱淑真句見《江上阻風》（本集《補遺》）。

鍾　惺

朱淑真，浙人也。文章幽豔，才色清麗，實閨門之罕有。因匹偶之非倫，勿遂素志，賦《斷腸集》十卷，以自解鬱鬱不樂之恨。臨安王唐佐爲傳，以述其始末，吴中士大夫集其詩二百餘篇，宛陵魏仲恭爲之序。（《名媛詩歸》卷十九，明刊本）

《遊湖歸晚》　氣清，貴在能潤；景細，貴在能幽。兼之則骨高而力厚矣。（同上）

《除夜》　祇如近人作《除夜》詩。靈慧人胸中安得有此腐字。（同上）

《晴和》　作絶句。有絶句忽入四句作律，亦有律詩之妙。故同入選。（同上）

《除夜》　平平語氣，籠得寬轉。（同上）

《元夜》其二　寫事駢麗，殊乏風姿，則木强紺碧，無益也。（同上）

《膏雨》　題中著一「膏」字，便難措手，不當問其工拙也。（同上）

《荷花》　氣太繁重。（同上）

《喜雨》　《喜雨》詩若出女子口中，不過「衣袂生涼」、「紗廚湘簟」等語盡之矣。卻寫出農夫喜雨一段實情，歸頌聖德上，局理高渾，非他可及也。（同上）

《苦熱聞田夫語有感》　女子著眼，偏在民間疾苦。眼目自好。（同上）

《代人謝見惠墨竹》　大敗，不成語矣。氣稍逸。（同上）

《書窗即事》　落落自見。　其二，飄宕處，妙在帶憨氣、稚氣。（同上）

《長宵》　憔悴之況，祇堪自知，而情尤不可禁。（同上）

《春日雜書》其四　微緒靈心，澄涵愁恨，躊躕難盡。（同上卷二十）

《書懷》　太率意，無秀氣矣。（同上）

《長宵》　此皆沿襲語，下筆仍是颯然。（同上）

《雨中寫懷》　似作較量語，後二句，只輕削壓不定耳。（同上）

《清晝》　語有微至，隨意寫來自妙。所謂氣通而神肖也。（同上）

《圓子》　筆氣不能斂藏，則直而無含蓄。此類是也。（同上）

《立春》　自攜孤緒，轉使助愁。（同上）

《中春書事》　其琢句亦極香奩之秀。（同上）

《寓懷》　閒適，似山居偶作。（同上）

《阻雨》　語氣森爽，直亦有致。（同上）

《小桃葉去偶生數花》　題意有詩，落筆則無詩矣。（同上）

《黄花》　詠物詩。寄情遒上，自有身分。（同上）

《端午》　語氣太板，殊無生趣。（同上）

《新荷》　頗似《采蓮歌》。以其氣易近也。（同上）

《掬水月在手》　擬題甚佳，惜詩太不稱耳。（同上）

《弄花香滿衣》　亦平平語耳。較前作差勝，則其語氣稍逸也。（同上）

《春晝偶成》　慨歎語，説得宛曲。（同上）

《春燕》　此首頗覺渾雅，不但不率，格調自厚。（同上）

《中秋夜不見月》　氣太傲岸，筆意須得斂入穩細。不然，則枯直無味如此。（同上）

《杏花》　總是此意，便無味極矣。（同上）

《薔薇花》　差似東坡詩。（同上）

《梅花》　詩中用事，須在有意無意之間，略無痕跡，使情餘於事爲妙；若事餘於情，則音響之外，索之無味。所謂徵實而轉滅者，此類是也。（同上）

《舟行即事》其二　寥落中引起離緒。感時觸事，皆不能爲懷。（同上）

《夏雨生涼》　亦覺老。（同上）

茅暎

《元夜有懷》　離絃淒斷。（《詞的》卷一，明末刊朱墨套印本）

編者按：茅暎選收此詞，署名李清照，誤。

《送春》　哀梨雪藕。（同上卷三）

沈際飛

朱淑真刻少游誤。《元夜有懷》，又有《元夕》詩，與此意正合。其行可知矣。王實甫詞本此。調甚佳。非良家婦所宜有。（《批點〈草堂詩餘〉四集》續集卷上，顧從敬類選，沈際飛評正本）

朱淑真《詠梅》，玄慧。不犯梅事，超。「人」「花」二句傷神。緒長。（同上）

朱淑真《閨情》，一作《送春》。滿懷妙趣，成片裏出。體物無間之言。淡情深感。（同上）

曾子宣丞相内子，朱淑真同時。朱淑真不能掩也。（同上別集卷一魏夫人《春晚》）

朱淑真《夏日遊湖》。《地驅樂歌》：「枕郎左臂，隨郎轉側。摩捋郎鬚，看郎顏色。」《詩歸》謂其千情萬態，可作風流中經史。注疏：和衣傾倒，謂不可訓，迂哉！（同上）

徐咸

海昌朱靜庵，司訓周汝航之妻也。出自名族。博學能詩，有聲成化、弘治間。若古樂府，長歌短章，皆有古人矩度，絶無纖麗脂粉之氣。有《靜庵集》藏於家。平生婦德，冰清玉潔。朱淑真、李易安不足多

也。（《西園雜記》下，影明刻《鹽邑志林》本）

徐伯齡

宋朱淑真，錢塘民家女也。能詩詞。偶非其類，而悒悒不得志，往往形諸語言文字間。……所著有《斷腸詩》十卷傳於世。王唐佐爲之傳。後村劉克莊嘗選其詩，若「竹摇清影罩紗窗，兩兩時禽噪夕陽。謝卻海棠飛盡絮，困人天氣日初長」之句，爲世膾炙。嘗賦《詠史》詩云：「筆頭去取萬千端，後世從他恣意瞞。王伯謾分心與跡，到成功處一般難。」非婦人可造。當時趙明誠妻李氏，號易安居士，詩詞尤獨步，縉紳咸推之。……李有《詠史》詩曰：「兩漢本繼紹，新室如贅疣。所以嵇中散，至死薄殷周。」中散非湯、武得國，引之以比王莽。如此等語，豈女子所能？以是方之，淑真似不及也。然易安晚年失節汝舟……而淑真怨形流蕩，至云：「欲作一篭傷心淚，寄與南樓薄倖人。」雖有才致，令德寡矣。（《蟫精雋》卷十四《女人詠史》，自王學初《李清照集校注》轉録）

鴛湖煙水散人

古來美人，有足思慕者，共得二十六人：西子、毛嬙、夷光、李夫人、卓文君、班婕妤、王昭君、趙飛燕、合德、蔡琰、二喬、緑珠、碧玉、張麗華、侯夫人、楊太真、崔鶯鶯、關盼盼、蘇惠、非煙、柳姬、霍小玉、貞娘、花蕊夫人、朱淑真。（《女才子書·女才子卷首》，春風文藝出版社排印本）

陳維崧

徐湘蘋名燦，才鋒遒麗，生平著小詞絶佳，蓋南宋以來閨房之秀一人而已。其詞娣視淑真，姒畜清照，至道是「愁心春帶來，春又歸何處」，又「衰楊霜遍灞陵橋，何處是前朝」等語，纏綿辛苦，兼撮屯田、淮海諸勝，直可憑衿。（《婦人集》，《昭代叢書》本）

王士禛

今世所傳女郎朱淑真「去年元夜時，花市燈如晝」《生查子》詞，見《歐陽文忠集》一百三十一卷，不知何以訛爲朱氏之作，世遂因此詞疑淑真失婦德。紀載不可不慎也。（《池北偶談》卷十四《歐陽詞》，中華書局本）

辛亥冬，於京師見宋朱女郎淑真手書《璇璣圖》一卷，字法妍嫵。有記云：……首有「璇璣變幻」四小篆，後有小朱印。予向見《斷腸集》，不載此文。諸家撰閨秀詩筆者，皆未之載。宋桑世昌澤卿、明雲間張玄超之象撰《回文類聚》，亦未收此。家考功兄輯《然脂集》三百餘卷，多徵奥僻，因録一通歸之。後有仇英實父補圖四幅，亦極妙。按張萱、周昉、李伯時輩，皆有織錦回文圖，英此圖殆有所本也。（同上卷十五《朱淑真璇璣圖》）

嘗讀耶律文正詩「花落餘香著莫人」，蓋本朱淑真詞「無奈春寒著摸人」語；適讀宋彭器資汝礪《鄱陽集》有《湖湘道中見梅花》絶句云：「滴葉開花妙入神，酥盤憶看北堂春。瀟湘此日堪腸斷，隨處幽香著莫

人。」乃前此矣。（《居易録》）

張宗柟案：「著摸」等字，宋元人詩中未易縷舉，就愚所憶及者，如孔平仲《懷蓬萊閣》云：「深林鳥語留連客，野徑花香著莫人。」《飲夢錫官舍出文君西子小小畫真》云：「一樽美酒留連客，千載香魂著莫人。」味此二聯，則其義亦曉然矣。孔與彭鄱陽亦同是元祐、紹聖間（一〇八六—一〇九七）人也。（《帶經堂詩話》卷十五《字義類》，人民文學出版社本）

彭孫遹

錢唐朱淑真，所從非偶，詩多嗟怨，名《斷腸集》。嘗元夜賦《生查子》詞。……楊升庵《詞品》云：「詞則佳矣，豈良人婦所宜耶！」按：此詞見《廬陵集》一百三十一卷，不知何時竄入《斷腸詞》中。博洽如升庵，猶不爲之一辨，可慨也。（《詞藻》卷二，《學海類編》本）

編者按：徐釚《詞苑叢談》卷三載，與此則同。

徐士俊

朱淑真《春宵》，坡詞「笛聲吹落梅花月」，不期而合。（《古今詞統》卷一，明卓人月選，徐士俊評，武進惜陰堂趙尊嶽鈔本）

朱淑真《元夕》，元曲之稱論者，不過得此法。（同上卷三）

朱淑真云「嬌癡不怕人猜」，便太縱矣。（同上卷四《李清照〈浣溪沙〉》）

朱淑真《詠梅》《菩薩蠻》，不犯梅事，超。《夏日遊湖》《清平樂》，《古歌》：「枕郎左臂隨郎轉，摩捋郎鬚看郎顏。」千萬情態，不出箇中。（同上卷五）

朱淑真《閨情》《蝶戀花》，滿懷妙趣，成片裏出。（同上卷九）

沈　雄

「月上柳梢頭，人約黄昏後」，朱淑真《元夕》詞也。有云：詞則佳矣，豈良人婦所宜爲邪！

案：此乃歐陽修詞，楊慎誤作朱淑真。（《古今詞話·詞品上》，《詞話叢編》本）

《女紅志餘》曰：錢塘朱淑真自以所適非偶，詞多幽怨。每到春時，下幃趺坐，人詢之，則云：「我不忍見春光也。」宛陵魏端禮爲輯其詞曰《斷腸集》。（同上《詞評》卷上《朱淑真斷腸詞》）

朱淑真曾爲《阿那曲》云：「夢回酒醒春愁怯，寶鴨煙銷香未歇。薄衾無奈五更寒，杜鵑叫落西樓月。」時有作《西樓月》調者，宋人有《雙調鷄叫子》。（《古今詞話》卷上《阿那曲（鷄叫子）》，《詞話叢編》本）

編者按：此《阿那曲》已收録於《斷腸詩集》前集卷三，題作《春宵》，文字全同。《詞統》、《古今詞話》題作《阿那曲》。

朱淑真賦元夕《生查子》有云：「月到柳梢頭，人約黄昏後。」《詞品》曰：詞則佳矣，豈良人婦所宜道耶！但其《元夕》詩「但願暫成人繾綣，不妨長任月朦朧」，與詞相合，其行可知。（同上《生查子（懶卸頭）》）

陸次雲

順治辛卯，有雲間客扶乩於片石居。一士以休咎問，乩書曰：「非余所知。」士問仙來何處。書曰：「兒家原住古錢塘，曾有詩編號斷腸。」士問仙爲何氏。書曰：「猶傳小字在詞場。」士不知《斷腸集》誰氏作也。乃曰：「兒家意其女郎也。」曰：「仙得非蘇小小乎？」書曰：「漫把若蘭方淑女。」士曰：「然則李易安乎？」書曰：「須知清照異真娘，朱顔説與任君詳。」士方悟爲朱淑真。故隨問隨答，即成《浣溪沙》一闋。隨後拜祝，再求珠玉。乩又書曰：「轉眼已無桃李，又見荼蘼綻蕊。偶爾話三生，不覺日移階晷。去矣。去矣。歎惜春光似水。」乩遂不動。或疑客之所爲，知之者謂客止知扶乩，非知文者。（《湖壖雜記・片石居》，《叢書集成》初編本）

張宗橚

淑真號幽棲居士，錢塘人。世居桃村。工詩。嫁爲市井民妻，不得志歿。宛陵魏仲恭輯其詩，名曰《斷腸集》。

橚按：《四朝詩集》：淑真，海寧人，文公侄女。未知孰是。

編者按：厲鶚《宋詩紀事》卷八十七所載同此。

《生查子・元夕》：「去年元夜時……」

橚按：《池北偶談》：今世所傳女郎朱淑真《生查子》詞，見《歐陽文忠公集》一百三十一卷，不知何以訛爲朱氏之作，世遂因此詞疑淑真失婦德。記載不可不慎也。辨證甚明。但考楊升庵《詞品》，又傳朱有「但願暫成人繾綣，不妨長任月朦朧」之句，未知信否，俟更考之。

《采桑子》：「王孫去後無芳草，綠遍香階，塵滿妝臺，粉面羞搽淚滿腮，教我甚情懷。　去時梅蕊全然少，等到花開，花已成梅，梅子青青又帶黄，兀自未歸來。」

櫄按：此闋見《花草粹編》，皆集唐宋女郎詩句也。（《詞林紀事》卷十九《朱淑真》，古典文學出版社本）

編者按：《采桑子》闋，《花草粹編》作女郎朱秋娘集句，僅首句注明朱淑真作，其他皆逐句注明撰人，當有所據。清人徐本立編《詞律拾遺》卷一收有此闋，調名作《添字采桑子（又一體）》，謂比李清照詞「窗前誰種芭蕉樹」各多三字，並署名爲朱淑真作，未知何據。

陸　彔

朱淑真，浙人，才色清麗，罕有比者。所偶非倫，賦《斷腸詩》十卷以自解。臨安王唐佐爲傳，述其始末。吴中士夫集其詩二百餘篇，宛陵魏仲恭爲之序。詩有雅致，出筆明暢而少深思，由其怨懷多觸，遣語容易也。然以閨閣中人能躭筆硯，著作成帙，比諸買珠覓翠徒好眉嫵者，不其賢哉！所作删餘，尚存三十餘首，可謂富矣。（見《歷朝名媛詩詞》卷八，清乾隆三十八年序刊本）

淑真詩好，詞不如詩，愛其「黄昏卻下瀟瀟雨」句，又詞好於詩也。惜其《生查子》「月上柳梢」語作人話柄，不足取耳。（同上卷十一）

張雲璈

至若班管名家，《玉臺》妙製。《斷腸集》裏，夢約酴醿；《漱玉詞》中，香銷菡萏。管道昇兼工詩畫，林幼玉遍試經書。梅邊柳外，沈吟麗卿之圖；酒半茶初，閒玩雲孫之錦。瑶臺縹緲，一家豔梅市之居；綺閣深沈，七子續蕉園之社。才名之美，亦其一也。……道光六年丙戌夏五，錢塘張雲璈仲雅氏拜序於武林簡松草堂。（《西泠閨詠序》節録，《武林掌故叢編》本）

杭州府志

和靖祠堂舊在孤山故廬，後徙蘇堤三賢祠中，此蓋因子瞻詩語爲之也。詩云：「吴儂生長吴山曲，呼吸湖光飲山緑。……我笑吴人不好事，好作祠堂傍修竹。不然配食水仙王，一盞寒泉薦秋菊。」此詩景慕和靖甚切，但祠堂傍修竹亦不失雅觀，而遽以吴人不好事病之，此似叶韻語矣。其後朱淑真有《弔林和靖》詩云：「每逢清晨（集作「短篷載影」）夜歸時，月白風清易得詩。不識酌泉與拈菊，一庭寒翠靄空祠。」蓋亦祖述東坡之遺意也。今孤山四賢堂以和靖參配，郡守恐於儀度不倫，不若奉徐奭、丁翰、徐復三隱士以配和靖，而鄴侯、樂天、子瞻自爲一祠，庶名宦、鄉賢各相宜耳。（自《全浙詩話》卷十九轉録，清嘉慶刻本）

編者按：宋袁韶撰《錢塘先賢傳贊》載，和靖先生少孤，刻志爲學，放遊江淮。後歸，「結廬於西湖之孤山」，「居西湖二十年」，「卒年六十一。仁宗賜謚曰『和靖先生』。……葬舍側。紹興中，建四聖殿於孤山，凡冢隧悉遷之。詔特存先生墓，且命加封葺焉。」朱淑真詩中寫到林和靖，此處所記，或可供研究者參考。

陳文述

朱淑真，錢塘下里人，世居桃村。工爲詩。嫁爲市井民妻，不得志没。宛陵魏仲恭端禮輯其集，名曰《斷腸》。錢塘鄭元佐加注。有臨安王唐佐傳，今失之。《四朝詩集》云，海寧人，文公侄女也。《西湖遊覽志》云，寶康巷，元時詩婦朱淑真居此。

小巷紅低近夕陽，舊家蘿屋問斜廊。簪花錦上機絲冷，《漱玉詞》邊茗碗涼。楊柳夜煙魂待月，酴醿春夢影留香。才人誤嫁真淒絶，不解吟詩亦斷腸。（《寶康巷懷朱淑真》，《西泠閨詠》卷七，《武林掌故叢編》本）

白鎰成灰弔玉臺，輕寒微雨怨花開。錢塘山水真清麗，五百年中有此才。深情如此合傷春，閣淚拋詩酒盞親。飛絮滿城鶯滿樹，斷腸時節斷腸人。輕風剪剪雨絲絲，真是人間絶妙詞。我欲將花呼小影，酴醿春夢海棠詩。新詞歐九擅風流，花市春燈照月遊。卻有怨情無薄思，莫教更唱柳梢頭。錦字迴文事有無，簪花妙筆未模糊。聰明也有蘇孃意，手寫璇璣一幅圖。（《題朱淑真斷腸集》，《碧城仙館詩鈔》卷六，《靈鶼閣叢書》本第三集）

梁紹壬

《漱玉》、《斷腸》二詞，獨有千古。而一以「桑榆晚景」一書致誚；一以「柳梢月上」一詞貽譏。後人力辨易安無此事，淑真無此詞，此不過爲才人開脱。其實改嫁本非聖賢所禁；《生查子》一闋，亦未見定是淫奔之詞。此與歐公簸錢一事，今古嘵嘵辯論，殊可不必。（《兩般秋雨庵隨筆》卷三，《筆記小説大觀》本）

陸以湉

陳雲伯大令謂：「宋人小説往往污衊賢者，如《四朝聞見録》之於朱子，《東軒筆録》之於歐陽公，比比皆是。」又謂「『去年元夜』一詞，本歐陽公作，後人誤編入《斷腸集》，漁洋山人亦嘗辨之。遂疑朱淑真爲泆女，皆不可不辨。」按：「去年元夜時」詞，非朱淑真作，信矣。（《冷廬雜識》卷四，《筆記小説大觀》本）

沈濤

嘗謂朱淑真《菊花》詩「寧可抱香枝上老，不隨黄葉舞秋風」，實鄭所南《自題畫菊》「寧可枝頭抱香死，何曾吹落北風中」一語所本。志節皦然，即此可見。《斷腸》一集，特以兒女纏綿寫其幽怨。「月上柳梢」詞見歐陽公集，明人選本嫁名淑真，致蒙不潔之名，亟應昭雪。（《瑟榭叢談》卷下，《聚學軒叢書》本）

許昂霄

《蝶戀花》「莫也愁人意」，「意」字借叶。「把酒送春春不語」二句，與「庭院深深」作後結、「妾本錢塘」作前結相似。（《詞綜偶評》，《詞話叢編》本）

葉申薌

「去年元夜時，花市燈如晝。月在柳梢頭，人約黄昏後。　今年元夜時，燈月仍依舊。不見去年人，淚滿春衫袖。」此六一居士詞，世有傳爲朱秋娘作，遂疑朱爲失德女子，亟爲辨之。秋娘名希真，與朱敦儒之字正同。（《本事詞》卷上，《詞話叢編》本）

編者按：此《元夕》詞見於《斷腸詞》中，非朱秋娘作，或許朱秋娘與朱淑真是同一箇人，亦未可知。

朱希真小名秋娘，適徐必用，工詞翰，欲繼美易安。徐久客未歸，朱賦《菩薩蠻》云（詞略）。此詞命意孤高。世有以六一《上元》詞稱爲秋娘作者，誤矣。（同上卷下）

編者按：此處所説之《菩薩蠻》「濕雲不渡溪橋冷」，實乃朱淑真之作，這裏誤作朱希真。「淑」與「希」，一字之差，或許是同一箇人，待考。

吴衡照

易安「眼波才動被人猜」，矜持得妙；淑真「嬌癡不怕人猜」，放誕得妙。均善於言情。言情以雅爲宗，語豐則意尚巧；意褻則語貴曲。顧敻《訴衷情》云云，張泌《江城子》云云，直是傖父唇舌，都乏佳致。（《蓮子居詞話》卷二，《詞話叢編》本。）

編者按：李易安詞乃《浣溪沙》，朱淑真詞乃《清平樂》。

朱淑真詞「無奈春寒著摸人」，「著摸」二字，孔平仲、彭汝礪詩皆用之。（同上卷四）

黄氏

朱淑真云：「願教青帝常爲主，莫遣紛紛點翠臺。」秦作曼聲，琳琅振耳。（《蓼園詞選》，《詞話叢編》本）

李佳

朱淑真詞《蝶戀花》，情致纏綿，筆底毫無沉悶。（《左庵詞話》，《詞話叢編》本）

謝章鋌

又，海鹽閨秀虞兆淑，字蓉城。《點絳唇》云：「梅綻芳菲，垂楊煙外低金縷。韶華小住，生怕廉纖雨。繡户凄涼，蝴蝶雙飛去。愁如許。夢魂無據，還在秋千路。」竹垞有《題虞夫人玉映樓》詞，亦填此調云：「玉映樓空，鏡臺留得傷心句。比肩人去，誰忍修簫譜。門柳風前，依舊飄金縷。廉纖雨。返魂何處，莫是秋千路。」味其詞，李居士、朱淑真一流人歟！（《賭棋山莊詞話》卷十二，《詞話叢編》本）

朱淑真以《生查子》一詞，傳者疑其失德。然《池北偶談》曰：「是詞見《歐陽文忠公集》一百三十一卷。」然則非朱氏之作明矣。淑真又有《采桑子》，皆集唐宋女郎詩句，見《花草粹編》，此尤集句之雅談歟？按：淑真所集，校以四十四字體，上下兩結句後皆多一五字句，凡五十四字。考之諸家譜律，俱不載《采桑子》有此體，且「黄」、「來」同押，尤爲可疑。當博詢知者。而《湖壖雜記》載一事頗屬異聞，今録之。……或疑客之所爲，然客非知文者。此與蘇小小降乩和馬浩瀾詩相似。浩瀾事見《本事詩》。鮑墳鬼哭，又何止一曲《黄金縷》也。豈其精靈固有以自永者哉！更按，淑真諸書俱云號「幽棲居士」，錢塘人，世居桃村。而《詞林紀事》引《四朝詩集》，以爲海寧人，文公侄女，未審孰是。（同上）

陳廷焯

朱淑真詞，才力不逮易安，然規模唐、五代，不失分寸。如「年年玉鏡臺」及「春已半」等篇，殊不讓和凝、李珣輩。惟骨韻不高，可稱小品。（《白雨齋詞話》卷二，人民文學出版社本）

陶九成云：「近世所謂大曲，蘇小小《蝶戀花》、蘇東坡《念奴嬌》、晏叔原《鷓鴣天》、柳耆卿《雨霖鈴》、辛稼軒《摸魚子》、吴彦高《春草碧》、蔡伯堅《石州慢》、張子野《天仙子》、朱淑真《生查子》、鄧千江《望海潮》。」按：其中惟稼軒《摸魚子》一篇爲古今傑作，叔原《鷓鴣天》爲豔體中極致，餘亦泛泛，不知當時何以並重如此。（同上卷三）

葉小鸞詞筆哀豔，不減朱淑真，求諸明代作者，尤不易覯也。（同上卷三）

閨秀工爲詞者，前有李易安，後則徐湘蘋。明末葉小鸞較勝於朱淑真，可爲李、徐之亞。（同上卷五）

香山《長相思》云：「暮雨瀟瀟郎不歸，空房獨守時。」香山此詞絶佳，惟上半闋詞近鄙褻。絶不費力，自然淒警。若「黄昏卻下瀟瀟雨」，朱淑真詞。便見痕跡。（同上卷五）

編者按：朱淑真詞乃《蝶戀花》。

宋閨秀詞，自以易安爲冠。朱子以魏夫人與之並稱。魏夫人只堪出朱淑真之右，去易安尚遠。（同上卷六）

陳雲伯大令云：「宋人小説往往污衊賢者。如《四朝聞見録》之於朱子，《東軒筆録》之於歐陽公，比比皆是。」又謂「『去年元夜』一詞，本歐陽公作，後人誤編入《斷腸集》，遂疑朱淑真爲泆女，皆不可不辨。」案：「去年元夜」一詞，當是永叔少年筆墨。漁洋辨之於前，雲伯辨之於後，俱有挽扶風教之心。余謂古人托興言情，無端寄慨，非必實有其事。此詞即爲朱淑真作，亦不見是泆女，辨不辨皆可也。（《詞壇叢

話》、《詞話叢編》本）

朱淑真詞，風致之佳，情詞之妙，真可亞於易安。宋婦人能詩詞者不少，易安爲冠，次則朱淑真，次則魏夫人也。（同上）

况周頤

曩余撰《詞話》辨朱淑真《生查子》之誣，多據集中詩比勘事實。沈匏廬先生《瑟榭叢談》云：「淑真《菊花》詩：『寧可抱香枝上老，不隨黄葉舞秋風。』實鄭所南《自題畫菊》：『寧可枝頭抱香死，何曾吹落北風中。』二語所本。志節皦然，即此可見。」其論亦據本詩，足補余所未備，亟記之。（《蕙風詞話》卷四，人民文學出版社本）

朱淑真詞，自來選家列之南宋，謂是文公侄女，或且以爲元人。其誤甚矣。淑真與曾布妻魏氏爲詞友。曾布貴盛，丁元祐以後，崇寧以前，以大觀元年卒。淑真爲布妻之友，則是北宋人無疑。李易安時代猶稍後於淑真。即以詞格論，淑真清空婉約，純乎北宋。易安筆情近濃至，意境較沈博，下開南宋風氣。非所詣不相若，則時會爲之也。《池北偶談》謂淑真《璇璣圖記》作於紹定三年。紹定當是紹聖之誤。紹定理宗改元，已近南宋末季，浙地隸輦轂久矣，記云：「家君宦遊浙西。」臨安亦浙西，詎容有此稱耶？（同上）

《玉臺名翰》，原題《香閨秀翰》，檇李女史徐範所藏墨跡。範爲白榆山人貞木女兄，跛足，不字，自號蹇媛。凡晉衛茂漪，唐吳采鸞、薛洪度，宋胡惠齋、張妙靜，元管仲姬，明葉瓊章、柳如是八家。舊尚有長孫后、朱淑真、沈清友、曹比玉四家，已佚。卷尾當湖沈彩跋，彩字虹屏，陸烜妾。亦殘缺。餘俱完好。向藏嘉興馮氏石經閣。道光壬辰，宜興程朗岑大令璋借勒上石。亂後逸亭金氏得之。余頃得幖本甚精，並朱淑真書殘石別藏某氏者亦得拓本。正書二十行，不全，字徑三分。淑真書銀鈎精楷，摘録《世説・賢媛》一門，涉筆成趣，無非懿行嘉言，而謂駔婦能之乎？「柳梢」「月上」之誣，尤不辨自明矣。（同上）

歐陽永叔《生查子・元夕》詞誤入朱淑真集。升庵引之，謂非良家婦所宜。《欽定四庫全書提要》辨之詳矣。魏端禮《斷腸集序》云：「早歲，父母失審，嫁爲市井民妻。一生抑鬱不得志。」升庵之説，實原於此。今據集中詩余藏《斷腸集》，鮑渌飲手斠本、巴陵方氏碧琳瑯館影元鈔本。又從《宋元百家詩》、《後村千家詩》、《名媛詩歸》暨各選本輯補遺一卷。及它書考之。淑真自號「幽棲居士」，錢塘人。《四庫提要》。或曰海寧人，文公侄女。《古今女史》。居寶康巷，《西湖遊覽志》：在涌金門内如意橋北。或曰錢塘下里人，世居桃村。《全浙詩話》。幼警慧，善讀書。《遊覽志》。文章幽豔。《女史》。工繪事。《杜東原集》有《朱淑真梅竹圖題跋》，《沈石田集》有《題淑真畫竹》詩。曉音律。本詩《答求譜》云：「春醲釅處多傷感，那得心情事管弦。」父官浙西。紹定三年二月，淑真作《璇璣圖記》有云：「家君宦遊浙西，好拾清玩。凡可人意者，雖重購不惜也。」《池北偶談》。其家有東園、西園、西樓、水閣、桂堂、依緑亭諸勝。本詩《晚春會東園》云：「紅點苔痕緑滿枝，舉杯和淚送春歸。倉庚有意留殘景，杜宇無情戀晚暉。蝶趁落花盤地舞，燕隨柳絮入簾飛。醉中曾記題詩處，臨水人家半掩扉。」《春遊西園》云：「閒步西園裏，春風明媚天。蝶疑莊叟夢，絮憶謝娘聯。踏草翠茵軟，看花紅錦鮮。徘徊林影下，欲去又依然。」《西樓納涼》云：「小閣對芙蕖，囂塵一點無。水風涼枕簟，雪葛爽肌膚。」《夏日遊水閣》云：「淡紅衫子透肌膚，夏日初長板閣虚。獨自憑欄無箇事，水風涼處讀殘書。」《納涼桂堂》云：「微風待月畫樓西，風遞荷香拂面吹。先自桂堂無暑氣，那堪人唱雪堂詞。」《夜留依緑亭》云：「水鳥棲煙夜不喧，風傳宫漏到湖邊。三更好月十分魄，萬里無雲一樣天。」案：各詩所云，如長日讀書、夜留待月，確是家園遊賞情景。淑真它作多思親念遠之意，此獨不然。《依緑亭》云：「風傳宫漏到湖邊」，當是寓錢塘作，不在於歸後也。夫家姓氏失考。似初應禮部試，本詩《賀人移學東軒》云：「一軒瀟灑正東偏，屏棄囂塵聚簡篇。美璞莫辭雕作器，涓流終見積成淵。謝班難繼予慚甚，顔孟堪希子勉旃。鴻鵠羽儀當養就，飛騰早晚看沖天。」《送人赴禮部試》云：「春闈報罷已三年，又向西風促去鞭。屢鼓莫嫌非作氣，一飛當自上沖天。賈生少達終何遇，馬援才高老更堅。大抵功名無早晚，平津今見起菑川。」案：二詩似贈外之作。其後官江南者。本詩《春日書懷》云：「從宦東西不自由，親幃千里淚長流。」《寒食詠懷》云：「江南寒食更風流，絲管紛紛逐勝遊。春色眼前無限好，思親懷土自多愁。」

案：二詩言親幃千里，思親懷土，當是於歸後作。淑真從宦常往來吳、越、荆、楚間。本詩《舟行即事》其六云：「歲暮天涯客異鄉，扁舟今又渡瀟湘。」《題斗野亭》云：「地分吳楚界，人在斗牛中。」案：《舟行即事》其二云：「白雲遥望有親廬。」其四云：「目斷親幃瞻不到。」其七云：「庭闈獻壽阻傳杯。」又《秋日得書》云：「已有歸寧約。」足爲於歸後遠離之確證。與曾布妻魏氏爲詞友。《御選歷代詩餘》詞人姓氏。嘗會魏席上，賦小鬟妙舞，以「飛雪滿群山」爲韻，作五絶句。又宴謝夫人堂有詩，今並載集中。淑真生平大略如此。舊説悠謬，其證有三。其父既曰「宦遊」，又嘗「留意清玩」，東園諸作，可想見其家世，何至下嫁庸夫，一證也。市井民妻，何得有從宦東西之事，二證也。案：本詩《江上阻風》云：「撥悶喜陪尊有酒，供厨不慮食無錢。」《酒醒》云：「夢回酒醒嚼盂冰，侍女貪瞑喚不應。」《睡起》云：「侍兒全不知人意，猶把梅花插一枝。」淑真詩凡言起居服御，絶類大家口吻，不同市井民妻。若近日《西青散記》所載賀雙卿詩詞，則誠村僻小家語矣。魏、謝大家，豈友駔婦，三證也。淑真之詩，其詞婉而意苦，委曲而難明。當時事跡别無記載可考。以意揣之，或者其夫遠宦，淑真未必皆從。容有竇滔陽臺之事，未可知也。本詩《恨春》云：「春光正好多風雨，恩愛方深奈别離。」《初夏》云：「待封一掬傷心淚，寄與南樓薄倖人。」《梅窗書事》云：「清香未寄江南夢，偏惱幽閨獨睡人。」《惜春》云：「願教青帝長爲主，莫遣紛紛點翠苔。」《愁懷》云：「鷗鷺鴛鴦作一池，須知羽翼不相宜。東君是與花爲主，一任多生連理枝。」案：《愁懷》一首，大似諷夫納姬之作。近有才婦諷夫納姬詩云：「荷葉與荷花，紅緑兩相配。鴛鴦自有群，鷗鷺莫入隊。」政與此詩暗合。《遊覽志餘》改後二句作「東君不與花爲主，何似休生連理枝」，以爲淑真厭薄其夫之左證，何樂爲此，其心地殆不可知。它如《思親》、《感舊》諸什，意各有指。以證《斷腸》之名，案：淑真殁後，端禮輯其詩詞，名曰《斷腸集》，非淑真自名也。尤爲非是。《生查子》詞，今載《廬陵集》第一百三十一卷，《四庫提要》。宋曾慥《樂府雅詞》、明陳耀文《花草粹編》並作永叔。慥録歐詞特慎。《雅詞序》云：「當時或作豔曲，謬爲公詞，今悉删除。」此闋適在選中，其爲歐詞明甚。余昔校刻《汲古閣未刻本斷腸詞》跋語中詳記之。兹復著於篇。（同上）

編者按：《香海棠館詞話》、《香豔叢書》七集卷三所收同，其題曰《宋詞媛朱淑真事略》，但未署撰者姓氏。

儀徵王西御僧保《詞林瑣著》引《名媛集》：朱秋娘字希真，朱將仕女，徐必用妻。《六一詞·生查子·元夕》闋，世傳秋娘作，非也。云云。余昔撰《詞話》，爲淑真辨誣。閲此，知先訛希真，又訛淑真也。亟拈此解，補前説所未備。時戊戌元夕。

蘭夕仍三五。定何人、柳梢月上，年時按譜。勝國毛楊亦作平非俗，玷璧青蠅何苦。剩詩卷、而今援據。水閣西樓芳塵在，更扁舟宦跡曾吴楚。腸斷是，憶親句。詳《詞話》。　清才自昔天能妒。説風流、塵梅慧想，胡惠齋。黄花秀語。李易安。一例奇冤誰湔雪，遮莫翠顰終古。應共羨、庸庸春杵。故紙辛羊難憑準，恰春詞又被秋娘誤。瓊佩影，杳何許。（《金縷曲》，《蔆景詞》，《蕙風叢書》本）

吴　骞

海昌閨秀朱靜庵，在明成弘間，以詩名於時，前此未聞也。有《自怡集》十卷。……好事者摘其《籬落見梅》詩，至儕於《漱玉》、《斷腸》之流，過矣。（《拜經樓詩話》卷二，《叢書集成》初編本）

王鵬運

李清照《浣溪沙》，此尤不類，明明是淑真「月上柳梢，人約黄昏」詞意。蓋既污淑真，又污易安也。（四印齋刻《漱玉詞》）

薛紹徽

嗟夫！息嬀有同穴之稱，乃謂桃花不語；遼后著回心之什，竟蒙片月奇冤。謡諑興則蛾眉見嫉，譸張幻而蠅璧易污。長舌厲階，實文人之好事；聖讒殄行，致淑媛以厚誣。黑白既淆，貞淫莫辨。竟使深閨扼腕，抱讀遺編；願教彤管揚輝，昭爲信史。趙宋詞女，李朱名家。《漱玉》則居臨柳絮，《斷腸》則家在桃村。市古寺之殘碑，品茶對酌；賀東軒之移學，舉案同心。槧鉛逐逐，隨宦青萊；絲管紛紛，勝遊吴楚。迨及殘山半壁，薄衾五更。阿婆白髮，已過大衍之年；怨女歸寧，莫寄傷心之淚。奚至桑榆晚景，更易初心；花市元宵，徘徊密約乎？大抵玉壺頌金之案，已肇妒才；花枝連理之詩，難言幽恨。露華桂子，招衆口以爍金；細雨斜風，憶前歡而入夢。負盛名以致謗，因清怨而生疑。於是妄改纂崇禮之謝啟，雜竄《廬陵集》之豔詞。李心傳《要録》，病在疏訛；楊升庵品詞，失於稽考。西蜀去浙數千里，傳聞不免異辭；有明後宋三百年，持論未曾檢點。且也，張汝舟歷官清要，奚言駔儈下才；王唐佐傳述始終，誤作市井民婦。當君臣播越之時，安事文書催再醮；彼夫婦乖離而後，何心詞賦約幽期。實際可徵，疑團自破。所惜者，妄增數舉，姓氏偶同；爲主東君，爵里俱逸。胡元任《叢話》，變俗諺爲丹青；魏仲恭《序言》，仗耳食爲口實。好惡支離，是非顛倒耳。然而原心定論，據事探幽。編雖零落不完，詩詞尚昭彰若揭。贈韓、胡二使者，嫠婦猶稱；宴謝、魏兩夫人，貴遊可數。寒窗敗几，已醒曉夢疏鐘；鷗鷺鴛鴦，似歎小星奪月。願過淮水，猶存愛國之忱；仰望白雲，時起思親之念。忠孝已根其天性，綱常必熟於懷來。安敢别抱琵琶，偷貽芍藥，花殊旌節，樹異女貞哉！推原其故，或出有因。衣冠王導，斥將杭作汴之非；早晚平津，有稱夫爲人之異。姦黠者轉羞成怒；輕薄者飛短流長。胡惠齋摘文之忌，不知道高毁來；《生查子》大曲所傳，遂致移花接木。磽磽易缺，哆哆能張。毒生薑尾，影射蜮沙。謗嫿闈於身後，語涉無根；疑靜女於生前，寃幾不白。豈弗悖歟？吁可怪已！（《黛韻樓文集》卷下，《黛韻樓遺集》、《陳孝女遺集》合刻本）

繆荃孫

易安墨竹，淑真畫菊，並見記載。屬在閨幨，易於名世。故下至馬守真、薛素素，亦分片席。然安知無飾粉黛於壯士，蒙衣袂於婦人者？過而存之，寧不爲翠袖紅裙匿笑地下。（《雲自在龕筆記》卷二引《過雲樓書畫記》，《古學彙刊》本）

編者按：淑真墨竹，易安畫菊確有記載，此處乃繆氏之誤記。

池上客

淑真，姓朱氏，浙人也。才色清麗，閨門罕儔。因匹偶非人，鬱鬱不樂，嘗賦斷腸詩以自解。（《名媛璣囊》，藝芸書舍影元鈔本卷首引）

胡薇元

又海寧朱淑真乃文公族侄女。有《斷腸詞》，亦清婉。作傳乃因誤入歐陽永叔《生查子》一首「月上柳梢頭，人約黄昏後」云云，遂誣以桑濮之行，指爲白璧微瑕。此詞今尚見六一集中，奈何以冤淑真？宋兩女才人，著作所傳，乃均造謗以誣之，遂爲千載口實，而心地欹斜者則不信辨白之據，喜聞污衊之言，尤不知是何心肝矣。（《歲寒居詞話》，《詞話叢編》本）

吴灝

《漱玉》、《斷腸》傳絶調，是千秋繡閣填詞祖。《林下》選，《花間》補。（《金縷曲》，《閨秀百家詞選》題辭，清小檀欒室刊本）

郭清寰

總論

朱淑真是宋代與李易安齊名的女詩詞作家，她的詩詞，就全體而論，雖然是少遜於易安，然而，清淺流麗實亦無愧於作者，所以後人對於她的《斷腸集》皆致相當的推許，常與李易安的《漱玉詞》相提並論，謂二人之作品堪相馳驟，並駕而驅。她二人不惟文名相若，而名譽上，也同樣的蒙受了不守貞節之誚。李易安，後世譏她是再醮之婦；朱淑真，後世也有人説她是淫娃泆女。但是，李易安橫被惡名，實是受怨家的誣衊，已經有人詳考其平生事跡爲她昭雪冤誣了；而關於朱淑真的貞或不貞的疑問，後人是聚訟紛紜，至今不決。有些人説她是不貞，有些人就説她是冤枉。不過，説她不貞者，所根據的材料固不可靠，而替她辯護者，卻也無相當的理由，所以關於朱淑真的貞節的問題便成了一件不決的懸案。

再説到她的身世，後人關於她的身世的紀載真是千篇一律，衆口一辭，雖然是小有出入，卻是大致相同；似乎她的身世可以確定而不成爲問題，誰知卻有大謬不然者！

就我個人管窺所及，關於朱淑真的身世的各紀載中有一部分是合乎事實，而另一部分卻是大錯而特錯。我們對於她的身世如不能完全明瞭，則對於她的行爲也便不能十分確定；所以我們對於各紀載中錯誤之部分不能不加以糾正。

此篇所要討論的就是：根據朱淑真的詩詞，以斷定其行爲上之汙玷究竟是被誣呢？抑還是實情呢？而同時用她的詩詞以印證，及糾改關於她的身世的各種紀載。

朱淑真的身世

在未曾討論朱淑真的行爲之先，我們須首要明瞭她的生活之環境，也可以説是她的行爲之背景，所以她的身世實爲先決問題，不過，關於她的身世之紀載我們實在感覺着太少了，只是零星、片段地找到幾處；而且，各紀載中，關於她身世之部分皆是寥寥數語，叙而不詳，更予我們研究上以不少的困難。各紀載，雖然是大致相同，然而，也略有出入；我們如欲將其出入之點取而比較，以斷定何者是紀實，何者是意構，我們實在不能不借重她的詩詞來解決這箇問題，因爲没有與她同時代，或與她的時代相近的書籍紀載她的遺聞軼事，以供我們的參考。現在且將關於她的身世的幾種紀載，節録在下面；然後再審查這幾種紀載的真確的程度。

《詩話》(《圖書集成》所引)：

朱淑真，錢塘人，幼慧警，善讀書，早失父母，嫁市井民家，其夫村鄙可厭，淑真抑鬱不得志，作詩多憂怨之思，其題《圓子》云：「輕圓絶勝鷄頭肉，滑膩偏宜蟹眼湯。縱可風流無説處，已輸湯餅試何郎。」蓋自傷其非偶也。

《斷腸集》魏仲恭《序》：

……比往武陵，見旅邸中好事者往往傳誦朱淑真詞，每竊聽之，清新婉麗，蓄思含情，能道人意中事，豈泛泛者所能及，未嘗不一唱而三歎也。早歲，不幸父母失審，不能擇伉儷，乃嫁爲市井民家妻，一生抑鬱不得志，故詩中多有憂愁怨恨之語，每臨風對月，觸目傷懷，皆寓於詩，以寫其胸中不平之氣，竟無知音，悒悒抱恨而終。自古佳人多命薄，豈止顔色如花命如葉耶？觀其詩，想其人風韻如此，乃下配一庸夫，固負此生矣！其死也，不能葬骨於地下，如青冢之可弔；並其詩爲父母一火焚之，今所傳者，百不一存，是重不幸也，嗚呼，寃哉！予是以歎息之不足，援筆而書之，以慰其芳魂於九泉寂寞之濱，未爲不遇也，如其叙述始末，自有臨安王唐佐爲之傳，姑書其大概爲別引云……

《斷腸集·紀略》：

朱淑真，浙中海寧人，文公侄女也。文章豐豔，才色娟麗，實閨閣所罕見者。因匹偶非倫，弗遂素志，賦《斷腸集》十卷以自解，臨安王唐佐爲之傳，以叙述其始末，吴中士大夫集其詩二百餘篇，宛陵魏仲恭爲之序。

現在我們可以比較以上三種紀載的異同之點。其相同之處，爲：

一、朱淑真嫁非其偶，有彩鳳隨鴉之歎。

二、其夫爲一市井民家子。

其相異之點，爲：

《詩話》説她早失父母嫁市井民家。而魏仲恭的《斷腸集序》，則説她早歲不幸父母失審不能擇伉儷，嫁爲市井民家妻。其死也，並其詩爲父母一火焚之。一箇説她未嫁時父母已亡，一箇説她已死後父母尚在，這兩種風馬牛不相及的紀載，我們是何所適從呢？那只好用朱淑真自己的話爲歸依了。

此處我們要附帶聲明的，便是，魏仲恭的《斷腸集序》，及《斷腸集·紀略》皆説臨安王唐佐曾爲朱淑真作傳以叙述其始末，這當然是很完全的一篇傳紀，不過，我卻未曾將此傳找到。據我箇人的臆測，這篇傳大概是早已佚失了，就是魏仲恭提到這篇傳，大概也是據耳聞，而未曾目見。因爲他的《斷腸集序》裏面，對於朱淑真的身世的叙述也有一箇大錯誤，這箇我們還要在後面提出來討論。再説，各紀載所以有互相出入之處的緣故，也就是因爲這篇完善的傳紀已佚，以致後人關於朱淑真的身世之紀載，失所依據，遂致傳聞與意測相兼，乃有互相參差之處。現在我們起首審查各紀載的相同之點是否真確可靠，而其不同之點究竟那一箇是合乎事實。

仲恭的《斷腸集序》，及《詩話》皆説朱淑真的丈夫是一箇鄙俗的傖夫，不堪與淑真匹偶，故淑真自傷遇人不淑，一生抑鬱寡歡。關於這一點，我們相信這一種紀載是合乎事實，因爲朱淑真的詩中，有不少的自傷所適非倫之作，如：

《愁懷》詩云：

鷗鷺鴛鴦作一池，須知羽翼不相宜。東君不與花爲主，何似休生連理枝。

《圓子》詩云：

輕圓絶勝鷄頭肉，滑膩偏宜蟹眼湯。縱可風流無説處，已輸湯餅試何郎。

以上二詩，她自比文彩斑麗的鴛鴦，而目其夫爲鷗鷺，她自負如輕圓滑膩的圓子，而其夫卻不是面如傅粉的何郎。她以爲，以兩箇才貌不宜之人，强成匹偶，何如世間根本無夫婦一倫，此二詩將她自傷彩鳳隨鴉，明珠投暗的怨情可謂表現無遺。

至於《詩話》及《斷腸集序》中皆説朱淑真的丈夫是一箇市井民家子，關於這一點，我們卻敢説是錯誤的，不能不加以糾正。

依我的觀察來説，朱淑真的母家，及她的夫家，皆是富貴人家，決不是貧門小户。因爲朱淑真的詩詞雖然泰半是憂傷之作，然而，其詩詞中所表現的，皆是心境的悲哀，而不是生活上的——也可説是身體上的——痛苦。我們從她的詩詞中所見到的她的生活，皆是華貴的，安適的，而不是勞瘁的，寒酸的。我們知道，朱淑真的爲人，雖然是富於感情，然而，卻不能樂天安命，如果她在生活上感覺到勞瘁，貧乏的痛苦，她詩中豈能無一言提及？ 因此我們斷定她的夫家決不是貧寒的人家。

再進一步説，朱淑真的丈夫不惟不是市井民家子，而並且還是一箇作官的人，這種論斷雖然是與前人紀載背馳太甚，然而，卻不是立異爲高，信口開河，乃是有相當的證據的。她的《春日書懷》詩云：

從宦東西不自由，親幃千里淚長流。已無鴻雁傳家信，更被杜鵑追客愁。日暖鳥歌空美景，花光柳影謾盈眸。高樓悵望憑闌久，心逐白雲南向浮。

《寄（家）大人》二首云：

去家千里外，飄泊若爲心。詩詠南陔句，琴歌陟岵音。承顔故國遠，舉目白雲深。欲識歸寧意，三年數歲陰。

其二云：

極目思鄉國，千山更萬津。庭幃勞夢寐，道路厭埃塵。詩禮聞相遠，琴樽誰是親。愁看羅袖上，長揾淚痕新。

《春色有懷》云：

客裏逢春想恨濃，故園花木夢魂同。連隄緑蔭晴煙裏，映水紅摇薄霧中。

《寒食詠懷》云：

淮南寒食更風流，絲管紛紛逐勝游。春向眼前無限好，思親懷土自多愁。

《舟行即事》云：

扁舟欲發意何如，回望鄉關萬里餘。誰識此情腸斷處，白雲深處有親廬。

其二云：

滿江流水萬重波，未似幽懷别恨多。目斷親幃瞻不到，臨風揮淚獨悲歌。

其三云：

歲暮天涯客異鄉，扁舟今又渡瀟湘。顰眉獨坐水窗下，淚滴羅衣暗斷腸。

以上數詩，皆是她客裏懷土思親之作，詩中所云「去家千里外，飄泊若爲心」、「極目思鄉國，千山更萬津」、「回望鄉關萬里餘」，可見其所居之地離她的母家很遠。又其詩中有「客裏逢春想恨濃」及「歲暮天涯客異鄉」之句，可見是客居異地所作，決不是作於她的夫家，因如在夫家，決不能説是客居也。且以上諸詩，有作於淮南者，有作於瀟湘者，益可證明是作於客裏而非作夫家，因非在一地所作也。但是朱淑真果因何故，離親而客居異地呢？這當然是如《春懷》詩中所云「從宦東西不自由」了。不過，所謂「從宦」卻有兩種可能，一種是她的父親作官，她隨着父親在外面，而思親之詩是因思母而作；一種是她的丈夫作官，她隨着丈夫在外面，而思親之詩是因思父母而作。但她的《寄（家）大人》詩中，卻明言「琴歌陟岵音」，則思親之親字，一定有她的父母在内，那末，所謂「從宦東西不自由」不是指隨她的丈夫在外更指何人呢？她《寄（家）大人》詩中又有「欲識歸寧意，三年數歲陰」之句，按唐宋以來凡郡縣之官皆是三年任滿，此二句蓋謂思親情切，盼望她丈夫三年任滿，她得以歸寧父母。

從以上的證明來看，朱淑真的丈夫不是一箇市井民家子，已是確然可信。但是，魏仲恭的《斷腸集序》是作於宋淳熙年間，離朱淑真的年代很是相近，他對於朱淑真的身世，應該知道的比我們更清楚。然而，爲何他的《序》中卻有這樣的一箇大錯誤，而偏說朱淑真的丈夫是一箇民家子，而且是一箇市井民家子呢？據我看來，當時的一般人對於朱淑真的身世並不十分清楚，朱淑真的詩詞雖然是於死後受人推許，在她生前卻並不爲人所注意，此正所謂名於後世，而不名於當時。《斷腸集·紀略》説朱淑真是朱文公的侄女，這話雖然未必可靠，但照時代考起來，他二人是同時的人卻是可信的，《詩話》（《圖書集成》引）説朱淑真與曾子宣的夫人魏氏是詞友，在《斷腸集》中我們也見到朱淑真贈魏夫人的詩。《詩話》又説「朱晦庵曰，本朝婦人能詞者惟李易安、魏夫人二人而已。黄玉林曰，李易安，魏夫人，使在衣冠之列當與秦七、黄九爭雄，不徒擅名閨閣也。」朱晦庵只知李易安與魏夫人，而不知朱淑真，這便是朱淑真在當時文名不彰的一箇證據。又魏仲恭的《斷腸集序》中説「比往武陵，見旅邸中好事者往往傳誦朱淑真詞，每竊聽之清新婉麗」。可見魏仲恭未往武陵以前，也是不知道朱淑真的姓名。朱淑真在當時既然姓名不彰，則其身世，一般人對之當然不十分明瞭。後人於她死後，將其詩詞加以蒐羅編輯，是因爲同情於她的遭遇，而不是震於她的文名，這便是人與詩皆因其遭逢不偶而傳。

朱淑真的身世，當時的一般人既然不十分知道，於是爲她作傳紀者以爲朱淑真對她的丈夫既然是鄙薄厭惡，形之詩詞，他們遂想像朱淑真的丈夫必爲一粗鄙之人，同時他們又覺得士大夫階級裏面皆是風流俊雅之士，不應該有粗鄙之夫側於其間，所以不加詳審，便冒然的硬説朱淑真的丈夫是一箇市井民家子，以爲朱淑真厭棄其夫的解釋；而且，於民家子之上，又加上「市井」二字的形容詞，於是朱淑真的丈夫於粗鄙之中又帶上點市儈的氣味，宜乎朱淑真對他鄙薄厭棄了；這種解釋，在紀載者的方面，總以爲可以説得下去，那知這種不顧事實，只憑想當然耳的紀載，卻是取九州之鐵鑄不成的一箇大錯。

由以上的引證，我們不惟可以糾正紀載中所説的朱淑真的丈夫是一箇市井民家子的錯誤，而同時也可糾正《詩話》中所説的朱淑真早失父母嫁市井民家的錯誤，因爲朱淑真出嫁後，尚寄詩於她的父母。《詩話》的作者之年代是後於魏仲恭，然而，爲什麽魏仲恭的《斷腸集序》未説朱淑真早失父母，而《詩話》卻又説她早失父母呢？　這是因爲《詩話》的作者，以爲以朱淑真的才華至低也可嫁一箇讀書種子，而她的父母也決不肯將這樣的一箇清才麗質的女兒嫁與市井民家。但他卻以爲朱淑真嫁於市井民家是千真萬確，而同時又想不出一箇所以然來，他又以爲魏仲恭所説的「早歲，不幸父母失審，不能擇伉儷」的不大背違事實的誑語尚有點拖泥帶水，不甚徹底，不如説她早失父母爲更直捷了當，所以他纔撒了一箇漫天大謊。

朱淑真的死

關於朱淑真死時的年歲，及其如何死法，前人之紀載中皆未明言，我們也找不到相當的證據，不過是就前人紀載中之暗示予以推測而已。依照她自身的環境，及魏仲恭的《斷腸集序》中的一段話，我們對於她死時年歲，及其死法，也可推想出一二。

據我的猜測，朱淑真是死在青年，而且是不得其死的。她死的原故又與她的不貞有密切的關係。朱淑真自出嫁以後，自傷所匹非偶，抑鬱無聊，大有以詩代哭，以淚洗面的情況，以那樣的多愁善病之人，其不能永壽本爲吾人意中之事，加以魏仲恭《斷腸集序》中又說了一段隱約難明的話，益使我們不能不致疑於她的死法，現在且將這段話節録在下面：

……比往武陵，見旅邸中好事者往往傳誦朱淑真詞……其死也，不能葬骨於地下，如青冢之可弔，並其詩爲父母一火焚之……嗚呼，寃哉！ 予是以歎息之不足，援筆而書之，以慰其芳魂於九泉寂寞之濱，未爲不遇也。

這一段紀載，與吴梅村的題董小宛畫像詩中之「欲弔薛濤憐夢斷，墓門深更阻侯門」之句一樣的隱約難明，這類猜謎式的文章，如無暗射時事的背景，我們便敢説作者是不通，但是，就文章的全體而論，作者似乎不會忽然説這一段不通的話。夫人死必葬，不論是葬在水涯，山趾，南畝，西疇，不論是華表連雲，或是低冢亞畛，總有一抔黄土以供後人之憑弔。但是，爲什麽魏仲恭偏説「其死也，不能葬骨於地下，如青冢之可弔」呢？再者，凡爲父母者，於其子女死後未有不十分悲傷的，其子女之遺物亦必愛惜保存，即或恐其觸目傷懷，也不過庋之不視罷了，從未有忍心將其遺物毀滅的。朱淑真的父母則不然，於其女死後，將其女的心血的結晶，堪作紀念的詩詞，不但不爲保存，反而將它一火焚之，這到底是什麽用意？以上兩點皆是可動人疑之處，我們不能不給以相當的解釋。

依我的推想，朱淑真之死，是因爲她的不貞爲其父母或其丈夫覰破，以致她赴水而死，且屍身漂没，未能掩葬，所以魏仲恭纔説「其死也，不能葬骨於地下，如青冢之可弔」，而她的父母也因她的行爲有玷家聲，所以纔將她自寫情懷的詩詞一火焚毁，以免遺汙後世。魏仲恭《序》中又云「……聊以慰其芳魂於九泉寂寞之濱」，我們知道，九泉之下，是行文時普通的用法，九泉之濱，則屬創見，魏仲恭這種用字之法，並非是故爲奇拗之句，分明是暗示她水死之事（按：序中「聊以慰其芳魂於九泉寂寞之濱，未爲不遇也」。這段文章的句子可以有兩種斷法，第一種便是前面的斷法，第二種就是這段文章的句子可斷爲「聊以慰其芳魂於九泉，寂寞之濱未爲不遇也」，若照第二種斷句法，則此段文字暗示朱淑真水死之事尤爲明顯）。至於《序》中不明言之故，或者是因爲魏仲恭觀其詩，慕其人，同情於其遭遇，因而不欲彰其玷汙，那便是春秋筆法所謂「爲賢者諱」了。

魏仲恭《序》中又云「比往武陵，見旅邸中好事者往往傳誦朱淑真詞，每竊聽之，清新腕麗，蓄思含情，能道人意中事，未嘗不一唱而三歎也」，這段話也大有研究的價值。我們知道，朱淑真的文名，在當時並不顯著，與她同時代的文人未有人曾提到她。然而，她的詩詞即旅邸中也都傳誦，這豈是因爲她的文名遠震如唐代的王之渙、王昌齡一般，其詩即旗亭歌伎也能傳唱嗎？據我看，並不是的，乃是因爲她本人曾演了一幕很惹人注意的慘劇，一般行旅，因熟聽這段新聞，所以纔傳誦其詩詞以爲談講的資料，並非是真能賞鑒她的作品，否則朱淑真的詩詞，在當時不曾爲文人墨士所欣賞而傳誦之，乃偏傳誦旅邸中，且爲好事者所傳誦，那便不近乎情理。再説，所謂好事者是指什麽人呢？那當然是好刺探奇聞異事，以備無事聊天的人，他們傳誦朱淑真的詞，並非爲在人前自矜博雅，乃是爲談這段新聞時的一點作料。

在我們未曾證明朱淑真的行爲之前，驟然説她的死是因爲不貞，這種論斷未免來得突兀一點；不過，這段推想，也可算作我們證明她不貞的一種理由。

前人對於朱淑真的行爲之辯論

前人對於朱淑真的行爲之論調可以分作兩派：一派是説她不貞，而另一派則替她辯護。但是，這兩派的紛爭，全都根據一首《元夕·生查子》詞，並未曾從她的詩詞全體作一有系統之探討，以爲斷定朱淑真的行爲的證據。現在我們以楊升庵爲第一派的代表，而以紀曉嵐爲另一派的代表，看看他們的論調如何。

明代楊升庵根據《元夕·生查子》詞，及《元夕》詩説朱淑真定有桑中濮上的行爲，而紀曉嵐則説《元夕·生查子》詞不是朱淑真作的，楊升庵根據他人的作品，以斷定朱淑真的行爲，這實在是近於武斷，厚誣古人。今將他二人的原文簡略的録在下面：

升庵《詞品》云：

朱淑真《元夕·生查子》詞云：「去年元夜時，花市燈如晝。月上柳梢頭，人約黄昏後。今年元夜時，月與燈依舊。不見去年人，淚濕青衫袖。」詞則佳矣，豈良人家婦所宜道耶？又其《元夕》詩云：「火樹銀花觸目紅，極天歌吹暖春風。新歡入手愁忙裏，舊事驚心憶夢中。但願暫成人繾綣，不妨常任月朦朧。賞燈那得工夫醉，未必明年此會同。」與其詞意相合，則其行爲可知矣。

紀曉嵐《欽定四庫全書簡明目録·斷腸集》云：

淑真所適非偶，故多幽怨之音。舊與《漱玉詞》合刊，雖未能與清照齊驅，要亦無愧於作者。此本由掇拾而成，其《元夕·生查子》一首，本歐陽修作，在《廬陵集》一百三十一卷中。編録者妄行採入，世遂以淑真爲泆女，誤莫甚矣。

《四庫全書總目提要·斷腸集》云：

此本爲毛晉汲古閣刊，……楊升庵《詞品》載其《生查子》一首，晉跋遂稱爲白璧微瑕，然此詞今載歐陽修《廬陵集》中一百三十一卷，不知何以竄入淑真集内，誣以桑濮之行。慎收入《詞品》，既爲不考，而晉刻《宋名家詞》六十二種，《六一詞》即在其内，乃於《六一詞》漏注互見《斷腸詞》，已自亂其例。於此不一置辯，且證實爲白璧微瑕，益鹵莽之甚，今刊此篇，庶免於厚誣古人，貽九泉之憾焉。

觀以上所引，則知兩派爭辯之點全在《生查子》一詞。本來，如斷定一人之行爲，只憑一詞一詩，而無其他可靠的證據，便近乎以「莫須有」之辭入人罪狀。今《生查子》詞之作者既發生疑問，更不能以此爲斷定朱淑真的行爲之根據。現在我們不管這首詞是從《廬陵集》竄入《斷腸集》，或是從《斷腸集》竄入《廬陵集》，姑且將這首詞拋開存而不論，而從朱淑真的其他的詩詞裏邊去尋找關於斷定她的行爲的材料。

朱淑真對於她的丈夫之態度

在前面，我們已經引了朱淑真兩首詩，以證她對於其夫鄙薄厭惡的態度。其實，她的詩中不滿她的丈夫之作尚不止以前所引之二首，而且，這些詩除表示對她的丈夫鄙棄而外，尚含有悔恨交並，不甘於自認命薄之心情。如：

《愁懷》二首云：

鷗鷺鴛鴦作一池，須知羽翼不相宜。東君不與花爲主，何似休生連理枝。

其二云：

滿眼春光色色新，花紅柳緑總關情。欲將鬱結心頭事，付與黄鸝叫幾聲。

《悶懷》云：

黄昏院落雨瀟瀟，獨對孤燈恨氣高。鍼綫懶拈腸自斷，梧桐葉葉剪風刀。

《秋日述懷》云：

婦人雖眼軟，淚不等閒流。我因無好況，揮斷五湖秋。

《黄花》云：

土花能白又能紅，晚節由能愛也工。寧可抱香枝上老，不隨黄葉舞秋風。

最後一首，雖詠黄花，實有寓意，末二句蓋謂：與其嫁於庸夫俗子，勿寧守貞不字也。淑貞以清才麗質，自負不凡，她本意想嫁一箇才貌雙全，能詩善賦的夫婿，以遂閨房唱和之樂，我們觀其《秋日偶成》詩，便可見其意趣了。詩云：

初合雙鬟學畫眉，未知心事屬他誰。待將滿抱中秋月，分付蕭郎萬首詩。

這首詩當然是她幼年的作品，此詩不惟可以表示她的擇婿的志願，而其放誕風流之性格，我們也可借此詩窺見一斑。她的志願雖然如此，但天下不如意事十常八九，她卻偏偏的嫁了一箇磨頂放踵尋不出一根雅骨的丈夫，以致她的私懷素願盡成空中樓閣，她怎能不發生「癡漢常騎駿馬走，巧妻偏伴拙夫眠。老天若不隨人意，不會作天莫作天」的感想呢？此種的遭遇，若在他人或者自歎命薄，付之無可奈何而已，但是朱淑真卻不是一箇素位而行、隨遇而安的人，她遇了這種不滿意的丈夫也就難怪她鋌而走險，「又顧而之他」了。

朱淑真的相思之作

從上面所引之詩來看，可以見出朱淑真對她的丈夫感情之惡劣，視其夫不啻如眼中釘，肉中刺，有去之而後快之意，似乎她不應該感覺到夫婦別離之苦。但是，她的詩詞中實有不少的相思的作品。這些詩詞，乍看去好像是因她的丈夫不在，她空幃獨處，寂寞無聊，借詩詞以寄思念遠人之情緒。不過，她對她的丈夫鄙薄厭惡的程度已達極點，大有「望望然而去之，若將浼焉」的情況；即使她的丈夫不在，她樂得眼不見，心不亂，又何必去思念他呢？如此看來，這類相思的作品，不是爲她的丈夫而作是可以斷言的。這些相思的詩詞，既不是爲她的丈夫而作，那末，我們便須在她的丈夫以外去找這些詩詞的對象了。現在我們將她的這類的詩詞寫幾首在下面，然後再討論她的這些詩詞果爲何人而作。

《惜春》云：

連理枝頭花正開，妒花風雨便相摧。願教青帝常爲主，莫遣紛紛點翠苔。

《恨別》云：

調朱弄粉總無心，瘦覺寬餘纏臂金。別後大拚憔悴損，思情未抵此情深。

《冬夜不寐》云：

推枕鴛幃不耐寒，起來霜月轉闌干。悶懷脈脈與誰説，淚滴羅衣不忍看。

《春詞》云：

屈指清明數日期，紛紛紅紫競芳菲。池塘水暖鶼鶼並，巷陌風輕燕燕飛。柳帶萬條籠淑景，游絲千尺網春暉。人間何處無春色，只是團圓人未歸。

《秋夜有感》云：

哭損雙眸斷盡腸，怕黄昏後到昏黄。更堪細雨新秋夜，一點殘燈伴夜長？

《斷腸集》中，這類的作品真是多不勝收，而她的這些詩又都是情真語摯，並不是偶爾吟風弄月、無病呻吟之作，當然是另有所指，所指的是誰？那當然是她的情人了。

不過，這些詩中，既未明言是思念情人，而我們硬説她是因思念情人而作，這類的斷語，仍嫌含有武斷的意味，仿佛是將古人屈打成招的樣子。現在我再找幾箇比較更無疑議的證據。

《湖上小集》詩云：

門前春水碧於天，坐上詩人逸似仙。白璧一雙無玷缺，吹簫歸去又無緣。

《西窗桃花盛開》云：

盡是劉郎手自栽，劉郎去後幾番開，東君有意來相顧，蛺蝶無情更不來。

她的第二首詩，當然用的是劉禹錫遊玄都觀詩中之「玄都觀裏桃千樹，盡是劉郎去後栽」的典故，但是這箇如無情蛺蝶之劉郎係指何人呢？她的《湖上小集》詩中所稱：她欲如弄玉從蕭史而不可得之逸似仙的詩人又指何人呢？這當然是非她的情人莫屬了。她又有《寄別》一首，將思想她的情人的情緒表示得更爲明顯。

詩云：

如毛細雨藹遥空，偏與花枝著意紅。人自多愁春自好，天應不語悶應同。吟箋謾有千般苦，心事全無一點通。窗外數聲新百舌，唤回楊柳正眠中。

此詩中「心事全無一點通」之句，便是反用李商隱《無題》詩中之「身無彩鳳雙飛翼，心有靈犀一點通」的典故，這類的詞句除非是寄與她的情人，别人是不適用的。

此外《斷腸集》中尚有《對雪一律》，雖然是討論這箇問題的很好的證據，然而，我們卻不敢引用，因爲我疑惑這首詩不是朱淑真作的。詩云：

紛紛瑞雪壓山河，特出新奇和郢歌。樂道幽人方閉户，高歌漁父正披蓑。自嗟老景光陰速，惟使佳時感愴多。更念鰥居憔悴客，映書無寐奈愁何。

從此詩看來，她所思念者，是一鰥居之人，此人是她的情人更覺可靠。不過此詩之格調意境與她的其他的詩皆不相同，而「自嗟老景光陰速」一句更不是朱淑真的口氣。因爲朱淑真的詩詞所表現的皆是少年的情景，而且她死在常年，安能有「自嗟老景光陰速」的頽廢話呢？雖然編詩者未曾注明此詩是由他人集中竄入，而我們也未曾從他人集中找到這首詩；然而，我們對這首詩既然發生疑問，那最好是謹慎從事，不用此詩作我們的研究的材料了。

朱淑真與其情人之實在的關係

我們此篇所要研究的，是朱淑真究竟貞節或不貞節的問題，我們既然已證實她確有情人，這箇問題似乎可以解決了。不過，男女愛慕，如能發乎情，止乎禮，在女的方面便不能算是不貞。所以，我們雖然證明朱淑真確有情人，可是對於她的貞節問題尚不能冒然的下一肯定斷語。我們必須看一看，她與她的情人於友誼的感情而外是否尚有進一步的關係。據我們觀察的結果，朱淑真與她的情人於友誼的感情而外確有更進一步的關係。《斷腸集》中有幾首詩將他們的這種關係表示得很是明顯。現在將這類的詩引幾首在下面：

《夏夜有作》云：

暑夕炎蒸著摸人，移牀借月卧中庭。更深露下衣襟冷，夢到陽臺不奈醒。

《春歸》云：

狼藉花因昨夜風，春歸了不見行踪。孤吟煢坐清如水，憶得輕離十二峰。

《元夕》詩云：

火樹銀花觸目紅，揭天鼓吹鬧春風。新歡入手愁忙裏，舊事驚心憶夢中。但願暫成人繾綣，不妨長任月朦朧。賞燈那得工夫醉，未必明年此會同。

《恨春》云：

一瞬芳菲爾許時，苦無佳句紀相思。春光正好須風雨，恩愛方深奈別離。淚眼謝他花放抱，愁懷惟賴酒扶持。鶯鶯燕燕休相笑，試與單棲各自知。

其二云：

病酒厭厭日正高，一聲啼鳥在花梢。驚回好夢方萌蕊，喚起新愁卻破苞。暗把後期隨處記，閒將清恨倩詩嘲。從今始信恩成怨，且與鶯花作淡交。

《江城子》詞云：

斜風細雨作春寒。對樽前，憶前歡。曾把梨花、寂寞淚闌干。芳草斷腸南浦路，和別淚，看青山。　昨宵徒得夢夤緣。水雲間，悄無言。爭奈醒來、愁恨又依然。展轉衾裯空懊惱，天易見，見伊難！

以上諸詩詞，將她與她的情人的關係，有直接叙述的，有借題發揮的。直接叙述的，如：《夏夜有作》詩中之「夢到陽臺不奈醒」，及《元夕》詩中之「新歡入手愁忙裏，舊事驚心憶夢中。但願暫成人繾綣，不妨長任月朦朧」等句皆是。借題發揮的，便是：《恨春》詩中之「春光正好須風雨，恩愛方深奈別離」及「暗把後期隨處記」等句，她這詩名爲詠春，而實際是借他人的酒杯澆自己塊磊，並非是真向春光致其纏綿之意，而《春歸》一首表示得尤爲明顯，詩中「狼藉花因昨夜風……憶得輕離十二峰」之句，明是回憶舊事而發，否則，春老花飛，與巫山十二峰有何關涉呢？此詩與她的《恨春》詩「連理枝頭花正開，妒花風雨便相催。願教青帝長爲主，莫遣紛紛點翠苔」，同樣的有弦外之音。

關於朱淑真的身世及其行爲之問題，據我箇人所見到的，至此已叙述完畢，已下了最後的斷語。此外尚有幾箇有趣的小問題，我們也不妨趁此討論一下。這幾箇小問題，或者也能幫助我們對於朱淑真的行爲之認識更加真確一點。

朱淑真的情人是何樣的人？

朱淑真自負詩才，高自位置，她希望一箇能詩善賦之人作她的終身伴侣。我們從她的《秋日偶成》詩中，可以窺見她的志願。詩曰：「初合雙鬟學畫眉，未知心事屬他誰。待將滿抱中秋月，分付蕭郎萬首詩。」此詩是她幼年言志之作，也可説是她自言擇婿之標準。她的希望既然如此，則鄙俗之人當然是不能蒙她垂青。所以，照情理推測起來，朱淑真的情人一定是一箇才貌雙全之人，她的丈夫與她的情人比較，未免相形見絀，所以，她對她的丈夫纔十分厭惡。她的詩中也曾提到她的情人的才貌，她的《湖上小集》詩云：

> 門前春水碧於天，坐上詩人逸似仙。白璧一雙無玷缺，吹簫歸去又無緣。

此詩當然是爲她的情人而作。從「坐上詩人逸似仙」之句，我們於她的情人的文才丰采也可窺見一斑。「白璧一雙無玷缺」之句是兼寫她二人的丰韻，是說，她二人珠聯璧合，堪稱嘉偶，然而，不知因爲何故，她二人不能有情人皆成眷屬，故曰「吹簫歸去又無緣」。

朱淑真又有《賀人移學東軒》詩曰：

> 一軒瀟灑正東偏，屏棄囂塵聚簡編。美璞莫嫌雕作器，涓流終見積成淵。謝班難繼予慚甚，顔孟堪希子勉旃。鴻鵠羽儀當養就，飛騰早晚看沖天。

此詩也是朱淑真爲她的情人而作，因爲從題目來看，此移學東軒之人，決不是她的家人。題目中之「人」字，實等於王次回詩中「記得畫橋西畔去，綠楊陰裏是他家」之「他」字。此詩不惟告訴我們朱淑真的情人是一箇讀書種子，我們還可以知道朱淑真的情人是住在她的家中，此東軒即是她家中房屋（關於朱淑真與她的情人結識之地點，我們後面尚有討論，我們敢於斷定此詩是朱淑真爲她的情人而作，也就是一部分根據後面討論的結果）。我們又可以知道朱淑真的情人的年歲（也許是輩數）一定要小於她，因爲詩中的口氣稍帶點尊長的意味。

朱淑真與她的情人結識之地點

朱淑真與其情人結識之地點是在她的母家呢？還是在她的夫家呢？這也是一箇很有趣的問題。從她的詩中看來，他們結識之地點是在她的母家，因爲她的詩詞一提舊家便有觸景懷人之意，而且一部相思的詩詞還是她未嫁時所作。關於這兩點，我們可以引她幾首詩來證明。

《約遊春不去》云：

少年意思懶能酬，愛好心情一向休。若到舊家遊冶處，祇應滿眼是春愁。

《端午》云：

縱有靈符共綵絲，心情不似舊家時。榴花照眼能牽恨，强切菖蒲泛酒卮。

《訴愁》云：

苦没心情祇愛眠，夢魂還又到愁邊。舊家庭院春常鎖，今夜樓臺月正圓。鳳帶□□（原文缺）雲錦帳，獸爐開爇水沈煙。良辰美景俱成恨，莫問新年與舊年。

從詩中「若到舊家遊冶處，只應滿眼是春愁」及「情懷不似舊家時」等句看來，可見她在舊家是快樂的，而在夫家是悲傷的，假如她與她的情人是在她的夫家結識，那末她提到舊家決不能發生如許的淒涼感慨，只因舊家是她與她的情人繾綣之地，所以提到舊家便聯想到她的情人，不禁感慨繫之了。

她又有《清平樂》詞一首叙述她與她的情人繾綣的情形，細玩辭意，可以看出是她未嫁時所作，詞云：

惱煙撩露，留我須臾住。 攜手藕花湖上路，一霎黄梅細雨。 嬌癡不怕人猜，隨群暫遣愁懷（一作「和衣睡倒人懷」）。 最是分攜時候，歸來懶傍妝臺。

此外她還有許多的相思之作，我們仔細觀玩，也可以看出是她未嫁時的語氣。

《春詞》云：

群嗔柳葉噪春鴉，簾幕風輕燕翅斜。 芳草池塘初夢斷，海棠庭院正愁加。 幾聲小巧黄鶯舌，數朵柔纖小杏花。 獨倚妝窗梳洗倦，祇憐孤負好年華。

此詩的末句正與李商隱詩「十五泣春風，背面秋千下」同一情景，乃是因爲居處無郎，故有如花美眷、似水流年的感慨。

其二云：

屈指清明數日期，紛紛紅紫競芳菲。 池塘水暖鷞鷞並，巷陌風輕燕燕飛。 柳綫萬條籠淑景，游絲千尺網春暉。 人間何處無春色，只是團圓人未歸。

此詩是她的情人不在時所作，她看見鷞鷞燕燕，雙宿雙飛，因其情人不在，遂未免有孤棲之覺。

《羞燕》云：

停鍼不語淚盈眸，不但傷春夏亦愁。花外飛來雙燕子，一番飛過一番羞。

此詩亦是她未嫁時所作，其用意與上首相同。深閨獨處，見雙燕于飛，遂有人不如燕之歎，對之未免懷慚，故題曰「羞燕」。

《恨春五首》之一云：

一瞬芳菲爾許時，苦無佳句紀相思。春光正好須風雨，恩愛方深奈別離。淚眼謝他花放抱，愁懷惟賴酒扶持。鶯鶯燕燕休相笑，試與單棲各自知。

詩中提到單棲，則此相思之詩是她未嫁時所作尤爲明顯。

從以上所引之詩來看，朱淑真與她的情人是在她的母家結識大概是無疑義的了。此外還有一件有趣的事就是她家中的西樓與他們戀愛的關係。此樓是她暇時臨眺之所，也是她與情人相會之地，所以她詩詞中提到西樓便有物在人非之感。

《西樓納涼》云：

小閣對芙蕖，塵囂一點無。水風涼枕簟，雪葛爽肌膚。

此詩充滿了不識憂、不識愁的快樂氣象，一定是她未嫁時而且未經別離之苦之時的作品，以下所引的幾首詩則是她與情人別離後的相思之作了。

《西樓寄情》云：

靜看飛蠅觸小窗，宿酲未醒倦梳妝。强調朱粉西樓上，愁裏春山畫不長。

《秋日登樓》云：

窗外蛩吟解説秋，迢迢清夜憶前游。月華飛過西樓上，添起離人一段愁。

《春宵》云：

夢回酒醒春愁怯，寶鴨煙銷香未歇。薄衾無奈五更寒，杜鵑叫落西樓月。（按：此詩《斷腸詞》亦載之，名《阿那曲》）

《傷別》云：

雙燕呢喃語畫梁，教人休恁苦思量。逢春觸處須縈恨，對景無時不斷腸。寒食梨花新月夜，春風楊柳舊風光。繁華種種成愁恨，最是西樓近夕陽。

從以上所引之詩看來西樓與他二人的戀愛一定有相當的關係了。

朱淑真戀愛中之風波

上面我們已經證明朱淑真與她的情人結識是在她的母家，那末在她未嫁以前似乎不應有與她情人別離的痛苦。然而，她未嫁時已有不少的相思之作，而且有一部分是已經結識而又別離的相思之作，這是在前面已經提到的，這是什麼原故呢？原來朱淑真的情人雖然才貌雙全與她堪稱嘉偶，但是她《湖上小集》詩明言「白璧一雙無玷缺，吹簫歸去又無緣」，可見他二人必因一種原因不能實行嫁娶，她素志難遂，便不能不以采蘭贈芍之行來發洩他們的愛情了。但是，她的情人後來不知因爲何故忽然離開她而不來了，所以她的詩中除悵望而外，又有怨她的情人薄倖之意，我們也可説她曾一度失戀。《江城子》詞云：

斜風細雨作春寒。對樽前，憶前歡。曾把梨花、寂寞淚闌干。芳草斷腸南浦路，和別淚，看青山。昨宵徒得夢夤緣。水雲間，悄無言。爭奈醒來、愁恨又依然。展轉衾裯空懊惱，天易見，見伊難！

這首詞是叙述她與情人送別的光景，及別後思念的情形。

《寄情》云：

欲寄相思滿紙愁，魚沈雁杳又還休。分明此去無多地，如在天涯無盡頭。

《聞鵲》云：

鵲聲花外報新晴，撥去閒愁著耳聽。青鳥已承雲信息，預先來報兩三聲。

《秋夜牽情》云：

纖纖新月挂黃昏，人在幽閨欲斷魂。箋素拆封還又改，酒杯慵舉卻重温。燈花占斷燒心事，羅袖長供把淚痕。益悔風流多不足，始知恩愛是愁根。

她這幾首詩，對於她的情人悵望之殷真有晨占鵲喜、夕卜燈花的情況，也可謂一往情深了。但她的情人終於不來，於是她由悵望而變爲失望，對她的情人未免有「癡心女子負心漢」的感想，思念之情也就一變而爲怨恨之心了。如：

《西窗桃花盛開》云：

盡是劉郎手自栽，劉郎去後幾番開。東君有意能相顧，蛺蝶無情更不來。

此詩中既有「劉郎去後幾番開」之語，則其情人不來已不止一年了。

《初夏二首》之一云：

枝上渾無一點春，半隨流水半隨塵。柔桑欲椹吴蠶老，稚筍成竿彩鳳馴。荷嫩受風欹翠蓋，榴花宜日綯殷裙。待封一篭傷心淚，寄與南樓薄倖人。

《恨春五首》之一云：

病酒厭厭日正高，一聲啼鳥在花梢。驚回好夢方萌蕊，喚起新愁卻破苞。暗把後期隨處記，閒將清恨倩詩嘲。從今始信恩成怨，且與鶯花作淡交。

以上所引之詩，第一首中「蛺蝶無情更不來」之句，已有怨她的情人去而不返之意，第二首稱其情人爲薄倖人，怨情已較深了，第三首的末二句，則大有悔恨以前不應該對她的情人鍾情太甚的意思，這也是她戀愛中的一段風波。不過，經這次決訣以後，她的情人對她是否後來重續前歡，或是終於始愛終棄？只因這部《斷腸集》也是燼餘的斷簡殘編，不能供給我們充分的材料，我們也只好付之不論之列了。（《從〈斷腸集〉中所窺見的朱淑真的身世及其行爲》，載一九三四年《清華週刊》四十一卷一期）

聖旦

一

《斷腸詩詞》的女作家朱淑真，在過去的中國文壇上，她的地位和作品，歷來是跟李易安並稱的；所以我們一提到李易安，就會馬上聯想到她。而且，她悲涼的身世，越發會引起我們的惋惜；從她遺留的詩詞之中，可以説没有一首不擊動着我們的心絃，使我們千百年後的讀者，替她憤怒，叫屈，以至於一灑同情之淚！

是的，文學家的運命，常會跟「不幸」兩字聯綴起來；似乎每一箇文學家，都會自然而然地走上「不幸」的道路，結果，没有不在生命史上留下淒慘的紀録。這箇「不幸之謎」，我們現在還無從「揭曉」。我們只感覺到文學家的生命，就寄託在「不幸」之中。假如朱淑真不是「所適非人」，假如朱淑真没有失戀，那麽，她在文學上的表現，也許不會像《斷腸詩詞》那樣的真摯動人吧？

文學是生活的反映，這是誰都知道的；换句話説：文學必須把實生活作背境，纔會産生出好文學來。朱淑真在人生的路程上，雖然只有短短兒幾十箇年頭的蹤跡，可是她所受到的四圍的襲擊，比任何「歷盡艱辛」的人還來得重大。婚姻的不自由，把她一顆脆弱的心揉得粉碎了；正和判决死刑的囚徒一樣，只有希望死神的到臨。你想，一箇不平凡的女子，跟所謂「市民」也者營着共同的生活，這是何等凄慘的遭遇！她的滿腔怨憤，無以申訴，自然只得在詩詞裏頭儘量發洩出來，而這種詩詞，就潛藏着她的熱的生命，如烈焰，如朝陽，永遠地放射着鮮豔的光彩。

但是我們知道：朱淑真的「不幸」，還不僅止此！原來她確曾爲着性靈的安慰而另有戀人。在舊禮教社會之下，女子本不配有此舉動，尤其是「有夫之婦」。然而她不是没有知覺的化石，怎麽能够禁止她不掬起一握清泉，來洗滌她心頭的煩惱，來填補她人生的缺陷？可是她甜蜜的夢境，没有多時，便從幸樂的高峰而墮入萬丈深淵；她所熱戀着的對方，跟她隔絶了！於是，一縷微渺的光亮，在刹那之間，就被陰霾掩没，以至完全絶滅，恢復了先前的黑黯。我們雖則不能够把她的作品考定寫作的先後，但我們敢大膽地武斷一句：保存在她集子裏頭的好的作品，多半是成於失戀之後，而非成於遺嫁之後，這是可以肯認的。那麽，她既然在這兩幕悲劇之中扮演着重要的主角，藝術的表演，便不會不深刻了。

這時，讓我們先來檢查她的歷史：

大概是兩年之前吧？我在搜尋着李易安的事跡，就注意到關於朱淑真的記載：因爲這位女作家的歷史，實在太隱晦了，我們應當把她的身世，得到一箇比較正確的認識。而最重要的，就是因《生查子》一詞而發生的戀愛傳説，是不是有實在的可能，也須考究明白，然後纔能够估定她的文學價值。可是注意的結果，很爲失望，除了大家知道的幾種記載以外，簡直一些没有其它的新發現。近人所輯的《宋詞媛朱淑真事略》，雖則對她的歷史下了一番考訂工夫，但采集的材料是否可據，似乎尚有問題。至於臨安王唐佐給她作的傳，那就早已散佚。因此，我們現在只可以在她的作品裏頭找覓材料，而所得的結果，也就不能滿意了。

她是錢唐下里人，自號幽棲居士，生卒年月，都不可考，大概比李易安後數十年。臨安朱氏，本來世居桃花村，不知在什麽時候，才遷至涌金門内的寶康巷；所以她的誕生地點，也許就在寶康巷，她的父母的姓名，無從查考，我們只知道她的父親曾「服官浙西」，那麽，這位女作家，當然是「宦家小姐」了。

她的丈夫是誰？也值得研究的；因爲對於她生活上所受到的影響很大，由那種生活而反映出來的文藝，自然就有連帶的關係。但前人的記載，既然失之太略，而她的作品，又所傳不多，使我們感到非常的棘手。魏仲恭《斷腸詩集序》，有這樣一段説話：「早歲，不幸父母失審，不能擇伉儷，乃嫁市井民家妻。」從「市井民家」一語看來，好像她的丈夫的門閥極爲低微，並非「世家大族」。又或因爲「市井」二字，便懷疑到她的丈夫那是一箇很尋常的小民；其實不然！她的丈夫非但不是普通的平民，而且還「置身仕版」的。在她的詩詞之中，有好多首記遊的作品，可以證實我們的推斷；試看：

從宦東西不自由，親幃千里淚長流。已無鴻雁傳家信，更被杜鵑追客愁。日暖鳥歌空美景，花光柳影謾盈眸。高樓惆悵憑欄久，心逐白雲南向浮。

——《春日書懷》

「親幃千里淚長流」一句，是表示跟她慈親遠離的悲苦，「從宦」者爲誰？就可以想見了。所以，我們現在不必向別處推求，已可獲得一箇真實的答覆：她的丈夫，並非一般的「老百姓」，那是握「印把子」的「闊老」；所差者，這位「老爺」的姓名，都埋没不彰而已。

然則她既然是一位「官太太」，在生活上一定够使她滿足無疑，而且她的作品裏頭，也一些没有發現窮酸的氣息，那麽，她還有什麽不樂意呢？依我們的推測，大約不外下面兩種：

一、對方是熱中利禄的官僚病者。

二、對方的學問很淺薄。

關於第一點：似乎不能遽下斷語，但以「從宦東西不自由」來探察，則她的丈夫，不惜東奔西跑，也許對「宦途」的興味特别濃厚；僕僕風塵，不辭勞苦，而引起了這位衿懷沖澹的夫人的不滿，至於第二點：比較有力了，我們在《舟行即事七首》裏頭，便可以看得出來：

帆高風順疾如飛，天闊波平遠又低。山色水光隨地改，共誰裁剪入新詩？

對景如何可遣懷，與誰江上共詩裁？日長景好難題盡，每自臨風愧乏才。

「共誰裁剪入新詩?」「與誰江上共詩裁?」在征途之中,我們這位女作家,攬景抒懷,當然不廢吟詠,但跟她同在一船的丈夫,卻偏没有這樣學力,能够和她共同唱酬。不然,明明白白的同在一舟,何以用得着「共誰」「與誰」等憤恨的字眼呢? 可見那「熱中利禄」的丈夫,實在是一箇蠢物,除了奔走鑽營之外,簡直是半點兒學問都没有的,無怪我們這位秉性恬静的女詩人,光起火來,就要破口謾駡了;有詩爲證:

鷗鷺鴛鴦作一池,須知羽翼不相宜! 東君不與花爲主,何似休生連理枝!
滿眼春光色色新,花紅柳緑總關情。 欲將鬱結心頭事,付與黄鸝叫幾聲。
——《悲懷》

題目是那麽的明顯,詩句是那麽的率直,如果她不是怨恨到極點,怎麽會這樣直寫出來? 可見我們的推斷,並非全憑理想了。因婚姻的不自由而所生的結果如此,那是何等慘酷的一件事啊!

二

朱淑真是否别有戀人? 這是本文所要研討的中心問題:我們自然不敢「厚誣古人」,但也不願抹煞事實。而且,即使我們的推考不幸言中,也決不會影響到她的人格。何以故? 一箇人的精神生活,比較物質生活,實在重要萬倍;假如只有物質的享樂,而缺乏精神的調劑,就根本喪失了生活的最要條件。朱淑真因「所適非人」,在精神上所受的刺激,的確非常劇烈。然而她既已感到人生的寂寞與空虚,便不能不另求安慰。不過起初，她還自己壓制着自己，也采取「沉湎於酒」的方法，以麻醉她跳躍着的性靈。這種方法，歷來的文人，都是如此；但女性作家之中，我們可以説只有她一人吧？因爲她的作品裏頭，幾乎没有一首不噴出濃厚的酒氣。

然則別有戀人之説，何由而起呢？原來《斷腸詩詞》裏面，有一首《生查子》詞；這一首詞，是追憶元夜的抒情作品，寫得非常凄豔。於是，許多人就引了猜疑，指爲「不安於室」的「親供」。同時，因爲她死後所遺的詩詞，曾給她的父親燒去，而疑心到内中必有難以告人的秘密。但另一部分的「衛道之士」，卻起而反對，否認朱淑真有什麼不正當的行爲；在代她辯護者的一方所提出的證據，便是説那首詞爲歐陽修所作《六一居士詞集》中，明明收入的，不能確定爲朱淑真所作。因之，這件饒有趣味的故事，到現在還成爲「懸案」，没有適當的解決。其實，我們知道：《六一詞》竄入他人的作品很多，不止《生查子》一首；那麼，别家的作品既會竄入，《生查子》是當時遍傳人口的作品，怎麼能够決定不也是竄入者之一呢？況且，《生查子》的第一首，《歷代詩餘》曾把它編入《漱玉詞》，而《花草粹編》和《藝林萬選》又列爲朱敦儒所作。總共三首東西，《歷代詩餘》的編者，不知有何根據，把第一首送給了李易安，而《花草粹編》和《藝林萬選》的編者，又硬把它分割開來，以第一首送給朱敦儒，第三首送給歐陽修，寧非憑空搗蛋？大概從前這些人選録的時候，都抱了同樣的主觀見解，以爲《元夜》那首，不應出於女子之手，因而發生這種錯誤。還有一點：朱淑真遺存的作品，完全是後人給她搜集的；在搜集的時候，難保没有遺漏，遂致闌入他人集中。這時，我們且撇開理論，專從事實研究，覺得《生查子》的《元夜》一首，的確是朱淑真的作品；先看此詞：

去年元夜時，花市燈如晝；月上柳梢頭，人約黄昏後。今年元夜時，月與燈依舊；不見去年人，淚滿春衫袖！

《元夜》詞之外，還有一首《元夜》七律，可以互相印證的，也把它抄録出來：

火燭銀花觸目紅，揭天鼓吹鬧春風。新歡入手愁忙裏，舊事驚心憶夢中。但願暫成人繾綣，不妨常任月朦朧。賞燈那得工夫醉，未必明年此會同！

「新歡入手愁忙裏」，「但願暫成人繾綣」，這是何等明顯的話語？依我們的推考，詩的産生時期，一定在詞的後頭，兩相比較，意義越發呈露了。然則《元夜》詩大家既没有異議，而獨否定了《元夜》詞是她所作，我們真百思不得其解！而且，詩之結句，卻成了未來的讖語；由此推測，更可明瞭她跟戀人結合的時期，最多只有年把光景；我們從詩詞中「明年」，「今年」，「去年」來研究，就可思過半了。詩與詞既然同出一人之手，我們便可以大膽地説：朱淑真的另有戀人，那是千真萬確，絶對不容懷疑的！代她辯護的朋友們，無非戴上了道學眼鏡，所以纔會大驚小怪起來。

真的，青春的火焰，燃燒着她的性靈，我們這位「顔色如花命如葉」的女詩人，在很短促的一年間，終算踏上了人生的康莊大道。在温馨的初夏，她曾和戀人挽手兒投入了西子的懷抱，沉醉於熱愛之中。

她已經枯涸了的心泉，從新涌現，從新沸騰！我們只要讀她的《清平樂》，就可以窺見她浪漫生活的一角；其詞曰：

惱煙撩霧，留我須臾住。攜手藕花湖上路，一霎黄梅細雨。嬌癡不怕人猜，和衣睡倒人懷。最是分攜時候，歸來懶傍妝臺。

「嬌癡不怕人猜，和衣睡倒人懷」，這是何等的情景？如果説是對丈夫如此，那麽，下文「最是分攜時候，歸來懶傍妝臺」兩句，就無從解釋。所以，我們不必歪曲了事實，再替她扭扭捏捏地分辯了。但，夢境本來是虛幻的，尤其是甜蜜的夢境，在刹那間，就會叫你驚醒。不久，她終於跟戀人分離了。至於分離的原因，卻不易推定；或許是「春光漏洩」，被她丈夫限制了身體的自由，不，便是她丈夫出外宦遊，要她一同出去。但我們從她詩詞中研究，覺得前一説比較有力，我們看下面一首《寄情》：

欲寄相思滿紙愁，魚沈雁杳又還休。分明此去無多地，如在天涯無盡頭！

從第三四句推測，則同在一地可知，然而卻絶對没有機會，可以使她重温舊夢，假如不是行動受了障礙，那是決計不會隔離的。不過無論屬於前一説或後一説，她經此打擊之後，便始終没有跟他的戀人再見一面；也可以説，從隔離的一天爲始，便永遠分開了。因此，我們的女詩人，只有把滿腔憤恨和隱痛，一一寄之吟詠！

先看詩：

倦對飄零滿徑花，靜聞春水鬧鳴蛙。故人何處草空碧，撩亂寸心天一涯！

——《暮春有感》

起來不喜匀紅粉，强把菱花照病容。腰瘦故知閒事惱，淚多祇爲别情濃。

——《睡起》

一瞬芳菲爾許詩，苦無佳句寄相思。春光正好須風雨，恩愛方深奈别離！淚眼謝他花放抱，愁懷惟賴酒扶持。鶯鶯燕燕休相笑，試與單棲各自知！

——《恨春》

如毛細雨藹遥空，偏與花枝著意紅。人自多愁春自好，天應不語悶應同？吟箋謾有千篇苦，心事全無一點通。窗外數聲新百舌，唤回楊柳正眠中。

——《寄恨》

纖纖新月挂黄昏，人在幽閨欲斷魂。箋素拆封還又改，酒杯慵舉卻重温。燈花占斷燒心事，羅袖長供把淚痕。益悔風流多不足，須知恩愛是愁根。

——《秋夜牽情》

再看詞：

斜風細雨作春寒，對尊前，憶前歡，曾把梨花寂寞淚闌干。芳草斷煙南浦路，和别淚，看青山。

昨宵結得夢因緣，水雲間，悄無言，爭奈醒來愁恨又依然！展轉翠衾空懊惱，天易見，見伊難！

——《江城子》

此外，還有一說：就是朱淑真的失戀，並非被她丈夫所壓迫，乃爲給對方棄絶的。這種説法，我們認爲没有成立的可能，假如真是被棄，則許多詩詞之中，何以一些找不出跡象？但此説之起，也不無原因可考；因爲她的一首《初夏七律》，有這様兩句：「待封一篭傷心淚，寄與南樓薄倖人。」人便附會到她跟戀人的分離，那是鬧了什麽别扭，所以没有好好的結果。可是「薄倖」兩字，廣泛點來説，也可以當作愛極而恨解釋，不必拘泥字面的。我們再另舉一首《清平樂》，就可以證明他們的分離，完全是受第三者壓力的支配。其詞如次：

風光緊急，三月俄三十。擬欲留連計無及，緑野煙愁露泣。倩誰寄語春宵，城頭畫鼓輕敲。繾綣臨岐囑付，來年早到梅梢。

這是她和對方最後一次會見時的記録，所謂「擬欲留連計無及」，所謂「繾綣臨岐囑付」，半點也看不出被棄的痕跡。而「計無及」三字，尤其可以反襯出遭受第三者壓迫的情形來。結句盼望重會的殷切，也非常顯露。

綜之，朱淑真的戀愛事跡，我們實在不必否認。在封建社會之中，女子對於婚姻，當然不許自主，已經結婚的婦女，尤其没有要求脱離的能力，那麽，惟一的方法，只有采取消極抵抗的手段，而進入浪漫的一途了。

三

末了，我們要研究她的作品的内容了：然而她遺留的詩詞雖則不多，如果要一一分析，卻不容易；就大體來歸納一下，或許可以分爲三箇時期。第一期的作品，因爲她正度着處女時代的豐腴生活，飯後茶餘，便以遊園賞花爲樂；所以她這一期的文學，都充滿着爛漫的光彩。但這一類的作品，内容是空虚的，意境是恬静的，不見得怎樣特色。我們現在隨便選録幾首：

花落春無語，春歸鳥自啼。多情是蜂蝶，飛過粉牆西。

——《書窗即事》

極目寒郊外，晚來微雨收。隴頭霞散綺，天際月懸鈎。一字新鴻度，千聲落葉秋。倚樓堪聽處，玉笛在漁舟。

——《秋日晚望》

淡紅衫子透肌膚，夏日初長水閣虚。獨自憑欄無箇事，水風涼處讀文書。

——《夏日游水閣》

淺注胭脂剪絳綃，獨將妖豔冠花曹。春心自得東君意，遠勝玄都觀裏桃。

——《杏花》

上面説過，她的作品，不能肯定寫作的時期；但從這裏所選的四首詩加以觀察，自然不會是出嫁或失戀後所作，那是可以決定的。再看詞：

露井夭桃吐絳英，春衣初試薄羅輕，風和煙暖燕巢成。小院湘簾閒不捲，曲房朱户悶長扃，惱人光景又清明。

——《浣溪沙》

玉體金釵一樣嬌，背鐙初解繡裙腰，衾寒枕冷夜香消。深院重關春寂寂，落花和雨夜迢迢，恨情和夢更無聊。

——《浣溪沙》

至於第二期的作品，不論是詩是詞，都跟前期絶對不同了：她生命的烈焰，既然逐漸消散，便不期而然的走上頹廢的境界。説得簡單點：她出嫁以前，是以詩詞陶寫景物，而出嫁以後，則以詩詞代替哭泣了。春天各色各樣的花木，在第一期是活潑潑地，無一不值得她的歌詠，到了第二期，花木自然還是同樣的花木，而奔赴於她腕底的情思，卻完全變了。所以文學的構造，並非單以客觀作爲依據，有時也會給主觀的情感所支配的。因之，這一期的作品，不論抒情和詠物，在作品的成分裏頭，有熱的淚，紅的血，以及怨别傷懷，無一不具，换句話説：那是血與淚、愁與恨交織而成的。例如：

背彈珠淚暗傷神，挑盡寒燈睡不成。卸卻鳳釵尋睡去，上牀開眼到天明。
——《無寐》

春花秋月若浮漚，怎得心如不繫舟？肌骨大都無一把，何堪更駕許多愁！
——《清瘦》

停鍼無語淚盈眸，不但傷春夏亦愁。花外飛來雙燕子，一番飛過一番羞。
——《羞燕》

秋雨沈沈滴夜長，夢難成處轉淒涼。芭蕉葉上梧桐裏，點點聲聲有斷腸。
——《悶懷》

一夜涼風動扇愁，背時容易入新秋。桃花臉上汪汪淚，愁到更深枕上流。
——《新秋》

誰家横笛弄輕清？唤起離人枕上情。自是斷腸聽不得，非干吹出斷腸聲。
——《中秋聞笛》

山亭水榭秋方半，鳳幃寂寞無人伴；愁悶一番新，雙蛾祇暗顰。起來臨繡户，時有流螢度。
多謝月相憐，今宵不忍圓！

獨行獨坐，獨唱獨酬還獨卧。佇立傷神，無奈輕寒著摸人。　此情誰見？淚洗殘妝無一半。　愁病相仍，剔盡寒燈夢不成！

——《菩薩蠻》

最後一期的詩詞之中，又加上一詞「别」字，當然是失戀後的作品了。所謂新愁舊恨，一齊迸發，越覺增加了淒慘的情調。我們略舉幾首在下面：

一篆煙消繫臂香，閒看書册就牙牀。鶯聲冉冉來深院，柳色陰陰暗畫牆。　眼底落紅千萬點，臉邊新淚兩三行。梨花細雨黄昏後，不是愁人也斷腸。

——《減字木蘭花》

淡薄輕寒雨後天，柳絲無力妥朝煙。弄晴鶯舌於中巧，著雨花枝分外妍。　消破舊愁憑酒盞，去除新恨賴詩篇。年年來對梨花月，瘦不勝衣怯杜鵑。

——《恨春》

黄鳥嚶嚶，曉來都聽丁丁木。芳心已逐，淚眼傾珠斛。　見是無心，更調離情曲。鴛幃獨望休窮目，回首溪山緑。

——《春霽》

——《點絳唇》

春已半，觸目此情無限。十二闌干閒倚遍，愁來天不管。好是風和日暖，輸與鶯鶯燕燕。滿院落花簾不捲，斷腸芳草遠！

——《謁金門》

她悲慘的身世，既如上述，我們把她的全部作品讀了一遍，就可以想見這位女詩人，在失戀後的生活，何等的淒苦！但她對於人生的哲理，卻不免發生了誤解；她以爲一切的不如意，全是自己對文學過於酷愛，所以纔得這樣的結果。在她集子裏頭，我們看到她下面的一首詩，像懺悔又像慣怨，現在我們就把它録下來，作爲本文的結束。

詩曰：

女子弄文誠可罪，那堪詠月更吟風？磨穿鐵硯非吾事，繡折金鍼卻有功！

——《自責》

一九三五年六月十五日於連雲港

（《朱淑真的戀愛事跡及其詩詞》，載一九三六年《文藝月刊》八卷三期）

季　工

女詩人朱淑真，是我國元代以前留下作品最多的女作家之一。關於朱淑真的年代和身世，以及她的某些作品的真僞，近數十年來我國古典文學研究者們曾作過若干探索，但由於資料較爲缺乏，不容易作出令人滿意的判斷。況周頤的《蕙風詞話》等書，根據朱淑真作品中有與魏夫人酬唱的詩，認爲這箇魏夫人就是被朱子譽爲與李易安齊名能寫詩的北宋神宗年間做宰相的曾布之妻，從而斷定朱淑真是北宋時代人；相反的，有的人則根據王士禎的《池北偶談》記載的《朱淑真璇璣圖記》這篇短文，説他在「辛亥冬（按即公元一六七一年），於京師見宋朱女郎淑真手書《璇璣圖記》一卷」，後書「紹定三年春二月」（按即公元一二三〇年），從而斷定朱淑真是南宋末年人。就筆者所看到不完全的有關朱淑真生平文獻資料，以朱淑真死後爲其編輯詩詞的宛陵魏仲恭（端禮）所寫的《朱淑真斷腸詩詞集序》，出現年代最早。魏序作於淳熙壬寅（按即公元一一八二年），其時，距女詩人李易安去世約三十一年，序文中提到「近時之李易安，尤顯著名者」。我們在朱淑真詩詞中，不難找到她曾經涉獵過李易安詩詞的跡印，如在《得家嫂書》詩中，有「非干病酒與悲秋」，顯然與李易安名句「非關病酒，不是悲秋」吻合。與此同時，在朱淑真《元夜》一詩中，有「墜翠遺珠滿帝城」，「一片笑聲連鼓吹」；《元夜遇雨》中有「煙火笙歌是處休，沉沉春雨暗皇州」，她把當時自己居住的杭州，寫作「帝城」、「皇州」，這是符合南宋建都杭州的史實的。據此推斷，朱淑真是生於南宋時代。況周頤等的朱淑真是北宋時代人的説法，缺乏根據，朱淑真詩詞中酬唱的魏夫人，不就是北宋時代的曾布之妻魏夫人；至於王士禎《池北偶談》中説的紹定三年朱作《璇璣圖記》，看來也不可靠，如上所述，魏仲恭爲朱淑真詩詞作序文時，朱已去世，豈有四十餘年後又作《璇璣圖記》

之理？我以爲，如果對魏序寫作年代没有異議，那麽生於朱淑真後六百餘年的王士禎，他所見到的朱淑真《璇璣圖記》，或係另外一箇人寫的，或係僞作，或則紹定爲紹興之誤。從魏序和朱淑真詩文中提供的資料來看，朱淑真從事創作活動，大致是在十二世紀中葉，即在南宋高宗紹興至孝宗乾道年間。

關於朱淑真的身世，過去也曾聚訟紛紛。有人對於她是下嫁市井民家子弟或官宦人家子弟，她的婚姻與家庭生活是否滿意，作過若干爭論。陳漱琴的《朱淑真的〈生查子〉辨誣》等文，就認爲朱淑真未下嫁市井民家，説她「嫁的丈夫功名官階都不壞，往來的朋友也都是大人物」，她的婚姻和家庭生活不見得怎麽不好。誠然，朱淑真詩詞中有「從宦東西不自由」等句，足以證明朱淑真的丈夫大致是官宦人家，但我們從有關朱淑真的生平的文獻資料看，可以肯定朱淑真對她的婚姻，她的丈夫，是極不滿意的。否認這一點，是没有什麽根據的，同時，也將不能對朱淑真留下的詩詞作正確的分析。早在南宋魏仲恭爲朱的詩詞寫的序文中就這樣寫道：

蚤歲不幸，父母失審，不能擇伉儷，……一生抑鬱不得志，故詩中多有憂愁怨恨之語。每臨風對月，觸目傷懷，皆寓於詩，以寫其胸中不平之氣，竟無知音，悒悒抱恨而終。

明田藝蘅的《詩女史》中，同樣也説她「父母不能擇配，……淑真抑鬱不得志，作詩多憂怨之思，……卒悒悒抱恨而死」；明《名媛詩歸》中也説她「因匹偶非倫，勿遂素志，賦斷腸集十卷，以自解鬱鬱不樂之恨」。此外，在《斷腸集紀略》、《宋詩紀事》等古籍文獻資料中，都有大致相同的紀載。所以，朱淑真對婚姻不滿的論斷，是無可置疑的。

從若干有關朱淑真生平的文獻材料看，我們大致可以斷定：朱淑真是十二世紀中葉南宋時代人，她家住浙江錢塘（今杭州）。父母爲其擇偶不慎，嫁一箇不稱意的丈夫，一生鬱鬱不得志。婚姻的悲劇，是她的最大不幸。在吃人的禮教、不稱意的婚姻等侵迫之下，這位有很高才華的女詩人，很快就被奪去了寶貴生命，而且她的詩詞，也因被看作「有違婦道」，被「一火焚之」，「百不一存」了。朱淑真的一生和她那焕發的才華，像被遺棄在急風暴雨的荒原中的一朵鮮花似的，凋萎了。

基於上述對朱淑真年代和身世的一些理解，再來談談關於朱淑真詩詞中所表現出來的社會思想和藝術成就。顯然，我們從「劫後餘灰」的朱淑真《斷腸詩詞集》，仍然可以充分見出她的照人天才。朱淑真留下來的詩詞全部雖不及三百首，而這些詩詞卻是和着她的血淚寫成的，是她的不幸生活的寫照。它們真實地反映了女詩人的生活、苦悶情緒、不得志的心情與身世。而這種苦悶情緒，舊中國的不少婦女身上也同樣存在過。如所周知，舊中國男女婚姻，一般都是聽父母之命、媒妁之言。包辦和强迫的婚姻，給青年男女帶來了極其沉重的精神痛苦。正如魯迅所說的：「彷彿兩箇牲口聽着主人的命令，『咄，你們好好的住在一塊兒罷！』愛情！可憐我不知道你是什麽！」㊀朱淑真的詩詞正是深刻地反映了受這樣的包辦婚姻制度奴役下青年男女——特别是婦女的思想感情；反映了她們怎樣不願意當「牲口」，和怎樣要求獨立自主、追求真正的愛情生活。

在《愁懷》一詩中㈡，女詩人對包辦婚姻，發出了强烈的抗議：

鷗鷺鴛鴦作一池，須知羽翼不相宜。東風不與花作主，何似休生連理枝。

在女詩人看來，硬將鷗鷺和鴛鴦生活在一箇池子裏，硬把一對不稱心如意的怨偶匹配在一起，是多麽「羽翼不相宜」啊！

婚後的不幸福和孤獨感，對包辦婚姻的不滿情緒，這在朱淑真的作品中觸目可見。「山色水光隨手改，共誰裁剪入新詩？」「對景如何可遣懷，與誰江上共詩裁？」這裏在字裏行間隱隱約約可以看出她對自己的配偶很不滿意。據不完全的材料推斷，她的丈夫可能是跟她完全異趣的紈絝子弟！她不願意跟他同偕到老。在《黄花》一詩中，她大膽地從内心深處迸發出了與「嫁狗隨狗、嫁鷄隨鷄」的封建道德觀念根本不相容的反抗聲音。女詩人這樣寫道：

土花能白又能紅，晚節由能愛此工。寧可抱香枝上老，不隨黄葉舞秋風！

對於經過「父母之命、媒妁之言」撮合成雙的夫妻，竟然宣稱寧肯離異，「抱香枝上老」，不願相「隨黄葉舞秋風」，這在那箇封建禮教森嚴的時代，她這樣做是大逆不道的！

「待將滿抱中秋月，分付蕭郎萬首詩。」從朱淑真詩詞中，隱約可見她大約另有所愛。但可能是由於家庭包辦婚姻的結果，她的愛情生活很快地就破壞了。「宛轉愁難遣，團圓事未諧。」她的戀愛生活，像曇花一現，一閃而過。這，因資料有限，我們不想作詳細考證了。但没有疑問，朱淑真留下的不少流露真摯感情的戀歌，由於她寫得很真實，因而仍然是存在着很高的藝術魅力的。如《清平樂》一詞：

惱煙撩露，留我須臾住。攜手藕花湖上路，一霎黄梅細雨。　嬌癡不怕人猜，和衣睡倒人懷。最是分攜時候，歸來懶傍妝臺。

這裏，女詩人筆下刻畫出了一對被愛情熏醉的情人，怎樣攜手湖上，肆無顧忌。如果説李易安的「眼波才動被人猜」表現的是封建時代閨閣小姐的矜持，那麽，朱淑真的「嬌癡不怕人猜」，顯得多麽大膽、放誕！被封建時代「衛道之士」看作「鄙俗」和「有違婦道」的《生查子》一詞㊂，也是一首很出色的情歌：

去年元夜時，花市燈如晝。月上柳梢頭，人約黄昏後。　今年元夜時，月與燈依舊；不見去年人，淚濕春衫袖。

寥寥四十字，很細緻地刻畫出封建時代的一箇少女，怎樣約她的情人在元夜幽會；和相隔一年之後，又逢元夜「不見去年人」時的滿懷惆悵的心情。

由於真實愛情而引起思慕懷念，這是古今情歌都有的。如《詩經》裏的「月出皎兮」就是反映了男女之間的不能遏止的思念感情。「東君有意能相顧，蛺蝶無情更不來。」（《窗西桃花盛開》）朱淑真的詩詞，也是十分真實地寫出了這種熱烈眷念的情緒。她筆下所寫的一些戀情詩詞，與中外著名情歌相比，並不遜色。如《江城子》一詞：

斜風細雨作春寒。對尊前，憶前歡。莫把梨花、寂寞淚闌干。芳草斷煙南浦路，和別淚，看青山。　昨宵徒得夢夤緣。水雲間，悄無言。爭耐醒來、愁恨又依然。展轉衾裯空懊惱，天易見，見伊難！

朱淑真追求真實愛情的生活，但在「男女大防」、「鑽穴隙相窺，逾牆相從，則父母國人皆賤之」的封建社會裏，特別是在宋代禮教極其森嚴，假道學風靡泛濫的時代，像她這樣不守「婦道」的人，是要被人看作「離經叛道」，並且是不讓她有生存的權利的。因此在當時的情況之下，朱淑真的戀愛和婚姻，誠如恩格斯對拉薩爾的一篇作品裏的主人公所作的斷語：是「構成了歷史必然的要求與這箇要求實際上不可能實現之間的悲劇的衝突」㊃。悲劇的結局只好是「一死了之」。歷史文獻中紀載的朱淑真的早死，正是封建禮教壓制下的犧牲品。

朱淑真極度不滿意自己的處境，又無法擺脱這箇現實處境。她的作品如《傷別》、《訴愁》、《愁懷》、《舊愁》、《恨別》、《供愁》、《無寐》、《悶書》等，都在一定程度上反映了封建時代婦女因不幸婚姻和戀愛所造成的精神上的痛苦。「益悔風流多不足，須知恩愛是愁根。」（《秋夜牽情》）她寫自己怎樣過「獨行獨坐，獨唱獨酬還獨卧」，「佇立傷神」，「淚洗殘妝無一半，愁病相仍」（《減字木蘭花》）的生活。像封建時代的多愁善感的女性一樣，「覽鏡驚容」，怕聽簷前黃鸝宛轉的啼聲，怕聽杜鵑啼叫的聲音！當她聽到「雙燕呢喃語畫梁」的時候，看到「樓頭新月曲如鉤」的時候，就引起滿腔愁懷；當春天花開花落，當夏天「柔桑欲椹吴蠶老」，她的感覺是「不但傷春夏亦愁」；當秋天雨打芭蕉，冬天「霜月照闌干」，又是「滴淚羅衣不忍看」了！她也像那些被封建制度磨折下的女性一樣，陷在痛苦的深淵裏，不能自拔。不管山河多麽嬌美，而她的感受卻是「對景無時不斷腸」！朱淑真以白描的手法，平淺的字句，在自己的詩詞裏，深刻地表現了她的憂傷，寫出了自己境遇的困厄和「所適非倫」，有一種無可奈何的悲哀情調，給她的詩詞蒙上了一層灰暗的色彩。的確，這些詩詞給人的感受是很不健康的，而且從某一方面説來，這些詩詞所表現的思想感情是深深地沾染了她那箇時代的封建官宦小姐所特有的對花墮淚、對月傷懷，弱不禁風的感傷情調，和較爲濃厚的虛無、悲觀的消極思想，但這種低沉、消極的情緒，又是封建力量壓制下的一種精神病態，是由於精神上孤立無援的環境造成的。在《秋日述懷》一詩中，朱淑真這樣沉痛地寫道：

婦人雖軟眼，淚不等閒流。我因無好況，揮斷五湖秋。

朱淑真善於描寫大自然的美妙景色。她的以寫自然景物爲題材的抒情詩，不論是「山明雪盡翠嵐深」的早春，「柳條如綫未飛綿」的仲春，「紅疊苔痕緑滿枝」的晚春，「倦對飄零滿徑花」的暮春，「淡薄輕寒雨後天」的春霽，「子規催月小樓西」的春曉；不論是「枝上渾無一點春」的初夏，「黑雲帶雨瀉長空」的夏雨，「靜數飛螢過小園」的夏夜；不論是「日落晚涼生」的早秋，「忍見黄花滿徑幽」的暮秋，「清光消霧靄」、「皓魄十分圓」的秋月，「瀟瀟滴井桐」的秋雨，「樓頭新月挂銀鈎」的秋夜；不論是「荷枯菊已荒」的初冬，「月映幽窗夜色新」的冬夜等等，一方面，不免涂抹着相當濃烈的悲觀厭世的色彩，另一方面，也刻畫出了綽約多姿的大地景色，表現了自然界的豐富多采、變化無窮。朱淑真所寫的各種奇花異草，也是五色繽紛、光彩奪目的。她以詩情畫意，細心地刻畫出了「花品名中占得王」的牡丹，「芬芳紅紫間成叢」的芍藥，「獨將妖豔冠花曹」的杏花，「朝來帶雨一枝春」的梨花，「胭脂爲臉玉爲肌」的海棠，「白玉體輕蟾魄淡」的荼蘼，「玲瓏巧蹙紫羅裳」的瑞香，「翠色嬌圓小更鮮」的新荷，「滿池紅影蘸秋光」的芙蓉，「疏籬淡月著横枝」的梅花等等，她筆下所描繪出來的自然景色，一方面，在字裏行間流露出她那孤芳自賞的心情，和「顔色如花命如葉」的悲嘆；另一方面，也讓人們看到了青翠縈目、萬紫千紅、芬芳逞豔、百蕊爭妍的欣欣向榮景象。

朱淑真這些描寫自然景物的作品，使人清楚地看到：這一位被淹没在傷感、憂鬱海洋裏的女詩人，原來是多麼熱愛水光山色，她對於一切生物，原來是懷着多麼深的欣悦啊！這使我們更爲深刻地看到封建吃人制度，是怎樣的在摧殘人，怎樣將一箇富有生命活力的少女，推向死路去！

朱淑真的作品還熱烈地謳歌了自己心目中的一些英雄人物。她頌贊「蓋世英雄力拔山」的項羽，「男兒忍辱志長存」的韓信，「功成名遂便歸休」的張良，「一言請削獨干誅」的晁錯……等人，可以看出這位具有濃厚悲觀色彩的女詩人的抱負。

在《喜雨》等詩中，説明朱淑真不是一箇對於外間世界完全不感痛癢的「閨秀」。她對於當時人民生活中的痛苦或多或少是有些瞭解的。當「赤日炎炎燒八荒，田中無雨苗半黄」的時候，她迫切地希望天能下雨；「六月青天降甘雨」了，她的感受是「九州盡解焦熬苦」、「眼界增明快心腑」！再看她的《苦熱聞農夫語有感》一詩：

日輪推火燒長空，正是六月三伏中。旱雲萬疊赤不雨，地裂河枯塵起風。農憂田畝槁禾黍，車水救田無暫處。日長飢渴喉嚨焦，汗血勤勞誰與語。播種耕耘功已足，尚愁秋晚無成熟；雲霓不至空自忙，恨不抬頭向天哭！寄語豪家輕薄兒，綸巾羽扇將何爲？田中青稻半黄槁，安坐高堂知不知？

這裏，在我們面前，展現了一幅六七百年前我國農民抗旱救災、生産滅荒的圖景。女詩人寫出：農民怎樣不怕三伏暑熱，不管喉嚨焦干、汗血勤勞，在火樣的長空下，竭力車水救田、播種耕耘。朱淑真懷着激憤的心情質問那些「綸巾羽扇」的豪家子弟道：你們這些安坐在高堂上的人兒，可知不知道田裏的禾稻已槁黄了呀？可以看出，這箇原來是工愁善感的女詩人，對於當時人民生活的痛苦，也是感到痛癢的。

在《自責》一詩中，朱淑真以忿懣的「反語」，對於當時婦女到處受歧視的不平現實，和「女子無才便是德」的腐儒謬説，作了這樣大膽的抗議：

女子弄文誠可罪，那堪詠月更吟風？磨穿鐵硯非吾事，繡折金鍼卻有功！
悶無消遣祇看詩，又見詩中話別離；添得情懷轉蕭索，始知伶俐不如癡！

封建王朝的文學史家，歌頌了封建衛道者《女誡》作者曹大家（班昭）這班人，而朱淑真的名字卻長久被人們所遺忘了。因爲在封建的淫威裏，婦女都要「恪遵」「女誡」，誰家願有這樣不守「婦道」的女兒？誰敢於頂着反叛的旗子去贊美一箇並不那麼遵守「婦德」、「女誡」的女人爲天才呢？

然而，朱淑真的名字及其遺詩卻在我國人民中間流傳下來了。魏仲恭在《朱淑真斷腸詩集》序文中寫道：

> 比往武陵，見旅邸中，好事者往往傳誦朱淑真詞，每竊聽之，清新婉麗，蓄思含情，能道人意中事，豈泛泛者所能及，未嘗不一唱而三歎也。

朱淑真生長的時代，道學成爲統治階級的正宗思想，特别是在南宋時代，封建綱常和道德教條，被稱作「天理」，神聖不可侵犯。朱淑真的詩詞，正是通過她箇人的淒苦悲哀的感情，紀録了這一代被封建禮教壓制下的婦女生活。朱淑真在當時的處境是值得同情的，她的天才被扼殺是值得惋惜的，她的這些作品之在當時出現，不是没有社會意義的。但由於時代的推移，在今天看起來，朱淑真詩詞中的消極因素是多於積極因素的，特别是在她作品中像「不但傷春夏亦愁」、「夢難成處轉淒涼」這樣詞句，感傷情調非常濃厚，因此，我們一方面，要以歷史主義的觀點，看到這些作品在那箇時代出現的社會意義，在文學史上予以一定的歷史地位；而另一方面，我們一定要以批判的眼光來閲讀這些作品，防止它們的消極影響。

注

㈠魯迅：《熱風·隨感録》四十。

㈡朱淑真：《斷腸詩詞集》。以下所引詩詞，凡未注出處者，均見此詩集。

㈢過去不少人引《池北偶談》、《四庫全書總目》、《蕙風詞話》等書的材料，説明《生查子》一詞非朱淑真作，而是歐陽修作的。主要論據是明清版本《廬陵集》中載有此詞。這箇論據是薄弱的，歐陽修詞有不少是從别人詞集中攙入的，在明楊升庵的《詞品》及毛晉的汲古閣刊本跋語中，都有關於朱淑真《生查子》一詞的紀載。

㈣恩格斯：《給拉薩爾的信》，《馬克思、恩格斯論藝術》（一）第四十一頁，一九六〇年人民文學出版社版。

（《關於女詩人朱淑真的詩詞》，載《學術月刊》一九六三年三月）

潘壽康

現存有關朱淑真前半生事跡的史料，最早的是魏仲恭的《斷腸集序》，説她：

早歲不幸父母失審，不能擇伉儷；乃嫁爲市井民家妻，一生抑鬱不得志，故詩中多憂愁怨恨之語。每臨風對月，觸目傷懷，皆寓於詩，以寫其胸中不平之氣。

魏仲恭這篇序文，作於淳熙壬寅九年（一一八二）。

比較詳細的，是田汝成《西湖遊覽志餘》卷一六。關於淑真有如次的記載：

錢唐人。幼警慧，善讀書，工詩，風流藴藉。早年，父母無識，嫁市井民家，其夫村惡，蘧除戚施，種種可厭；淑真抑鬱不得志，作詩多憂愁怨恨之思。

馮夢龍《情史》卷一三《朱淑真》條，似是節自《志餘》：

錢塘人。幼警慧，善讀書。早失父母，嫁市井民妻，其夫村惡可厭。淑真抑鬱不得志，作詩多憂怨之思。

「早失父母」當是「早年父母無識」之誤。《古今圖書集成·閨媛典》卷三三五《閨藻部·朱淑真傳》，和《情史》完全相同，疑是據此轉録。（《閨藻部》的列傳，大都與《情史》相同，如《魏夫人傳》，見《情史》卷二四；《朱希真傳》，見同書同卷。）

此外，田藝蘅的《斷腸集·紀略》，在淑真的籍貫上補入鄉村名：錢唐下里人，世居桃村。

淑真的别號「幽棲居士」，是王士禎在《璇璣圖記》裏看到的。這是題在《璇璣圖》上的一篇跋文，題署是「錢塘幽棲居士朱氏淑真書」。王士禎作有《朱淑真璇璣圖記》一文，叙述這篇圖記的内容，後來收在清康熙三十年（一六九一）刊行的《池北偶談》卷一五。《四庫提要》卷三四著録朱淑真《斷腸集》二卷，字里依據《偶談》的記録。在清代的官修史籍中，它最先著録這箇别號。

至此，淑真的字里才得到齊全。陶元藻的《全浙詩話》，刊於嘉慶元年丙辰（一七九六），這書卷一九「朱淑真」條，綜合了各家的記載：

淑真號幽棲居士，錢塘人，世居桃村。

淑真的生年没有記載，後人對她的生存年代推測，多不確切，現在試就她的詩文和交游考訂。哲宗紹聖三年（一〇九六），二月，淑真作《璇璣圖記》。三月，第二次結婚，名分是繼室。婚後他們居於錢塘涌金門大瓦巷的清湖河畔。九月，她的丈夫應禮部試。《送人赴試禮部》一詩，就是這時所作。詩裏説：「賈生少達終何遇，馬援才高老更堅。」這年的除夕，曾作《除夜》一首，後四句説：

桃符自寫新翻句，玉律誰吹定等灰？且是作詩人未老，換年添歲莫相催！

「玉律」句見《漢書》卷二一《律曆志》：黄帝東之解谷，斷兩節間而吹之，爲黄鐘之宫。又《晉書》卷一六《律曆》上：效地氣於灰管，律氣應則灰飛。這裏借用兩箇典故，説她此生已到「定等」的分野，在這意義特别重大的除夜，煢然一身，吹葭無人。

古人以七十歲爲高齡，因此，三十五歲是中年。黄庭堅三十六歲時説：「生涯共七十，去日良已半。」（《和答魏道輔寄懷十首》第九首）淑真作《除夜》時，不算老也不算少，所以她自慰地説：「且是作詩人未老。」白居易説：「非老亦非少，年過三紀餘。」（《松齋自題》），和這句的用意相近，這裏定她這年剛滿三十四歲。因此，當她想到過了這箇除夜，便踏進「定等」的中年，又驚顧悚然地説：「換年添歲莫相催！」

據此推算，她當生於仁宗嘉祐八年（一〇六三）。

下面，再作一箇覆證。紹聖四年（一〇九七），夏，杭州旱。她作《苦熱聞田夫語有感》，有「寄語豪家輕薄兒，綸巾羽扇將何爲」二句。她的丈夫這年考中進士。次年元符元年（一〇九八），二月，她隨宦揚州。到任後作《寄大人二首》，其一有云：

欲識歸寧意，三年數歲陰。

歲陰就是太歲的十二支。《史記》卷二六《曆書》索隱：

歲陽者，甲乙丙丁戊己庚辛壬癸十干是也。歲陰者，子丑寅卯辰巳午未申酉戌亥十二支是也。歲陽在甲云焉逢，謂歲干也。歲陰在寅云攝提格，謂歲支也。

《爾雅》卷中《釋天第八》：

太歲在甲曰閼逢，在乙曰旃蒙，在丙曰柔兆，在丁曰强圉，在戊曰著雍，在己曰屠維，在庚曰上章，在辛曰重光，在壬曰玄黓，在癸曰昭陽。

現在，我們依照她的話，把歲陰一數，看她説的是什麼意思。她指定從她離家的第三年數起。她是元符元年離家的，第三年，就是元符三年（一一〇〇），歲次庚辰，「太歲在庚曰上章」，她的丈夫於本年内任滿，可以上章調職了。第四年，即建中靖國元年（一一〇一），歲次辛巳，「太歲在辛曰重光」，她可以重又回來見父母了。

宋代的官，三年一任。她到揚州之後，明瞭了情況，便牽合十二歲支，作成這箇謎。這和她後來的行動也符合。元符三年的秋天，她的丈夫任滿，和她到汴京去了。次年建中靖國元年，正月，王古遷户部尚書，她躬逢盛況，作《代送人赴召司農》一首。同月，又作《魏夫人置酒相邀，命小鬟隊舞，索詩，以「飛雪滿群山」爲韻，淑真醉中援筆而賦五絶》。

這箇有趣的謎，筆者按照年譜上的干支，尋繹出來，這就把紹聖三年至建中靖國元年，六年間的事跡貫串起來，前後可以互相印證。尤其重要的，是使《除夜》的寫定年分獲得有力的旁證。

這裏，再以曾布夫婦的年齡對比。曾朱兩家是親戚，曾布和淑真的父親又是同官，兩人年輩相近。曾布生於仁宗景祐二年，卒於徽宗大觀元年（一〇三五——一一〇七）。曾夫人魏玩生於仁宗康定元年，卒於徽宗崇寧二年（一〇四〇——一一〇三）。紹聖三年，曾布六十二歲，魏玩五十七歲，淑真三十四歲。淑真和曾布相差二十九歲，和魏玩相差二十三歲。淑真有一箇哥哥，一箇弟弟，由此也可見她的父母和曾布年齡相差不大。

汲古閣刊本《斷腸詞》，書前有《紀略》一篇，說淑真是：

浙中海寧人，文公侄女也。

這箇本子，據毛晉的識語說，「乃洪武三年鈔本」。海寧是錢塘的鄰縣，自三國至元代中葉，都稱鹽官。「天曆二年（一三二九），更曰海寧（州），明初改州爲縣」（顧祖禹《讀史方輿紀要》卷九〇）。可知這篇《紀略》，是元末明初人所作。

趙世傑的《古今女史》，刊行於崇禎元年戊辰（一六二八），卷前的《姓氏字里詳節》，《朱淑真》條節自

《斷腸詞》的《紀略》。康熙十年（一六七一），王士禎在北京過録《璇璣圖記》時，誤把「紹聖三年」寫作「紹定三年」，他的哥哥王士禄即據以寫入《宮閨氏籍藝文考略》，把淑真的時代斷爲「紹定間（一二二八——一二三三）人」，恰與「文公侄女」的説法相符。這是《然脂集》篇首的一門，雖然没有刊行，但已有傳鈔本流通。《池北偶談》刊行後，此説更有力。康熙四十八年（一七〇九）刊的《御選宋金元明四朝詩》，別録《姓名爵里》中的《朱淑真》條，又據《女史》轉録。這部「欽定」的書，更是後來一般纂輯家的依據。

關於「文公侄女」一説，紀昀已作過考證，《四庫提要》卷四〇説：

朱子自爲新安人，流寓閩中，考年譜世系，亦別無兄弟著籍海寧，疑依附盛名之詞，未必確也。

朱熹（一一三〇——一二〇〇）字元晦，一字仲晦。卒謚文，封徽國公。《斷腸集》注本於嘉泰二年（一二〇二），刊行時，他已去世。

關於「海寧人」一説，疑是淑真的後夫籍貫，詳説見後。

明清的纂輯家，往往把淑真和李清照的時代先後倒置。況周頤《蕙風詞話》卷四説：

朱淑真詞，自來選家列之南宋，謂是文公侄女，或且以爲元人，其誤甚矣！淑真與曾布妻魏氏爲詞友，曾布貴盛於元祐以後，崇寧以前，以大觀元年卒。淑真爲布妻之友，則是北宋人無疑，李易安時代猶稍後於淑真。即以詞格論，淑真清空婉約，純乎北宋；易安筆情近濃，至意境較沈博，下開南宋風氣。非所詣不相若，則時會爲之也。

他站在詞學源流的觀點上，對兩人的詞風給予恰當的品評，從而澄清那些模糊的因襲觀念，確是具有慧眼。

李清照號易安居士，濟南人。生於神宗元豐六年（一〇八三），卒於高宗紹興十三年（一一四三）以後，享年六十以上。她的生年，過去有兩説：一是元豐四年，一是元豐七年，均誤。此據佘雪曼、浦江清二氏考證。她和淑真的生年，相差二十一歲。

清人又把淑真和朱希真誤作一人。葉申薌《本事詞》卷上説：

「去年元夜時，花市燈如晝。月在（上）柳梢頭，人約黄昏後。 今年元夜時，燈月仍（月與燈）依舊；不見去年人，淚滿（濕）春衫袖。」此《六一居士詞》，世有傳爲朱秋娘作，遂疑朱爲失德女子，亟爲辨之。秋娘名希真，與朱敦儒之字正同。

卷下説：

朱希真，小名秋娘，適徐必用。工詞翰，欲繼美易安。徐久客未歸，朱賦《菩薩蠻》云：「濕雲不度（渡）溪橋冷，嫩（蛾）寒初透（破）東風景（霜鈎影）。橋（溪）下水聲長，一枝和雪（月）香。人憐花似舊，花比人應瘦（花不知人瘦）。莫憑小闌干（獨自倚闌干），夜深花正寒。」此詞命意孤高，世有以六一上元詞稱爲秋娘作者，誤矣！

葉申薌字小庚，閩縣三山人。生卒年均不詳。道光間（一八二一——一八五〇）曾任太守。這書是雜録衆書而成的，卷首的自序説：

惟是篇因采摭而成，似應列原書之目；然其文或剪裁以出入，又難仍舊帙之題。況敷藻偶繁，自必删而就簡；而傳聞互異，尤宜酌以從同。

可見它所採集的材料，是經過斟酌異同，加以剪裁和綜合的，所以一條裏面，往往包括幾種書的材料。卷上引的《六一居士詞》，楊慎説是淑真作的，見《詞品》卷二，這裏誤爲朱希真。《菩薩蠻》見鮑淥飲手斠本《斷腸集》卷十《詞》。這首詞舊曾誤爲他人所作，唐圭璋《宋詞互見考》説：

《全芳備祖》作蘇軾詞，而《東坡樂府》不載。當以作朱詞爲是。《名媛集》又誤作朱秋娘詞。

淑真和朱希真，明代即分别爲二人。卓人月《詞統》卷前的《氏籍》，《朱淑真》條説：「錢塘女郎，有《斷腸集》。」又《朱秋娘》條説：「字希真，徐必用妻。」大概由於她倆的遭遇有點相似，名字又只有一字之差，致《本事詞》誤作一人。它所引的兩首詞，訛誤頗多，括號内的字句，是據鮑淥飲本校出來的。

陳耀文《花草粹編》卷二，載有一首朱秋娘的集句詞《采桑子》，起拍即集淑真句：

王孫去後無芳草（朱淑真），緑遍香階（李季蘭），塵滿妝臺（吴淑姬），粉面羞搽淚滿腮（王幼玉），教我甚情懷（李易安）。去時梅蕊全然少（竇夫人），等到花開（蘇小小），花已成梅（同），梅子青青又帶黄（胡夫人），兀自未歸來（王嬌姿）。

謝章鋌《賭棋山莊詞話》卷一二説：

淑真又有《采桑子》，皆集唐宋女郎詩句，見《花草粹編》。這裏又把朱秋娘誤作淑真。可見粗心大意的，不僅只葉申薌一人。

（《朱淑真的籍貫和生年考》，載臺灣《大陸雜誌》一九六七年第三十五卷第一期）

孔凡禮

一、佚詩輯存

南宋著名女詩人朱淑真之《斷腸詩集》，今傳本非足本。

現以南陵徐氏影印元刻本（簡稱元刻）《新注朱淑真斷腸詩集》、《後集》（簡稱《集》、《後集》）及清光緒刊《武林往哲遺著》（簡稱武林本）之《集》、《補遺》、《後集》爲底本，凡不見於以上二本的朱淑真詩，即以佚詩論。

惜花

病眼看花似夢中，一番次第又飛空。朝來不忍倚樹立，倚樹恐搖枝上紅。《分門纂類唐宋時賢千家詩選》（《楝亭十二種》本，簡稱《千家詩》）卷七案，清宣統鉛印《香豔叢書》第七集，收有清□□所撰之《宋詞媛朱淑真事略》（簡稱《事略》）一文。該文作者提到他曾輯有朱淑真詩《補遺》一卷，其中也引用了《千家詩》。該《補遺》未見，今特加案於此。

竹

一徑濃陰影覆牆，含煙敲雨暑天涼。猗猗肯羨夭桃豔，凜凜終同勁柏剛。風籟八（案，疑爲「入」之誤）時添細勺，月華臨處送清光。凌冬不改清堅節，冒雪何傷色轉蒼。《千家詩》卷十一

江上阻風

正阻行程江岸間，江頭三日繫歸船。水光激浪高翻雪，風力推沙遠漲煙。撥悶喜陪尊有酒，供厨不慮食無錢。雕章見及唯虚辱，勉强賡酬愧斐然。同上書卷十二

雪晴

桃李無言蜂蝶忙，曉寒未肯放春光。花將計會千山日，風爲栽埋一夜霜。

又

早上新鶯語尚蠻，花無氣力倚雕欄。幸蒙殘雪回頭早，又遣東風薄倖寒。同上書卷十三

畫眉

曉來偶意畫愁眉，種種新妝試略施。堪笑時人爭彷彿，滿城將謂是時宜。見《詩淵》第一册

詠柳

長絲裊娜拂溪垂，亂絮風吹漠漠飛。全借東風與爲主，年年先占得韶暉。

又

風牽裊裊摇無定，翠影侵堦已午天。花發鳥歌春景媚，好看柔軟吐香綿。

桃花

每對春風競吐芳，胭脂顔色更濃妝。含羞自是不言者，從此成蹊入醉鄉。

李花

滿園花發白於梅，又與紅桃並候開。可口真須成實後，莫將苦種路旁栽。

又

小小瓊英舒嫩白，未饒深紫與輕紅。無言路側誰知味，惟有尋芳蝶與蜂。

詠梅

雪格冰姿蠟蔕紅，水邊山畔淡煙籠。江風也似知人意，密遞清香到室中。以上六首俱見《詩淵》第六册

謝人惠雙筆

雙毫五彩兔狸鋒，珍與歐陽象管同。多謝寄來情意重，從今敢費墨池工。見《詩淵》第八册

案，此詩《千家詩》卷十七亦收，題作「筆」。「費」，《千家詩》作「廢」。

臘梅

天然金蘂弄群英，誰信鵝黄染得成。昨夜南枝報春信，摘來香束月中清。見《詩淵》第十三册

對竹一絶

百竿高節拂雲齊，千畝誰人羨渭溪。燕雀謾教來喞噪，虚心終待鳳凰栖。見《詩淵》第十四册

案，《千家詩》卷十一有此詩，題作「竹」。《千家詩》「高節」作「直節」。

夏螢

熠燿迎宵上，林間點點光。初疑星錯落，渾訝火螢煌。著雨藏花塢，隨風入畫堂。兒童競追撲，照字集書囊。

遊西湖聞鶯

野花啼鳥喜新晴，湖上波光漾日明。底事傷春心緒懶，不堪愁裏聽鶯聲。

案，《千家詩》卷十九有此詩，題作「鶯」。「新晴」《詩淵》作「新情」，今從《千家詩》。

觀燕

深閨寂寞帶斜暉，又是黄昏半掩扉。燕子不知人意思，簷前故作一雙飛。

送燕

見爾來齊去亦齊，空巢零落屋廬低。更無心記啣泥處，花絮春風小院西。以上四首俱見《詩淵》第十六册

案，此詩緊次《觀燕》之後，脱去作者姓氏。風格甚似朱淑真。姑録於此。

二、《斷腸詩集》的版本

《千家詩》收朱淑真詩六十二首。朱淑真是入選的作者中作品比較多的作者之一。《千家詩》編選者劉克莊見到的《斷腸詩集》，當爲足本。

元刻本不是足本。用元刻本校武林本，元刻《集》卷二缺《春日》五首、《惜春》一首、《春睡》一首。卷六止於《秋夜牽情》第四首之「彈壓西風擅衆芳」句，缺《秋夜牽情》第四首之後三句、第五首、第六首及《堂上巖桂秋晚未開作詩促之》、《白菊》等首；於「彈壓」句所在行行末刻「前卷之六」四字，意即卷六止於此。説明元刻本所依據的本子已不是足本。

元刻《後集》卷六總題爲「雜題」，次行低一字爲分題《詠史十首》。再次，低一字爲各詩具體題目，其次第爲：《項羽二首》、《韓信》、《張良》、《陸賈》、《賈生》、《董生》、《晁錯》。卷六即止於此。卷七第一首、第二首脱題，味詩意，乃接上卷之《詠史十首》，其題當爲「劉向」，而非武林本缺目中所稱之「大成文宣帝」。其下爲《題王氏必興軒》、《題余氏攀鱗軒》、《賀人移學東軒》、《送人赴試禮部》七律四首。卷七即終於此。此二卷，武林本爲一卷。現在看來，原本當爲二卷。元本刻者所依據之本已缺其一卷，乃分一卷爲二卷，以符原數。

明初，有《集》十卷刻本。北京圖書館藏有此刻之遞修本。

明鈔本《詩淵》收朱淑真詩約九十首，以元刻、武林本相較，《詩淵》文字大多與元本相同。但《詩淵》所收的詩，有十餘首元本不載，可見《詩淵》所據之本，當爲足本，這一點又同《千家詩》編者所見到的本子相近。這箇事實説明，到《詩淵》的編者編輯《詩淵》的時候，《斷腸詩集》至少有兩種不同的本子在流傳。

明鍾惺《名媛詩歸》、明潘是仁《宋元詩》都録有朱淑真的詩。其中箇别篇不見於武林本《集》和《後集》，當是從足本中輾轉選録的。

《斷腸詩集》足本的失傳，或爲明末的事。

三、校勘簡記

見於《千家詩》及《詩淵》之朱淑真詩，文字與底本頗有不同。這些異文，有一定的參考價值。《詩淵》世稀見，今以它爲主，以校武林本，作校勘簡記二十四條。

一、《集》卷一《立春古律》「停杯不飲待人來」前四句，見《千家詩》卷三，爲七言絶句，題作「立春前一日」。

二、《集》卷二《暮春三首》（七律）其三中「燕子樓臺春寂寂」四句，見《千家詩》卷一，題作「春暮」，爲七言絶句。

三、《集》卷三《阻雨》，《千家詩》在卷十二，題作「久雨」。

四、《集》卷三《惜花》第七句「便做即今風雨恨」。《詩淵》第十四册有此詩，「恨」作「限」，元刻同。

五、《集》卷三《海棠》第五句「桃羞豔冶愁回首」，《千家詩》卷八「愁回首」作「偷藏臉」。

六、《集》卷三《荼蘼》第三句「白玉體輕」，《詩淵》第六册作「白玉骨輕」。

七、《集》卷三《偶得牡丹數本……》其一第一句「王種元從上苑分」，《詩淵》第十四册「王」作「玉」（案，明刊《名媛詩歸》亦作「玉」）。

八、《集》卷三《柳絮》末句「欲把東君歸路迷」，《詩淵》第八册「欲」作「故」。

九、《集》卷三《聞子規有感》第四句「歌枕夜閒無夢到」，《詩淵》第十一册作「攲枕夜深無夢到」。案，元本亦作「攲」，作「歌」誤。

十、《集》卷四《夏雨生涼》其一，第三句「搜龍霹靂一聲歇」，《千家詩》卷十二「搜」作「乖」。

十一、《集》卷四《新荷》第一句「平波浮動洛妃船」，《千家詩》卷九、《詩淵》第六册「船」均作「鈿」，元刻此字右半爲「田」，左半漫漶不清。

十二、《集》卷四《水梔子》第三句「玉質自然無暑氣」，《詩淵》第十三册「氣」作「意」，元刻同。作「氣」誤。

十三、《集》卷五《中秋》五律首句「秋來長是病」，《千家詩》卷四作「光陰如撚指」。

十四、《集》卷五《秋日登樓》首句「梧影蕭疏弄晚晴」，《詩淵》第二十册「弄」作「套」，元刻同；末句「滿眼重重疊疊青」，《詩淵》「滿」作「溢」，元刻同。

十五、《集》卷六《秋夜牽情》第四首「彈壓西風擅衆芳」、第五首「酷愛清香折一枝」、第六首「月待圓時花正好」及《補遺》題爲《秋夜牽情》之「移根蟾窟不尋常」等四詩，《詩淵》在第六册，題作《木犀四首》。其「彈壓」首亦見《千家詩》卷十，題作「桂花」；此首第二句「十分秋色爲誰忙」，《千家詩》、《詩淵》「誰」均作「伊」，第四句「人與花心各自香」，《詩淵》「花心」作「黄花」。其「酷愛」首第二句「故簪香髻驀思惟」，《詩淵》「故」作「欲」。

十六、《集》卷七《山脚有梅一株……》第一句「溪橋野店梅多綻」，《詩淵》第十四册「多」作「都」，元刻同。

十七、《集》卷七《冬日梅窗書事四首》其一第四句「對人先放一枝春」，《詩淵》第十八册「對」作「射」，元刻同。案，作「射」是。

十八、《集》卷八《聞鵲》第一句「牆頭花外説新晴」，《詩淵》第十六册「晴」作「情」，元刻同。案，作「情」是。

十九、《集》卷九《寄别》「如毛細雨藹遥空」，《詩淵》在第四册，題作「寄恨」，元刻同。案，作「寄恨」是。

二十、《集》卷十《弄花香滿衣》第一句「豔紅影裏摘芳菲」，《詩淵》第二十二册「菲」作「回」，元刻同。

二十一、《補遺·雲掩半月》第一句「霜月迎寒著意圓」，《千家詩》卷十二「迎」作「凝」。

二十二、《後集》卷四《冬至》「葵影使移長至日」句，《千家詩》卷四「使」作「便」，元刻同。作「使」誤。

二十三、《後集》卷五《黄芙蓉》第三句「試倩東風一爲主」，《千家詩》卷九「風」作「君」。案，作「君」是。此句鄭元佐注云：「古珍珠簾詞：把酒祝東君，願與花枝長爲主。」

二十四、《後集》卷五「勁直忠臣節，孤高列女心，四時同一色，霜雪不能侵」五言絶句一首，脱題，元刻同。案，此詩見《詩淵》第十三册，題作「詠直竹」；《千家詩》卷十一亦收此詩，題作「直竹」。

四、朱淑真生活的年代

《事略》引《歷代詩餘·詞人姓氏》，肯定朱淑真「與曾布妻魏氏爲詞友」。查《宋史》卷四七一《曾布傳》，布於宋徽宗大觀元年(一一〇七)卒，年七十二。把《集》卷十「會魏夫人席上」的魏夫人説成是曾布的妻子，乃是荒唐的附會。

朱淑真的生活年代在南宋初期。《集》卷八有一首《閒步》：

天街平貼淨無塵，燈火春摇不夜城。乍得好凉宜散步，朦朧新月弄疏明。

朱淑真是錢塘人。這首詩中的「天街」自然是指臨安。這首詩表達了朱淑真做爲一箇少女的寧靜的然而是歡樂的心情。其寫作時間，當在紹興中。因爲如果是紹興初，臨安還不會有「不夜城」的景象；如果再晚一點，朱淑真已經出嫁，也不會有這首詩中所表達的那種情懷。

在宋時，做箋釋工作的人，已經形成了一種大家都遵守的慣例。即：凡是箋釋詩文的出處，其出處之作者及作品，一定要早於被箋釋的作者和作品。

爲《集》、《後集》做注的宋人鄭元佐，是朱淑真的同鄉。他對朱淑真的生活年代是熟悉的。《集》卷五、卷六、《後集》卷三的注文，四次引了陳簡齋（名與義）的詩，《集》卷九的注文，引了康伯可（名與之）的詞。他們是南北宋之交比較有名氣的詩人、詞人。《集》卷八《墨梅》詩的注文，引了胡仔的《苕溪漁隱叢話》。胡仔的《苕溪漁隱叢話·後集》自序，作於宋孝宗乾道三年丁亥（一一六七）。《集》卷九《訴愁》的注文，引了趙文鼎（名善扛）的詩。《中興以來絶妙詞選》卷四有趙善扛《感皇恩》「七十古來稀」一詞，自注：「乙未生朝作。」乙未爲宋孝宗淳熙二年（一一七五）。歸納上面的情況，我們可以得知，朱淑真的生活時代要比陳與義、康與之、胡仔、趙善扛晚。

《集》卷首魏仲恭的序，是一篇研究朱淑真的重要資料。魏序作於淳熙壬寅（一一八四）三月。這樣，我們可以大致肯定，朱淑真的死，約在淳熙壬寅三月前不久。魏序提到：「比往武林，見旅邸中好事者往往傳誦朱淑真詞。」字裏行間，也透露了這箇情況。

魏序還提到，朱淑真的詩「爲父母一火焚之，今所傳者百不一存」。就是這樣，朱淑真的詩，經過魏仲恭的輯集，到現在還保存了三百五十多首。假如她和曾布的妻子魏夫人是同時代人，那麽經過幾十年的社會大動蕩之後，要輯集到現在這箇數目，是很難想象的。

又，《事略》提到了朱淑真的《璿璣圖記》。這篇文章，見於清王士禎《池北偶談》卷十五。文中有云：「初家君宦遊浙西，好拾清玩，凡可人意者，雖重購不惜也。一日家君宴郡倅衙，偶於壁間見是圖，償其值，得歸遺予。於是坐卧觀究，因悟璿璣之理。」北京圖書館鈔本《蘇若蘭璇璣詩圖記》卷首有淑真此文，却無上面所舉的這段話。二書所録淑真此文，篇末均署寫作年月：紹定三年二月。這篇文章是否爲朱淑真作，有待於進一步考證。但有一處，錯誤却很顯然。紹定是宋理宗的年號，紹定三年，爲公元一二三〇年，其時離朱淑真的死，已經有半箇世紀左右了。

五、《斷腸詩集》輯集者魏仲恭事略

各本《斷腸詩集》，皆有魏仲恭序。仲恭爲《斷腸詩集》的輯集者。

魏仲恭，「世爲建康人，以其考葬王父於宣城縣，因家焉，遂爲宣城人」（見韓元吉《南澗甲乙稿》卷二十一《魏叔介墓誌銘》）。仲恭字端禮，自號「醉□居士」，見《斷腸詩集》元刻本序。他自稱是宛陵人，宛陵就是宣城。民國《高淳縣志》説他是高淳人，這是就其祖籍——建康而言的。

仲恭的父親是魏良臣，見民國《高淳縣志》卷十六。良臣，字道弼。元至正《金陵新志》有傳。紹興二十五年（一一五五），良臣參知政事，見《宋史·宰輔表》。良臣卒於紹興三十二年（一一六二）三月，見周必大《周益國文忠公集·親征録》。

仲恭與范成大有交往。成大是良臣的侄女壻，見周必大《周益國文忠公集·平園續稿》卷二二《范成大神道碑》。范成大《石湖詩集》卷五有《夜至寧庵，見壁間端禮昆仲倡和，明日將去，次其韻》詩，末云：「哦詩出門懷二妙，春漲繞山湖水黄。」説明仲恭是箇喜歡吟詠的人。「二妙」，當兼指仲恭的弟弟叔介。良臣有三子，長伯友，次仲恭，再次即叔介，見民國《高淳縣志》。成大此詩，約作於紹興二十五年春。

仲恭爲魯訔次女之壻。訔，有名於時，事迹詳周必大《周益國文忠公集·省齋文稿》卷三三《魯訔墓誌銘》。

仲恭，乾道七年（一一七一）間以右儒林郎監行在點檢贍軍激賞酒庫所糴場，見上引《魯訔墓誌銘》。淳熙九年（一一八二）至淳熙十一年（一一八四）爲平江通判，見《斷腸詩集》仲恭序及《吴郡志》卷六。

叔介，字端直。官至朝奉大夫軍器監丞。淳熙四年（一一七六）卒，年三十八。事迹見《魏叔介墓誌銘》。該文稱其「好學不倦，攻苦爲文詞」。

（《朱淑真佚詩輯存及其它》，載《文史》第十二輯，一九八一年九月）

冀勤

朱淑真究竟是怎樣的一位詩人，關於她的年代、生平、籍貫，她寫過多少作品，等等問題，歷來衆説紛紜。在我重新整理朱淑真的集子（現已由浙江古籍出版社出版）的過程中，由於資料不够，仍然難以作出確定的結論。清人徐世溥對於這類問題曾有過很恰切的分析，他説：「詩文之傳有幸有不幸焉。幸而出於童子，則傳者什九；幸而出於婦人女子，則一脱口，蔑不傳矣。今婦人之能詩，蓋鮮矣。以其爲婦人也，故人不求備，不大望焉，於是或並其陋者載之。古者太史采詩以觀民風，自羈旅窮士、匹婦兒童之歌謡，莫不采之；以今揆之，必其出於男子者十八九，而婦人之詩一二也。孔子删《詩》，定《國風》，婦人之詩乃十居六七，豈當世婦人多能詩，而男子不嫺歟？抑豈以女子故重之，以男子而略之歟？後世太史采詩之職廢，而民間女未聞有詩者，自非托於貴族，書於驛，拾於道，失身於倡家而贈送遠人：微是四者，雖有《谷風》之怨、「死麕」之貞，無由得傳。故後世有貴姬與賤倡之詩，而無士庶妻妾之詩，斯所由古者多而今也少乎？」（周亮工《因樹屋書影》卷一引）徐氏指的雖是「詩文之傳」，但與詩文有關的作者本身情況的傳與不傳，大都無不如是。這裏所説的雖不是鍼對哪一箇具體作家，而用來説明朱淑真的情況却也十分恰切。朱淑真既不是「貴姬」，又不是「賤倡」，既没有像蔡琰那樣的出身和曲折不幸的遭遇，又没有像李清照那樣的家庭和「壓倒鬚眉」（李調元《雨村詞話》）的才華，因此，關於她的詩文和生平記載，流傳下來的資料不多，是不足爲怪的。然而，這却給後人對她的研究帶來了困難。

爲此，在探討朱淑真和她的生活年代之前，清理一下歷代有關的研究情况，是很必要的。

一

關於朱淑真的記載，最早要算宋人王唐佐（具體年代不詳）爲她寫的傳，可惜久已失傳。繼後，魏仲恭（端禮）爲她編《斷腸詩集》，並於一一八二年（淳熙九年）爲此集作序，然序中關於朱淑真生平事迹的記載，與朱淑真詩詞作品中的自叙多有不符。後又有孫壽齋於一二〇二年（嘉泰二年）爲《斷腸詩集》寫後序。鄭元佐爲此集作注，頗受後人稱道，因爲宋人注宋詩的注本流傳至今者已爲數不多。清人徐康曾稱贊此注是「希世之珍」（見汪氏藝芸書舍影元鈔本卷末《跋》），其實這注釋還是較粗疏，水平不如任淵所作的《山谷詩注》。以上所述這幾種史料，都是今天還可見到的南宋人對朱淑真的記載。遺憾的是，他們都没有載明朱淑真的生活年代和籍貫，僅對她匹配不類，「嫁爲市井民家妻」，表示同情，對她詩作中「多憂愁怨恨之語」，有所述評而已。

到了明代，以詩、畫聞名於世的杜瓊、沈周兩位大家，曾爲朱淑真畫的《梅竹》、《竹》，各作了題識和題詩①，這使後人得知朱淑真不僅是詩人，還是一位善繪梅、竹的畫家。陳霆在《渚山堂詞話》卷二説，朱淑真又是一位才貌出衆、善於填詞的佳人。著名藏書家毛晉還把她的《斷腸詞》刊行於世，即流傳至今的汲古閣刻本。當時祇有田汝成在《西湖遊覽志》中，説到「元詩婦」朱淑真居住在錢唐「大瓦巷北通保康巷」（見卷十三《衢巷河橋》），後又在《西湖遊覽志餘》卷十六《香奩豔語》中，説朱淑真是「錢唐人」，並叙及她丈夫的情況。田藝蘅《詩女史》沿襲了田汝成《志餘》中的説法，但他在《紀略》中又説朱淑真是「浙中海寧人，文公姪女」，不知此説有何依據。比他們稍後的藏書家陳第，在《世善堂藏書目録》卷下，則於朱淑真名下標注作「歸安人」，也不知其根據何在。自此時始，對於朱淑真的生活年代、籍貫等，出現了多種説法。這時的評論家們對朱淑真其人和其詩詞作品的評論，則是毁譽參半，因與本文所談問題關係不大，故從略。

入清以後，關心朱淑真的人較前多了起來，對朱淑真的評論鍼對前人的毁譽，意在爲她辨誣，甚至對《元夕》詞的辨僞，也多是出於衛道的動機，不足爲據。這時比較注意收藏朱淑真的集子，並爲她搜輯佚作②，進而探求她的生活年代、里居、身世等等。錢謙益的《絳雲樓書目》（卷三），將《斷腸詩前後集》「四册十六卷」列入北宋書目，這顯然是把朱淑真看作是北宋時期的人。而有些選家（如陳文述等等）則沿襲田藝蘅《紀略》和田汝成《西湖遊覽志》的「文公姪女」、「元詩婦」之説，將她列入南宋，或誤以爲元人。這種説法顯然有誤。因爲朱熹是徽州婺源（今浙江婺源）人，他父親在福建做官，他生於福建，長於福建，以後又長期在福建講學，没有關於他的兄弟流寓浙江錢塘的記載，何以會有錢塘籍的姪女呢？

況且《斷腸詩集》早在淳熙九年（一一八二）魏仲恭作序以前即已編成，那時朱淑真早已去世，而朱熹（一一三〇——一二〇〇）不過五十二歲，可見其誤。入元之説尤其是不能成立的。

值得重視的，倒是王士禛於康熙十年（一六七一），在京師見到《璇（一作「璿」，下同）璣圖記》，這篇《圖記》的末尾，署作「紹定三年二月錢塘幽栖居士朱氏淑真書」（見《池北偶談》卷十五）。《四庫全書總目》對此圖提出懷疑，説：「流傳墨迹，千僞一真。此文出淑真與否，無從考證。」但是，不論是否相信這篇《圖記》的作者是不是朱淑真，從《圖記》的出現以後，關於朱淑真的籍貫（錢塘）、别號（幽栖居士）、家世（並非市井民家）等等，不再有分歧的看法，唯有朱淑真生活的年代，仍然衆説紛紜。

自近人況周頤始，對於朱淑真的研究，開拓了一箇新的局面，他廣泛聯繫朱淑真的作品，稽查她一生的遭際，能發前人所未發，對前人的研究有所糾謬和補充。首先，他認爲朱淑真詩中寫到的魏夫人是曾布妻，從朱與魏「爲詞友」（以下所引況氏意見，均見《蕙風詞話》卷四），遂斷定朱淑真「是北宋人無疑」。他明確指出《璇璣圖記》所署書寫之年月「紹定三年」（一二三〇）是「紹聖三年」（一〇九六）之誤。他又從詞作的風格論證，認爲「淑真清空婉約，純乎北宋；易安筆情近濃至，意境較沈博，下開南宋風氣」，因此斷定「李易安時代猶稍後於淑真」。其次，況氏又據朱詩考知朱淑真的家庭出身不是一般市井平民，而是一箇擁有東園、西園、西樓、水閣、桂堂、依緑亭諸勝的世家大族，父親曾宦遊浙西，丈夫最初似曾應禮部試，後又官江南。朱淑真雖與他感情不洽，但也曾跟隨從宦，往來於吴、越、荆、楚之間，因此有機會結識曾布之妻魏氏，又嘗宴謝夫人堂。況氏所舉如上諸點，均與《璇璣圖記》和朱詩中的自叙相合，確實是朱淑真出身於富貴之家的有力佐證。

這以後，至今的六十多年中，對於朱淑真的專門研究實在不多，包括港臺在内，已發表的學術文章屈指可數。先有幾部婦女文學史之類的專著，其中有關朱淑真的章節，内容不外是對上述史料或綜合叙述，或采一家之説。所不同的是，對於朱淑真的生活年代，大多認爲比李清照晚。繼後，有幾篇文章着重探討朱淑真的身世、生活年代以及作品的輯佚和評論，提出一些值得研究的意見。比如：説朱淑真「約晚李清照數十年」者（聖旦《朱淑真的戀愛事迹及其詩詞》，見本集附録。楊蔭深《中國文學家列傳》雖未標出朱淑真的生卒年，却把她排在周密與謝枋得之間，這實際上也是認爲朱比李晚數十年。還有説《璇璣圖記》所署之「紹定三年」當爲「紹興三年」之誤者，並以朱淑真《元夜》詩中有「墜翠遺珠滿帝城」，《元夜遇雨》詩中有「沈沈春雨暗皇州」和《閒步》詩中有「天街平貼淨無塵」的句子，從而認爲朱淑真把自己的居地錢塘稱作「帝城」、「皇州」、「天街」，正符合南宋建都臨安（今杭州）的史實，遂推斷她爲南宋時期的人，大致在南宋高宗紹興至孝宗乾道年間（季工《關於女詩人朱淑真的詩詞》，見本集附録）。或又據鄭元佐注中所引的作家作品，推斷朱淑真生活的年代「要比陳與義、康與之、胡仔、趙善扛晚」（孔凡禮《朱淑真佚詩輯存及其它》，載《文史》第十二輯）。陳、康、胡、趙是哲宗、光宗之間的人，如果朱淑真的生活年代還要晚於他們，那又爲什麽説「紹定三年」是「紹興三年」之誤呢？這是一箇無法解釋的矛盾。季、孔兩説，實際上也是認爲朱淑真比李清照晚數十年。另有一種意見則認爲朱淑真於紹聖三年二月作《璇璣圖記》，這年除夕作《除夜》詩，因詩中有「且是作詩人未老」句，認爲她這時不老不少，正合白居易《松齋自題》所説之「非老亦非少，年過三紀餘」，從而「定她這年剛滿三十四歲」，並由此上推，説朱淑真當「生於仁宗嘉祐八年（一〇六三），比李清照早出世二十一年（潘壽康《朱淑真的籍貫和生年考》，見本集附録）。上述兩種意見，一主南宋説，一主北宋説，兩説都各有自己的理由，但似乎又都缺乏有力的佐證。

以上即是從南宋以來迄今爲止的有關朱淑真生平和生活年代的研究概況。筆者試圖在前人研究的基礎上，並從朱淑真作品中去考索她生活的年代，以求對前人之説有一點補充。

二

衆所周知，各種文學都是應環境而産生的。朱淑真生活在家庭的小圈子裏，這使得她的見聞和思維的圈子就比較狹窄。但她所寫的都是她經歷、感受的東西。因此，從朱淑真作品中所描寫的社會面貌，來推知她生活的年代，在資料缺乏的情況下，也未嘗不是一種研究的方法。通過這樣一種方法，得出了這樣一箇推測，即：朱淑真的生活年代約在北宋神宗元豐二、三年（一〇七九、一〇八〇）至南宋高宗紹興初年間（約一一三一至一一三三）；在人世間度過了五十多箇春秋。她比李清照約早四、五年出世，早二十多年去世。其依據有如下幾點：

一、從朱淑真的詩詞作品中，幾乎看不到干戈之亂，也看不到汴京陷落以後偏安臨安（今杭州）的作家們那種醉生夢死、吟風弄月的詩篇，更看不到北宋早些時候那些雕鏤字句、堆砌典故、毫無生氣的辭章。從朱淑真作品中所能看到的，則是北宋哲宗、徽宗時期都市人民生活情態的反映，知識婦女内心的刻畫，以及箇人生活境遇的描述。那時有錢的都市人民，過着富足、熱鬧的遊樂生活，正像孟元老在《東京夢華録序》中記載的。孟元老於一一〇三年到京師汴梁所見所聞的景況，恰恰在朱淑真作品中有着同樣的反映。北宋故都汴京（今開封），位於黄河南岸的大平原上，四通八達，它的繁華景象和人們的遊樂生活，成了當時詩人描繪的對象。請看朱淑真的《元夜三首》之一、之二，就能給人一種身臨其境的真實感：

闌月籠春霽色澄，深沈簾幕管弦清。爭豪競侈連仙館，墜翠遺珠滿帝城。一片笑聲連鼓吹，六街燈火麗昇平。歸來禁漏踰三四，窗上梅花瘦影横。

壓塵小雨潤生寒，雲影澄鮮月正圓。十里綺羅春富貴，千門燈火夜嬋娟。香街寶馬嘶瓊轡，輦路輕輿響翠軿。高挂危簾凝望處，分明星斗下晴天。

這是朱淑真婚後隨夫宦遊，到汴京時的作品。當日京都的繁華、太平盛貌，栩栩如生，歷歷在目。所以這樣説，不單單是因爲詩中寫到「帝都」，「帝都」一詞與其他詩中的「皇州」（《元夜遇雨》）、「天街」

（《閒步》）等一樣，都衹能説明那是皇帝居住的所在，並不能由此確定是南宋的臨安還是北宋的汴京，這必須有更扎實的材料，纔能加以證實。詩中的「六街燈火麗昇平」，正就是實指北宋的都城汴京的。在兩宋時期的都城中，衹有汴京有六街，臨安是没有的。《宋史・魏丕傳》載：「初，六街巡警皆用禁卒，至是詔左右街各募卒千人，優以廪給，使傳呼備盜。」魏丕是後梁末帝貞明五年（九一九）至宋真宗咸平二年（九九九）間人，他的傳中記載了北宋都城汴京左右六條大街巡警備盜的情況。固然，《新唐書・朱泚傳》中也寫到「六街」，但那是指唐代的都城長安城中左右六街，不少唐代詩人也寫到過它，如：王建（《閒説》）、李賀（《緑章封事》）、姚合（《同諸公會太府韓卿宅》）、薛逢（《六街塵》）、張喬（《長安書事》）、司空圖（《省試》）等等。朱淑真在這裏不是用典，而是對她所在的都城——汴京六街夜晚滿街燈火、熱鬧景象的真實描繪。她還在《立春古律》中寫到「六街」：「停杯不飲待春來，和氣先春動六街。」這又是她生活在北宋時期，曾經離開家鄉錢塘，到過汴京的又一證明。

《詩淵》（明鈔本）册二十《人事類》中，録有朱淑真的一首佚作：「曠寫亭高四望中，樓臺城郭正春風。笙歌富庶千門樂，市井喧嘩百貨通。疊疊居民還瓦屋，紛紛遊蝶亂花叢。憑欄忽念非吾土，目斷白雲心莫窮。」（《遊曠寫亭有作》）同樣是一首描寫大都市生活高度繁榮的詩，從「憑欄忽念非吾土」看，這箇曠寫亭不在她的家鄉錢塘是肯定的，究竟是在哪箇大都市也不能確知，但是，這種繁榮景象却也正和北宋哲宗、徽宗之間的汴京的風貌相吻合。

北宋時期，皇權至尊的政治特徵，在文學作品中常有反映，比較突出的是對皇帝聖德的歌頌，就連朱淑真這樣一位與社會接觸不多、交遊不廣的閨中女子，在她的詩中也屢有歌頌皇帝聖德的句子。如《喜雨》中寫到乾旱解除以後的喜悦，近似歡呼地説：「我皇聖德布寰宇，六月青天降甘雨。四海咸蒙滂沛恩，九州盡解焦熬苦。」《新春二絶》中又説：「天子祇知農事重，躬耕端的爲吾民。」這樣的詩句只是在北宋時纔容易見到。因爲北宋末年以後，很快地丢失了大半箇中國，從版圖上説已不能稱什麽「四海」、「九州」了，作家們感恩戴德的感情也幾乎喪失殆盡，朱淑真更不會例外。像這樣一類思想内容的作品，在南宋時期是比較少見的。

二、朱淑真的作品中還有少數篇章，是從另一箇生活側面，反映了北宋時期的社會現實，使我們可以從中瞭解到朱淑真生活的年代。如：《苦熱聞田夫語有感》：

日輪推火燒長空，正是六月三伏中。旱雲萬疊赤不雨，地裂河枯塵起風。農憂田畝死禾黍，車水救田無暫處。日長飢渴喉嚨焦，汗血勤勞誰與語。播插耕耘功已足，尚愁秋晚無成熟。雲霓不至空自忙，恨不抬頭向天哭。寄語豪家輕薄兒，綸巾羽扇將何爲？田中青稻半黄槁，安坐高堂知不知？

又《喜雨》詩：

赤日炎炎燒八荒，田中無雨苗半黄。天工不放老龍懶，赤電驅雷雲四方。瓊瑰萬斛寫碧落，陂湖池沼皆泱泱。高田低田盡沾澤，農喜禾無枯槁傷。我皇聖德布寰宇，六月青天降甘雨。四海咸蒙滂沛恩，九州盡解焦熬苦。……

朱淑真用質樸的語言，以白描的手法，記録了她所經歷的一場旱灾降臨的景況。這兩首詩均見於《斷腸詩集》前集卷四，看來是寫的同一次旱灾和灾情的解除。本文前面已從詩中對皇帝聖德的歌頌分析，認爲是寫於北宋時期的作品；再從詩中描寫的農田情況看，這次嚴重的乾旱似是發生在南方。從朱淑真全部作品中所寫到的自然環境看，她的一生絕大部分時間是在家鄉錢塘居住，一度隨夫從宦，到過北方汴京，還嘗往來於江浙、兩湖、四川一帶。查正史有關這一帶在北宋時期的大旱，記載很少。據《資治通鑒》卷八十五記載，北宋神宗元豐二年（一〇七九）有過旱災，繼後，哲宗紹聖四年（一〇九七），也是「兩浙旱饑，詔行荒政，移粟賑貸」。又從《淳祐臨安志》、《龍川略志》、《西湖遊覽志餘》諸書的記載中得知，江浙一帶在北宋時期還有過兩次旱灾：一次是神宗熙寧八年（一〇七五），一次是哲宗元祐六年（一〇九一）。熙寧八年的那一次，她可能還不會出生，元豐二年的那一次，她即便出世了，也還幼小，但是，哲宗元祐六年和紹聖四年的兩次旱灾，却正值她還在家鄉錢塘之時③，想必這都是她耳聞目睹的。正是由於有了這些見聞，纔使她寫出了這樣兩首感情率直、真切的詩篇。這兩首詩有着共同的特點，即：思想感情純真明快，詩歌語言明白如話，藝術手法略嫌淺露。據潘是仁、田汝成、田藝蘅等人的記載，朱淑真是一位「生而穎慧」（見潘是仁《宋元詩・斷腸詩集小引》），「幼警慧，善讀書，工詩，風流蘊藉」

（見《西湖遊覽志餘》卷十六）的閨秀，又是一位「觸物而思，因時而感，形諸歌詠，見於詞章，頃刻立就」（見《孫壽齋《後序》）的才女。因此，朱淑真在十八、九歲的時候寫出這樣兩首有着一定思想深度的詩，完全是可能的。

三、關於《璇璣圖記》，自王士禎發現以後，不少人辨證其所署書寫年月的錯誤，不論是認爲「紹定」係「紹聖」之誤者，還是認爲「紹定」是「紹興」之誤者，他們的前提似乎都是相信這篇《圖記》是朱淑真的作品，衹不過認爲署寫年月有誤罷了。有人懷疑是僞作，也僅是懷疑而已，提不出否定它的理由。現細按這篇《圖記》的內容，我以爲當是朱淑真待嫁閨中，備受父母寵愛、無憂無愁的時候寫的。請看：

若蘭名蕙，姓蘇氏，陳留令道質季女也，年十六，歸扶風竇滔。滔字連波，仕苻秦爲安南將軍，以若蘭才色之美，甚敬愛之。滔有寵姬趙陽臺，善歌舞，若蘭苦加捶楚，由是陽臺積恨，讒毁交至，滔大恚憤。時詔滔留鎮襄陽，若蘭不願偕行，竟挈陽臺之任。若蘭悔恨自傷，因織錦字爲回文，五彩相宣，瑩心眩目，名曰《璇璣圖》，亘古以來所未有也。乃命使齎至襄陽。感其妙絶，遂送陽臺之關中，具輿從迎若蘭於漢南，恩好踰初。其著文字五千餘首，世久湮没，獨是圖猶存。唐則天嘗序圖首，今已魯魚莫辨矣。初，家君宦遊浙西，好拾清玩，凡可人意者，雖重購不惜也。一日，家君宴郡倅衙，偶於壁間見是圖，償其值，得歸遺予。於是坐卧觀究，因悟璇璣之理，試以經緯求之，文果流暢。蓋璇璣者，天盤也；經緯者，星辰所行之道也；中留一眼者，天心也。樞星不動，蓋運轉不離一度之中，所謂居其所而斡旋之。處中一方，太微垣也，乃疊字四言詩。其二方，紫微垣也，乃四言回文。二方之外四正，乃五言回文。四維乃四言回文。三方之外四正，乃交首四言詩，其文則不回也。四維乃三言回文。三方之經以至外四經，皆七言回文詩，可周流而讀者也。紹定三年春二月望後三日，錢塘幽栖居士朱氏淑真書。

全文四百二十六字，首先介紹《璇璣圖》的作者蘇蕙寫這篇回文詩的生活背景；繼而説到武則天有序留於圖首，今已魯魚莫辨；接下是叙述此圖的來歷；最後寫自己終於悟出該圖的讀法；末署書寫年月。平鋪直叙，層次分明，是一篇很客觀的題記性文字，絶少流露自己的主觀感情，與她婚後那些「觸目傷懷，皆寓於詩」（魏仲恭《序》）的作品迥然不同。如果朱淑真是在婚後看到這幅《璇璣圖》，那麽，蘇蕙和她的丈夫竇滔之間的感情波折，不可能不使她「觸物而思」（孫壽齋《後序》），並且不在字裏行間流露出自己的境遇之感和哀怨之情。何况她的父親對女兒的婚姻既已「失審」，知道女兒胸中有着「不平之氣」（魏仲恭《序》），更不會把這幅可以勾引起女兒婚後諸多不快的《璇璣圖》送給她。因此，筆者認爲況周頤指出的「紹定三年」係「紹聖三年」之誤，是有道理的。這一年，朱淑真的年齡不過十七、八歲。《事略》引《歷代詩餘·詞人姓氏》，肯定朱淑真「與曾布妻魏氏爲詞友」，況周頤主此説，也是可信的。據《宋史·曾布傳》載，布於宋徽宗大觀元年（一一〇七）卒，他的夫人魏氏的生卒年雖不詳，但與曾布同時而年少於布則是無疑的。朱淑真與她成爲忘年交很有可能。明沈際飛就説「曾子宣丞相内子，朱淑真同時」（見《批點〈草堂詩餘〉别集》卷一魏夫人《春曉》評語），恐也不是毫無根據的臆説。

四、王士禛、況周頤對朱淑真詩詞用字和風格上的特點，曾經提出過頗爲重要的意見，都涉及到朱淑真所生活的年代。王士禛在《池北偶談》中披露朱淑真的《璇璣圖記》，却未對此表示意見，但從他對朱淑真的認識看，顯然是與《圖記》末署「紹定三年」相矛盾。他在《帶經堂詩話》卷十五《字義》中，説到耶律楚材的詩裏用過「著莫」一語，其來源則是朱淑真《減字木蘭花》中的「無奈春寒著莫人」，還有彭汝礪也使用過此語。彭汝礪是北宋仁宗慶曆二年（一〇四二）至哲宗紹聖二年（一〇九五）間人。他的詩作用詞雅正，有古人風。清人張宗楠在王士禛的這條意見下加了一條案語，説「著莫」等字，「宋元人詩中未易縷舉」，孔平仲《懷蓬萊閣》：「深林鳥語留連客，野徑花香著莫人。」《飲夢錫官舍出文君西子小小畫真》：「一樽美酒留連客，千載香魂著莫人。」都用過「著莫」二字。張宗楠説：「孔與彭鄱陽亦同是元祐、紹聖間人。」（見《帶經堂詩話》卷十五《字義類》引《居易録》所加的案語）孔平仲一〇八二年還在世，生卒年不詳。王士禛和張宗楠就「著莫」二字在北宋習用所發表的這番意見，顯然都是把朱淑真包括在内的，也就是説，朱淑真與彭、孔同期，也是紹聖前後時期的人。這一點，王士禛、張宗楠雖然没有明説，但得出這樣的推論，與他們的本意恐不相悖。

再有，朱淑真的詩詞作品中，絶大部分是描寫自然風貌，並聯繫箇人的生活遭遇，抒發情懷之作。她寫這類詩詞的特點，正像周濟所説的，有着北宋詩人「多就景叙情」（見《介存齋論詞雜著》）的特點，平淡自然，不像南宋作家「稼軒、白石，一變而爲即事叙景」，也没有西崑體的華豔。這一點還有待作出進一步的比較和研究。

五、朱淑真究竟在人世間生活了多少箇年頭，歷來没有什麽記載。魏仲恭的《序》中衹説到她「悒悒抱恨而終」，並没有説明她何時死去。今人有推測她是早年投水而死的（郭清寰《從〈斷腸集〉中所窺見的朱淑真的身世及其行爲》，見本集附録；陳經裕《朱淑真試評》，載《河南師大學報》一九八一年第四期），但没有什麽根據。從《對雪一律》看，朱淑真恐怕是進入了暮年晚景，她是這樣寫的：

紛紛瑞雪壓山河，特出新奇和郢歌。樂道幽人方閉户，高歌漁父正披蓑。自嗟老景光陰速，惟有佳時感愴多。更念鰥居惟悴客，映書無寐奈愁何。

朱淑真「自嗟老景光陰速」，感嘆的就是自己很快地到了老年。有人曾説這首詩不是朱淑真之作，却没有什麽根據（見郭清寰文）。從這首詩看朱淑真在進入晚年以後，所有的思念、悲傷、憂愁、哀怨之情，再不像年輕時那樣强烈，那樣痛苦難耐，而是隨着時光的流逝埋藏得更深沉，表面上則是淡漠了。她還有一首《閒步》：「天街平貼淨無塵，燈火春摇不夜城。乍得好凉宜散步，朦朧新月弄疏明。」這首詩是在她去過汴京、淮南、兩湖，渡過長江、瀟湘，返回家鄉錢塘以後的晚年寫的。將這首詩與她早年的作品比較，愈加顯得平淡自然。南宋的都城臨安，在她筆下雖是「不夜城」，却已經没有北宋時汴京的熱鬧繁榮景象，朱淑真也没有那時的活潑潑的激情。這「不夜」的「天街」，雖還未到夏天，已難得有「好凉」的天氣，祇不過「淨無塵」、「宜散步」罷了。這是因爲宋王朝在經歷了靖康之變以後，都城被迫由汴京遷至臨安，各方面都還没有來得及發展的緣故，加上詩人進入晚年，心境有所變化，自然出現在詩中的都城形象祇能如此。這時大約在南宋紹興初年間。可能就在這幾年間，朱淑真「抱恨而終」，享年不過五十多歲。

綜上所析，朱淑真的生活年代當在哲宗、徽宗、欽宗之時，入南宋後不過幾年而終。章學誠曾經説過這樣的話：「詩人寄託，諸子寓言，本無典據明文，而欲千百年後，歷譜年月，考求時事與推作者之志意，豈不難哉！」（《文史通義》外篇二《韓柳二先生年譜書後》）這真是經驗之談。本文却於九百多年後，僅從朱淑真詩文中作了如上的一些推論，難免會有貽笑大方之處，有待於識者指正。

一九八三年秋，北京

（《試談朱淑真和她生活的年代》，載《中國古典文學論叢》第二期，人民文學出版社出版，一九八五年八月。收入本集，稍有改動）

注：

①杜瓊《題朱淑真梅竹圖》、沈周《題朱淑真畫竹》，均見於《香豔叢書》第十集卷一清湯漱玉《玉臺畫史》引。

②清光緒年間刊《武林往哲遺著》本對斷腸詩、詞有過補遺。到目前爲止，又有孔凡禮補佚詩若干首，載《文史》第十二輯，繼有筆者續補，載《文學遺産》一九八三年第三期，共保存了詩三二八首，詞三一闋一句，文一篇。

③關於《璇璣圖記》所署的時間，筆者贊同況周頤的意見，即「紹定三年」當是「紹聖三年」之誤。基於此，從《圖記》中得知，朱淑真於紹聖三年還居住在家鄉錢塘父母親的身旁。想必此時的前後幾年她都在江浙一帶。

中華書局
初版責編　劉彦捷